AF482953

Hans Dominik

Ein Stern fiel vom Himmel
(Science-Fiction-Roman)

e-artnow 2018

Gustav Freytag
Die verlorene Handschrift (Historischer Roman)

Georg Ebers
Die Gred - Historischer Roman aus dem alten Nürnberg

Georg Ebers
Im Schmiedefeuer (Historischer Roman aus dem alten Nürnberg)

José Maria Eça de Queiroz
Die Reliquie

Georg Ebers
Die Schwestern - Geheimnis des Serapis-Tempels

Hans Dominik

Ein Stern fiel vom Himmel (Science-Fiction-Roman)

Der Kampf um das Gold der Antarktis

e-artnow, 2018
Kontakt: info@e-artnow.org

ISBN 978-80-268-8604-4

Inhaltsverzeichnis

1

Ein leuchtender Fleck in der dunklen Polarnacht. Auf hohen Masten erstrahlen vier mächtige Lampen. Ihre Lichtflut wird von schimmernden Schneemassen zurückgeworfen. Sie beleuchten ein Gebäude, halb Haus, halb Schuppen, das der Forscherdrang eines Gelehrten in der Eiswüste der Antarktis entstehen ließ. Ihre Strahlen brechen sich in glänzenden Reflexen an physikalischen Instrumenten, die frei im Schnee stehen, und lassen die Umrisse eines Flugschiffes erkennen.

Schwer und massig wie der Leib eines gestrandeten Riesenwals lastet der mächtige Metallrumpf auf dem Schneefeld. Keine Räder, kein Kufengestell, die ihm eine Möglichkeit zum Starten geben können. Wurde das Schiff von seiner Besatzung verlassen? Ist es dazu verdammt, bis an das Ende aller Tage in der Schneewüste liegenzubleiben?

Als wolle es Antwort geben auf die Fragen, schlägt das Ungeheuer die Augen auf. Zwei gläserne Luken an seinem Kopfteil erstrahlen plötzlich in hellem Licht, und fast gleichzeitig beginnen im Rumpf die Maschinen ihr rauschendes Spiel. Der Donner der Motorexplosionen dröhnt durch die eisige Luft.

Noch liegt der Leib des Flugdrachens regungslos auf dem Schnee, während seine leuchtenden Augen wie zornig in die Ferne starren. Und dann hebt es sich aus dem Rücken des Flugschiffes, wächst empor und beginnt sich wirbelnd zu drehen. Schneller und immer schneller rotiert die mächtige Hubschraube, lauter brüllen die Motoren. In schimmernden Wolken stiebt der Propellerwind den Schnee auf, schon beginnt der Zug der Hubschraube zu wirken. Schwerelos hebt sich der gewaltige Metallbau vom Boden und schwebt senkrecht empor. Jetzt hat er die Höhe der Lampen erreicht. Jetzt ist er über ihnen und im Augenblick von der Dunkelheit verschlungen.

Immer höher steigt das Schiff. Jetzt ist es nur noch ein leuchtender Punkt.

Zwei Kilometer zeigt der Höhenmesser im Kommandoraum, da setzen mit voller Kraft die sechs Düsenmotoren ein. Schon tragen die Schwingen den Leib des Drachens, und langsam senkt sich die gesträubte Rückenflosse. Die Hubschraube wird in den Rumpf zurückgezogen. Hermetisch wird der ganze Bau geschlossen. Immer höher steigt die Maschine und stürmt durch die Polarnacht dahin. ›St 8‹, das neueste und größte Stratosphärenschiff der Eggerth-Reading-Werke in Bay City, hat seinen Rückflug begonnen.

Im Kommandoraum des Flugschiffes saß Hein Eggerth vor der Steuerung. Sein Blick hing an dem Höhenmesser, dessen Zeiger langsam über die Skala dahinglitt. 13 Kilometer... 14 Kilometer... 15 Kilometer... Seine Hand bewegte ein blankes Gleitstück an dem Steuerapparat, und der Zeiger des Höhenmessers stellte seine Wanderung ein. Eine kurze Zeit noch beobachtete Eggerth das Instrument, dann erhob er sich von seinem Platz.

»So, Wolf! Der Automat ist eingestellt. Vorläufig können wir ›St 8‹ sich selber überlassen.«

Wolf Hansen stand an der großen Backbordscheibe des Stratosphärenschiffes. Zusammen mit Georg Berkoff, dem dritten Mann der Besatzung, schien er dort durch das starke Kristallglas hindurch irgend etwas zu beobachten. Auf die Worte Eggerths hin wandte er sich um.

»Der Robot tut seine Schuldigkeit, Hein? Um so besser! Da draußen ist allerlei zu sehen. Können wir das Licht ausmachen? Es stört die Beobachtung.«

Hein Eggerth nickte und bewegte einen Schalthebel. Die hellen Lampen im Kommandoraum erloschen.

»Was habt ihr denn da, was euch so interessiert?« fragte er.

Noch während er es sagte, bemerkte er, daß von außen her Licht in den Kommandoraum fiel. Licht, das seine Farbe fortwährend änderte. Jetzt eben noch bläulich-grünlich, dann wieder gelblich-rötlich. Einen Augenblick später schien alles wie blutübergossen.

»Ein Südlicht, Hein«, rief ihm Hansen zu, »so schön habe ich noch keins gesehen.«

Hein Eggerth schaute eine kurze Weile mit den beiden andern zusammen hinaus, dann schaltete er das Licht wieder ein.

»Kommt in den Mittelraum. Da werden wir es viel besser beobachten können.«

Die Decke des Mittelraums bestand zum größten Teil aus klarem Kristallglas.

»Alle Wetter, Wolf! Hein hat recht!« rief Berkoff, als sie in den Mittelraum traten. In der Tat konnten sie hier viel besser als vorher das wunderbare magnetische Feuerwerk beobachten.

»Man merkt, daß wir den 80. Breitengrad überflogen haben« sagte Hansen mit einem Blick auf seine Uhr. »So schön wird Dr. Wille an seinem magnetischen Südpol da unten die Lichter kaum jemals zu sehen bekommen.«

Berkoff schüttelte den Kopf. »Du bist im Irrtum, mein Lieber. Dr. Wille hat sich ja gerade an den magnetischen Südpol gesetzt, weil er ihn für den Einfallspunkt der Sonnenelektronen hält – also sozusagen für den Keimpunkt aller Südlichter.«

»Theorie und Praxis!« lachte Wolf Hansen. »Während der drei Wochen, in denen wir ihm seine Station einrichteten, haben wir kein Südlicht zu sehen bekommen. Hier ein paar hundert Kilometer nördlicher treffen wir sofort auf ein großartiges Exemplar der Gattung.«

»Macht mir den Dr. Wille nicht schlecht!« mischte sich Hein Eggerth ein. »Der Mann hat schon seine guten Gründe dafür, daß er sich gerade auf den magnetischen Südpol gesetzt hat.«

»Ah bah«, warf Hansen ein, »magnetischer Pol, Drehpol, Kältepol. Alles vielleicht ganz interessante wissenschaftliche Punkte, aber schließlich doch einer so scheußlich wie der andere. Die Herren Entdecker sind in diese gottverlassene Gegend gekommen, haben allerlei schöne Namen hinterlassen, aber geerbt haben sie bei ihren abenteuerlichen Fahrten nichts. Die ganze Gegend ist keinen Schuß Pulver wert. Bester Beweis dafür: Keine einzige der verschiedenen Nationen ist bisher auf die Idee gekommen, hier etwa Land zu annektieren.«

»Stimmt nicht, Wölfchen«, widersprach Berkoff, »seit 1840 behaupten beispielsweise die Franzosen, daß ihnen Adélie-Land südöstlich von Dr. Willes Station gehört. Die Vereinigten Staaten beanspruchen Marie-Byrd-Land für sich, und die Engländer sind der Meinung, daß der ganze antarktische Kontinent von Rechts wegen englisch ist.«

»Theorien!, Georg«, warf Eggerth dazwischen. »Im Ernst denkt keiner daran, hier irgendwelche Ansprüche geltend zu machen. Die Unkosten für einen Gouverneur und die Zollwächter würden sich nicht lohnen.«

»Meinetwegen Theorie!« verteidigte sich Berkoff. »Aber die Ansprüche sind da und könnten unter Umständen eines Tages geltend gemacht werden, wenn...«

Hansen lachte laut auf: »...wenn, ja, wenn man vielleicht plötzlich entdecken sollte, daß die Erdachse 100 Meter dick ist und aus purem Gold besteht. Dann würden sich die Norweger darauf versteifen, daß ihr Amundsen am 14. Dezember 1911 als erster am Südpol gewesen ist, und würden die bergmännische Ausbeutung der Erdachse für sich beanspruchen.«

»Und dann würden die Engländer und Amerikaner natürlich anderer Meinung sein, und wir hätten den schönsten internationalen Konflikt am Südpol«, meinte Eggerth, »vielleicht ist es wirklich ein Glück, daß es hier nur Schnee und Eis gibt.«

»Und außerdem eine mittlere Sommertemperatur von 40 Grad unter Null und Schneestürme, die den stärksten Mann umwerfen«, führte Hansen die Aufstellung Eggerths weiter. »Sogar Eisbären ziehen es vor, hier nicht zu existieren. Ich bewundere Dr. Wille, der ein volles Jahr in dieser Schneewüste aushalten will.«

Während die drei Freunde so ihre Meinungen über den Wert oder Unwert der Antarktis vertraten, war das bunte Spiel der leuchtenden, zuckenden Bänder über ihnen schwächer geworden. Schließlich erloschen die letzten Lichtstreifen. Tiefschwarz wölbte sich das Firmament. Deutlich konnten die drei Insassen des Stratosphärenschiffes durch das klare Kristallglas der Decke hindurch die funkelnden Sterne erkennen.

»Ah, eine Sternschnuppe! Ich habe mir was gewünscht«, rief Hansen. »Da! Schon wieder eine! Da eine dritt! Hoffentlich geht mein Wunsch in Erfüllung.«

»Merkwürdig«, Berkoff strich sich über die Stirn, »wir schreiben den 9. August, die Tränen des heiligen Laurentius wären also nach dem Kalender fällig. Aber ich habe noch nie gehört, daß sie auch in den Polarzonen auftreten.«

»Da! Schon wieder eine, hier noch eine!« Hansen deutete mit der Rechten zum Firmament. »Laurentius hin, Laurentius her, wie es scheint, fließen seine Tränen auch am Südpol.«

Schweigend blickten die drei Freunde während der nächsten Minuten in die Höhe.

»Ein ganz hübscher Schwarm, der unserer alten Erde da das Fell kratzt«, meinte Hansen.

»Du wolltest wohl sagen, der ihr die Atmosphäre ankratzt«, verbesserte Eggerth. »Wenn all die Sternensplitter, die da in der Nähe der Erdbahn im Weltraum treiben, wirklich bis zur Erdoberfläche kämen, wäre es schlecht um die Menschheit bestellt. Ein Glück, daß unsere Atmosphäre uns vor diesen Weltraumbummlern schützt.«

»Sagen wir: einigermaßen schützt«, unterbrach ihn Berkoff. »Die meisten Boliden tauchen ja nur in die äußersten dünnsten Schichten unserer Atmosphäre ein, kommen dabei durch die Reibung für einige Sekunden zum Glühen und zum Leuchten und verschwinden dann wieder im Weltraum. Aber bisweilen kommt doch mal ein ordentlicher Brocken 'runter, und wer den auf den Kopf kriegt, der braucht keinen neuen Hut mehr.«

Das Gespräch schlief ein. Schweigend standen die drei in dem von unsicherem Sternenlicht erfüllten Raum. Eggerth betrachtete die leuchtenden Skalenscheiben der Instrumente, die auch hier den Kurs, die Geschwindigkeit und die Höhenlage des Flugschiffes anzeigten. Hansen schaute nach wie vor durch die gläserne Decke und zählte Sternschnuppen. Berkoff ließ sich in einen Sessel fallen und hing seinen Gedanken nach.

»Ah, da! Seht doch nur, eine Sternschnuppe! Nein, ein Meteor!« Hansen hatte die letzten Worte mehr geschrien als gesprochen. Im Augenblick waren die beiden anderen neben ihm, starrten ebenso gebannt zum Firmament wie er.

Eine Sternschnuppe war es, die Hansen gesehen hatte, aber wie hatte sich ihr Aussehen in wenigen Sekunden verändert. Ein fahler Lichtstreifen war es zuerst. Ein rötlich strahlender Stern war es inzwischen geworden.

Ein fallender Stern, eine Sonne, die vom Firmament stürzte. Jetzt stand sie senkrecht über dem Stratosphärenschiff. Grell fielen ihre Strahlen durch das gläserne Dach in den Raum und erleuchteten ihn taghell bis in die letzten Winkel.

Würde der Bolide das Stratosphärenschiff treffen und zerschmettern? Schon schien die glühende Kugel größer als die Sonnenscheibe zu sein. Unerträglich wurde der Glanz, der von ihr ausging. Nur noch blinzelnd vermochten die drei im Stratosphärenschiff nach ihr hinzuschauen – und sahen dabei, wie das strahlende Gestirn langsam von Steuerbord nach Backbord über der Deckenscheibe entlangzog. In Sekunden wurde es ihnen klar, daß der Bolide links ab vom Flugschiff die Erdoberfläche treffen würde.

Als erster stürmte Eggerth aus dem Mittelraum zu der Kommandostelle. Eilend folgten ihm die andern. Hier waren ja Seitenscheiben vorhanden, durch die man die Erdoberfläche sehen, den Aufprall des Boliden vielleicht beobachten konnte.

Wie von vollem Sonnenlicht beleuchtet erblickten sie die Eiswüste unter sich, als sie die Gesichter an die Scheiben preßten. Die Atmosphäre in der Tiefe war klar. Aus einer Höhe von 15 Kilometern konnten sie deutlich die vergletscherten Kämme eines Gebirgszuges erkennen. In tausend Lichtern spielte das bläulichgrüne Gletschereis.

Noch starrten sie wie fasziniert auf das wunderbare Schauspiel, als eine neue, noch viel stärkere Lichtflut sie zwang, die Augen zu schließen. Eine Sonne kam vom Himmel herab. Eine Feuerkugel stürzte backbords vom Stratosphärenschiff auf den Erdball. Und dann drang ein dumpfes Pfeifen und Brausen in ihr Gehör und übertönte das Spiel der Motoren. Ein donnernder Lärm erfüllte die ganze Atmosphäre. —

Ein schweres Schwanken des Flugschiffes riß sie aus ihrer Erstarrung. Mit einem Satz war Hein Eggerth am Steuerapparat und suchte die Maschine durch verzweifelte Manöver wieder ins Gleichgewicht zu bringen. Minutenlang hatte er zu kämpfen. Die ganze Stratosphäre, jene hohe, von allen Stürmen und Orkanen der Erde unberührte Luftschicht, war in ein brodelndes, kochendes Meer verwandelt. Das Flugschiff stampfte und schlingerte wie ein Dampfer in schwerster See.

Während Eggerth sich mühte, das Schiff vor dem Absturz zu bewahren, beobachteten Hansen und Berkoff die Katastrophe weiter. Einen Feuerball sahen sie auf die verschneite Ebene aufschlagen, sahen die Ebene um die feurige Kugel herum aufschwellen und in Sekunden zu gewaltiger Höhe emporwachsen, bis sie wie das Ringgebirge eines Kraters rings um die Glut stand. Noch starrten sie auf den neuen Feuerberg, als Nebel von ihm aufstieg. Auf weite Entfernungen hin verdampften Eis und Schnee, und wie eine dichte Wolkenwand legten sich die Dampfmassen über die Einschlagstelle. Kurze Sekunden noch sahen die beiden das Licht des glühenden Boliden durch den Nebel schimmern, dann verbargen es die Wolken.

Eggerth hatte das Stratosphärenschiff wieder in der Gewalt, als Berkoff zu ihm trat. Kurze Frage und Antwort, dann griff Eggerth in die Seitensteuerung. Das Schiff drehte nach Backbord ab, bis es rechtwinklig zu seinem bisherigen Kurs stand.

Geradehin auf die Einschlagstelle ging jetzt der Flug.

In weitem Bogen kreiste das Schiff über dem Schauplatz der Katastrophe. In langen Spiralen ging es mit gedrosselten Motoren nach unten. Der Zeiger des Höhenmessers begann zu fallen. 10 Kilometer…8 Kilometer…5 Kilometer…, da gerieten sie in die brodelnden, kochenden Wolken. Im Augenblick war jede Sicht verschwunden. Weiß und milchig schimmerte es im Licht der Lampen an den Scheiben des Kommandoraums.

»Es hat keinen Zweck, tiefer zu gehen«, sagte Eggerth und griff in die Höhensteuerung.

Das Schiff schraubte sich wieder empor…5,5 Kilometer…6 Kilometer…da kam die Sicht langsam wieder, aber das Schiff flog in dichtem Schneegestöber. Noch einmal 500 Meter höher, dann hatten sie das Schneetreiben unter sich. Das Schiff stand über dem Grenzgebiet, in dem sich die emporgerissenen Dampfmassen in der Kälte der Polarnacht zu Schneeflocken verdichteten.

In 10 Kilometer Höhe kreiste die Maschine über dem Wolkenberg. Berkoff stand im Mittelraum und arbeitete mit einem Sextanten. Er notierte Sternhöhen, schlug Tabellen auf, rechnete, schrieb schließlich zwei Zahlen nieder: 83 Grad 14 Minuten Süd, 158 Grad 12 Minuten Ost. Das Papier mit den Zahlen in der Hand kam er in den Kommandoraum zurück.

»Den genauen Ort haben wir, was machen wir jetzt?«

»Merkwürdige Frage«, erwiderte Eggerth, »wir haben den Auftrag, nach unserem Walkenfelder Werk zu fliegen. Alles übrige kann uns egal sein.«

Noch während er es sagte, brachte Eggerth das Schiff wieder auf den alten Kurs. »Wir müssen uns dranhalten, wenn wir morgen mittag in Walkenfeld sein wollen.«

»So eilig ist es doch nicht, Hein«, widersprach Hansen, »dein alter Herr kann sich für einige Zeit auch ohne uns behelfen. Ich hätte verdammt Lust, mir erst noch mal den Boliden aus der Nähe anzusehen.«

»Junge, Junge, da kannst du dir eklig die Finger verbrennen«, warf Berkoff ein, »der Brocken, der da 'runter kam, war wohl einen Kilometer dick. Was meinst du, was das für eine Portion Hitze bei dem Anprall gegeben hat. Es wird wenigstens Wochen dauern, ehe man sich der Einschlagstelle nähern kann.«

Hansen machte ein betrübtes Gesicht.

»Schade! Ich habe mir das so schön gedacht, den Fall gleich auf frischer Fahrt zu untersuchen. Na, denn nicht! Du hast doch wenigstens die genaue Ortsbestimmung, Georg, damit wir die Stelle beim nächstenmal wiederfinden?«

»Habe ich, Wolf. Fürchte aber, daß es beim nächstenmal noch zu früh sein wird. Übrigens könnten wir ja mal den guten Wille anklingeln, ob er was von dem Boliden gesehen hat.«

Berkoff ging zur Funkstation des Schiffes und schob die Kopfhörer über die Ohren. Die Morsetaste begann zu klappern. Schon nach kurzer Zeit hatte er die Verbindung mit der Station hergestellt.

»Gesehen haben sie etwas, aber nicht viel«, rief er Eggerth zu. »Außer vielen Sternschnuppen wollen sie auch dicht über dem Südhorizont eine Feuerkugel beobachtet haben. Dr. Wille nimmt an, daß ein kleiner Meteorit in etwa hundert Kilometer Entfernung von seiner Station niedergegangen ist.«

Hansen lachte auf:

»Hundert Kilometer! Da hat sich der gute Mann gründlich verkalkuliert. Tausend Kilometer war das Ding von ihm ab. Kleiner Meteorit, na, ich danke, mir war der Brocken groß genug!«

Eggerth setzte das Flugschiff wieder auf seinen alten Kurs. Mit voller Maschinenkraft stürmte es durch die Stratosphäre und brachte in jeder Minute 25 Kilometer hinter sich.

Für die nächsten Stunden verschwand der Bolide aus der Unterhaltung der drei. Schon hatte ›St 8‹ den südlichen Drehpunkt des Erdballes überflogen und folgte einem Kurs auf dem 15. Grad östlicher Länge. Die Nacht wurde lichter. Als sie den 70.

Breitengrad kreuzten, tauchte die Sonne auf.

Noch einmal zwei Stunden und der Südatlantik war überflogen; der afrikanische Kontinent erreicht. Mit unverringerter Geschwindigkeit raste das Stratosphärenschiff weiter nach Norden. Eine Nacht kam und ging. Am folgenden Morgen war es über Walkenfeld.

Fünf absonderliche Pelzwesen hatten dem Stratosphärenschiff kurze Zeit nachgeschaut, als es die Station in der Antarktis verließ. Aber die grimmige Kälte und der schneidende Wind luden nicht zu längerem Verweilen im Freien ein. Sobald ›St 8‹ ihren Blicken entschwand, kehrten sie in das Stationshaus zurück, in dem die elektrische Heizung eine behagliche Wärme verbreitete.

Hier waren die gewaltigen Bärenpelze nicht mehr vonnöten, und als sie abgelegt wurden, kamen menschliche Gestalten zum Vorschein. Aus dem ersten Pelz schälte sich ein mittelgroßer Herr, der etwa in der Mitte der Vierziger sein mochte. Seine hohe Stirn und die klugen Augen verrieten den Gelehrten. Es war Dr. Rudolf Wille, der die Station hier am magnetischen Südpol unter 73 Grad Süd und 115 Grad Ost aus eigenen Mitteln, aber mit tatkräftiger Unterstützung der Eggerth-Reading-Werke, errichtet hatte.

Die Gestalt neben ihm, zwei Köpfe größer und sehr viel dünner, entpuppte sich als sein Assistent, Dr. Schmidt. Aus dem dritten Pelz sprang ein schlanker Junge von siebzehn Jahren, Rudi Wille, der Sohn des Stationsleiters. Aus dem vierten kroch Karl Hagemann, Mechaniker von Beruf und Faktotum bei Wille. Daneben noch Maschinist, Proviantmeister, Koch und Hans Dampf in allen Gassen. Alles in allem ein Universalgenie und für die Station unentbehrlich. Dem fünften Fell endlich entschlüpfte der blonde Jens Lorenzen, von der friesischen Wasserkante, früher Funker bei der Marine, jetzt absoluter Herr über das Funkwesen in Willes Station.

Während Dr. Wille seine vereiste Brille reinigte, verstaute Hagemann die schweren Pelze mit bemerkenswerter Geschwindigkeit in einem Nebenraum und fragte:

»Brauchen mich Herr Doktor jetzt?«

Wille schüttelte den Kopf. »Vorläufig nicht, Hagemann. Kümmern Sie sich um das Abendbrot.«

»Sehr wohl, Herr Doktor.«

Hagemann tauschte einen kurzen Blick mit Rudi Wille und verließ zusammen mit ihm den Raum. Ihr Weg führte sie durch einen schmalen Gang zu dem an einem Ende des Stationshauses angebauten Vorratsschuppen. Hagemann öffnete die Tür, schaltete die Beleuchtung ein. Das Licht der elektrischen Birnen zeigte einen Vorrat an Lebensmitteln, der für fünf Personen der Station auf Monate reichen mußte.

»Schauen Sie her, Rudi«, sagte Hagemann, »Sie haben die Herrlichkeiten noch gar nicht gesehen, die uns ›St 8‹ mitgebracht hat.«

Er deutete dabei auf Regale, die mit Konserven aller erdenklichen Art gefüllt waren.

Rudi zuckte die Schultern.

»Konserven, Hagemann, Konserven und noch mal Konserven. Ich habe genug von dem ewigen Blechbüchsenfutter.«

»Sehr richtig, Rudi. Ist auch nur für den Notfall gedacht. Als Reserve, wenn die regelmäßige Zufuhr ausbleiben sollte. Aber sehen Sie sich mal das hier an!« Er öffnete die Tür zu einem Nebenraum, in dem die elektrische Heizung so schwach eingestellt war, daß die Temperatur nicht viel über dem Gefrierpunkt lag.

Rudi Wille blickte in die Kammer und sah Dinge, die sein Herz erfreuten. Da lagen frische Gemüse und Kartoffeln in Mengen. Da hingen an Haken ausgeschlachtete Kälber und Schweine und daneben Geflügel aller Art. Hagemann stieß ihn in die Seite.

»Was, Rudi? Das ist ein Fressen für Götter. Vorläufig brauchen wir keine Blechbüchsen aufzumachen. Ja, ja! Die Eggerth-Reading-Werke! Wenn wir die nicht hätten, sähe es traurig um uns aus. Na, für heute wollen wir uns mal ein feudales Roastbeef mit Bratkartoffeln leisten.«

Während er es sagte, säbelte er von einem Rinderviertel ein tüchtiges Stück herunter. »So, das soll uns schmecken! Ich will's gleich in die Pfanne hauen.«

Das Fleisch in der Hand, verließ er den Vorratsraum. Rudi Wille begleitete ihn nur ein Stück. Dann verabschiedete er sich, um zu Lorenzen zu gehen.

Hagemann trat in die Küche. »Alte Bastlerseele«, knurrte er vor sich hin, »immer bei Lorenzen in der Funkerbude hocken und morsen... Na, meinetwegen kann er das Vergnügen haben. Wer weiß, zu was es gut ist... Ist wenigstens noch einer in der Station, der den Funkraum versteht, wenn Lorenzen mal der Schlag treffen sollte.«

So vor sich hinbrummend, machte sich Hagemann daran, die Kartoffeln für das Abendbrot zu schälen. Währenddessen saß Rudi schon bei Lorenzen und vertrieb sich die Zeit damit, Funksprüche aus allen Teilen der Erde aufzufangen.

Lorenzen ließ ihn gewähren. Er war aufgestanden und schaute durch das Fenster in die dunkle Ferne. Ganz weit im Süden dicht über dem Horizont sah er bunte Streifen aufwallen und wieder verschwinden, den Abglanz eines fernen Südlichtes. Dann blickte er zum Himmel empor, sah Sternschnuppen häufiger und schöner fallen als in früheren Nächten und sah schließlich auch einen besonders starken und glänzenden Meteor am fernen Horizont hinabschießen.

»Schade, Rudi! Da haben Sie etwas versäumt. Eine wunderbare Sternschnuppe, war schon beinahe eine Feuerkugel. Höchstens hundert Kilometer kann das Ding von uns abgewesen sein.«

Rudi Wille hörte nur mit einem Ohr zu. Am anderen behielt er das Telefon und verfolgte mit sichtlichem Interesse einen Depeschenwechsel zwischen zwei Dampfern in der Nähe von Kapstadt. Da sagte Lorenzen:

»Es geht nicht, Rudi, daß Sie hier den ganzen Äther abfrühstücken. Der Empfänger muß auf unserer Stationswelle stehen. Besonders jetzt, wo ›St 8‹ unterwegs ist.« Und er stellte den Empfänger wieder auf die mit den Eggerth-Reading-Werken verabredete Geheimwelle ein. Rudi warf den Kopfhörer auf den Tisch.

»Gemeinheit, Lorenzen! An der interessantesten Stelle haben Sie mir das Gespräch abgekniffen. Aber ich weiß, was ich tue.«

»Na, was denn, mein Jungchen?« lachte der Funker.

»Sehr einfach! Morgen fange ich an und baue mir einen eigenen Empfänger. Wir haben ja genug Einzelteile im Lager.«

Und nun begann Rudi zu erzählen, was für einen großartigen Empfänger er sich bauen würde und begeisterte sich dabei immer mehr für den eben erst gefaßten Plan. Mitten in seine Schilderung hinein brummte der Summer des Stationsempfängers.

»Wie gut, Rudi, daß wir richtig auf Empfang stehen«, meinte Lorenzen, während er den Kopfhörer überschob.

Es war ›St 8‹, das anfragte, ob man auch auf der Station etwas von dem Boliden gesehen habe. Da konnte nun Lorenzen dienen, und da er seine eigenen Ansichten mit der Autorität von Dr. Wille bemäntelte, gab es ein längeres Hin- und Herfunken, bis die Station wieder auf Empfang stand und Rudi seine Baupläne weiter ausspinnen konnte.

In einem Mittelraum des Stationshauses hatte Dr. Wille sein erdmagnetisches Kabinett eingerichtet. Als Observatorium war es ursprünglich gedacht, aber in den wenigen Monaten, die sie hier waren, war daraus bereits zum Teil ein Laboratorium mit ganz ungewöhnlichen Apparaten und Einrichtungen geworden. Neben den üblichen Magnetometern für die fortlaufende Registrierung der erdmagnetischen Intensitäten standen hier auch hochempfindliche elektrische Meßinstrumente, und schließlich nahmen bizarr geformte Glasröhren, in denen Dr. Wille den Einfall der Sonnenelektronen studieren wollte, einen guten Teil des Raumes in Anspruch.

Nach dem Abflug des Stratosphärenschiffes hatte sich Wille mit seinem Assistenten hierhin begeben, und jetzt waren die beiden Gelehrten in eine lebhafte Meinungsverschiedenheit geraten. Schmidt, eine international anerkannte Kapazität auf dem Gebiet des Erdmagnetismus, hatte an der Elektronentheorie Willes allerlei auszusetzen.

»Sie geben doch wenigstens zu, Herr Schmidt, daß ein Zusammenhang zwischen den Sonnenflecken und den Änderungen des Erdmagnetismus besteht«, rief Dr. Wille, ärgerlich über die Einwände des andern.

Schmidt kniff die Lippen zusammen und antwortete zögernd, wie wenn er jedes Wort abwägen müsse. »Ein Zusammenhang scheint vorhanden zu sein, aber wir kennen das Wesen dieses Zusammenhanges noch nicht.«

Wille griff nach einem kleinen Modell. Es stellte eine Erdkugel dar, an deren beiden Polen eigenartig gewundene Drähte angebracht waren.

»Der Zusammenhang muß für jeden denkenden Menschen vollkommen klar sein«, fuhr er fort »Aus den Sonnenflecken werden Unmengen von Elektronen mit enormen Geschwindigkeiten in den Weltraum geschleudert. Ein Teil davon kommt der Erde so nahe, daß er unter den Einfluß des erdmagnetischen Feldes gerät. Und dann...« Er fuhr mit den Fingern an den Drähten des Modells entlang, »sausen sie in Kurven um den großen Erdmagneten herum, bis sie an einem der beiden Pole in den Erdball eintreten.«

»Man hat sie noch nicht eintreten sehen«, warf Schmidt ein.

»Ich werde Ihnen den Eintritt in diesen Vakuumröhren zeigen, Herr Schmidt. Aber Sie haben ihn auch schon vorher gesehen. Jedes Nordlicht, jedes Südlicht ist ja nichts anderes als ein solcher Elektronenhagel in der obersten dünnen Atmosphäre.«

»Eine hübsche Theorie, aber noch nicht bewiesen«, widersprach Schmidt.

»Am Modell im Laboratorium klipp und klar bewiesen, Sie ungläubiger Thomas!« ereiferte sich Wille. »Geben Sie endlich den Elektronenfluß von der Sonne her in die beiden Erdpole zu?«

»Höchstens als Arbeitshypothese, Herr Wille, deren Wahrheitsgehalt sich erst erweisen muß«, sagte Schmidt.

»Meinetwegen können Sie auch Hypothese statt Theorie sagen. Jedenfalls ist dieser riesige Elektronenfluß nichts anderes als ein enorm starker elektrischer Strom, der den Erdmagneten umfließt und ihn in seiner Intensität beeinflussen muß!«

»Wenn er tatsächlich vorhanden ist!« warf der unverbesserliche Schmidt ein.

»Schmidt! Bei Ihnen kann man die Geduld verlieren. Kommen Sie! Wir wollen zu den Instrumenten auf dem Hof gehen und noch mal sehen, wie schnell die Kondensatoren sich aus der freien Luft aufladen – mit Sonnenelektronen, Herr Schmidt. Darum dreht sich's.«

Immer noch in ihren Disput verwickelt, zogen die beiden Gelehrten sich die vorsintflutlichen Pelze über und traten auf den Hof hinaus. Die Einrichtungen, die Wille hier aufgebaut hatte, erinnerten einigermaßen an die Freiluftanlagen eines modernen Umspannwerkes. Da standen mannshohe Zylinder aus Eisenblech, die wetterfest eingebaute Hochspannungskondensatoren enthielten. Über jedem Eisenzylinder standen auf Isolatoren zwei blinkende Messingkugeln, die mit den beiden Belägen des Kondensators verbunden waren. Dr. Wille trat an einen der Apparats heran, griff nach einem Funkenzieher und berührte die beiden Kugeln damit.

»Der Kondensator ist leer, Herr Schmidt. Nicht das kleinste Fünkchen ist zu sehen. Nun passen Sie bitte auf!«

Er bewegte einen Luftschalter und erdete dadurch den einen Kondensatorpol. Er bewegte einen anderen Schalter und brachte dadurch den zweiten Pol mit einer Leitung in Verbindung, die an einem hölzernen Gittermast etwa hundert Meter in die Höhe ging und dort in einem Gebilde von metallischen spitzen Kämmen endete.

»9 Uhr 5 Minuten 10 Sekunden Greenwichzeit, Herr Schmidt«, fuhr er mit einem Blick auf seine Taschenuhr fort. Er behielt die Uhr in der Hand und folgte dem Fortschreiten des Sekundenzeigers.

Die Sekunden verstrichen. Als die fünfzigste herankam, begannen die Kugeln zu knistern, hin und wieder huschte ein bläulicher Schimmer über sie hin. Als die Minute voll war, schlug ein krachender heller Blitzfunke zwischen ihnen über. Wille steckte seine Uhr wieder in die Tasche.

»Eine Minute, Herr Schmidt, um einen Kondensator von hundert Mikrofarad auf eine Spannung von 50 000 Volt aufzuladen. Wie denken Sie jetzt über die Sonnenelektronen?«

Dr. Schmidt hatte noch ein gutes Dutzend Einwände auf Lager. Aber es fror ihn zu sehr, um sie hier draußen an den Mann zu bringen.

»Ich schlage vor, daß wir die Sache drinnen besprechen«, sagte er – wollte er sagen –, da kam ein dumpfes Brausen durch die Luft. Dann traf ein orkanartiger Sturmstoß die beiden. Einen Augenblick sah Schmidt noch die hohen Lichtmasten wie Streichhölzer zusammenknicken und niederstürzen. Dann wurde es dunkel. Er sah nichts mehr, fühlte sich nur von dem Orkan mit unwiderstehlicher Kraft in wirbelndem Schnee über den Hof gerissen und stürzte nieder. Über ihm häufte sich der Schnee zu einer starken Wehe.

Um die gleiche Zeit saß Rudi immer noch mit Lorenzen zusammen und schmiedete hochfliegende Empfängerpläne. Die beiden hörten das aufkommende Brausen und Dröhnen, vernahmen etwas von dem Krachen der niederstürzenden Masten, sahen den Hof dunkel werden. Erschreckt starrten sie sich an. Da fühlten sie den Boden unter sich beweglich werden. In jähem Ruck hob sich die ganze Funkerbude, wirbelte durch die Luft, drehte sich dabei und schlug seitlich auf den Boden. Dichte Schneemassen fegten darüber hin.

Karl Hagemann hatte den elektrischen Herd eingeschaltet und ein Roastbeef eben in die Pfanne getan. Mit Gott und der Welt zufrieden, stand er dabei und freute sich, wie das Fleisch in dem brodelnden Fett briet. Da schleuderte ihn ein jäher Stoß in die Ecke neben dem Herd. Er hörte Wände brechen. Schneewirbel umgab ihn. Ehe er sich rühren, sich aufrichten konnte, war er von dichten Schneemassen bedeckt. Im Schnee begraben waren im Laufe weniger Sekunden alle fünf Insassen der Station.

Was war geschehen? Mit Schallgeschwindigkeit hatte sich eine explosionsartige Luftwelle von der Einschlagstelle des Boliden her nach allen Seiten ausgebreitet. Fünfzig Minuten nach dem Sturz des Boliden erreichte die Explosionswelle Dr. Willes Station und verwandelte sie im Augenblick in einen Trümmerhaufen.

Mit unverminderter Geschwindigkeit stürmte die Welle weiter Und brachte noch Sturm und Unwetter über die südlichen Teile von Afrika, Australien und Amerika. Die Meßinstrumente in allen Bebenwarten der Erde gerieten in Aufruhr und zeichneten ein schweres Fernbeben in der Antarktis auf. Geologen und Meteorologen zerbrachen sich ihre Köpfe über die möglichen Ursachen. Den wahren Ursprung all dieser Erscheinungen vermochte niemand anzugeben. Nur die Besatzung von ›St 8‹ hatte den Boliden stürzen sehen, der schuld an alledem war.

Von den Türmen Walkenfelds läutete es zu Mittag, als ›St 8‹ an seiner Hubschraube über dem Hof der Eggerth-Reading-Werke hing.

»Allerhand Volk scheint sich ja zu unserem Empfang versammelt zu haben«, meinte Hansen nach einem Blick durch die Fenster des Kommandoraumes.

»Wird sich am Ende auch so gehören«, sagte Berkoff, »wir haben ja unsere Ankunftszeit genau gefunkt«

Während das Stratosphärenschiff langsam tiefer sank, fuhr Hansen fort, die Menschengruppe auf dem Werkhof zu betrachten. Plötzlich wandte er sich zu Hein Eggerth.

»Du Hein, dein alter Herr ist nicht dabei.«

Hein fand keine Zeit zur Erwiderung. Die sichere Navigierung des großen Flugschiffes nahm ihn voll in Anspruch. Jetzt schwebte der mächtige Bau nur noch wenige Meter über dem Rasen des Hofes. Jetzt setzte er sanft auf dem Traktorengestell auf, das ihn in die Halle bringen sollte. Eggerth schaltete den Vertikalmotor aus. Noch einige matte Drehungen machte die gewaltige Hubschraube. Dann stand sie still und sank in den Rumpf des Flugschiffes hinein.

Eggerth erhob sich aus dem Sessel vor der Steuerung und fuhr sich mit einem Taschentuch über die Stirn: »So, da wären wir wieder glücklich zu Hause. Sagtest du etwas zu mir, Wolf?«

»Nichts von Bedeutung, Hein«, erwiderte Hansen, der bereits dabei war, den luftdichten Verschluß der Tür zu lösen.

Dann standen sie auf dem heimatlichen Boden und sahen sich einer großen Menschenmenge gegenüber. Heilrufe aus hundert Kehlen, Armwinken und Tücherschwenken, doch vergeblich sah sich Eggerth nach einer der leitenden Personen des Werkes um. Der alte Meister Wulicke, der schon seit einem Menschenalter im Werk war, trat auf ihn zu.

»Herzlich willkommen zu Haus, Herr Eggerth, und ich soll Sie für den Herrn Professor begrüßen, weil er selber nämlich jetzt keine Zeit hat.«

Hein Eggerth schüttelte dem alten Faktotum herzlich die Hand.

»Ich danke Ihnen, lieber Wulicke. Was hat denn mein Vater vor, daß er seinen erstgeborenen Sohn nicht selber begrüßt?«

Meister Wulicke kraulte sich den Kopf.

»Schwere Sitzungen, Herr Eggerth. Immerzu sitzen die Herren Jetzt zusammen. Tag und Nacht geht das jetzt mit den Konferenzen. Japaner sind auch wieder da. Das soll nämlich wegen der neuen Linien sein, die mit den neuen Düsen-Schiffen eingerichtet werden sollen.«

Hansen unterbrach den Alten lachend.

»Also der Laden geht, das Geschäft blüht, Wulicke? Ist ja großartig! Aber unser gutes altes Kasino haben die Herren doch hoffentlich nicht auch mit Beschlag belegt?«

»Nein, Herr Hansen, durchaus nicht! Die Herren sitzen nämlich immer in dem großen Konferenzzimmer, und der Koch hat auch schon feines Essen für Sie da. Es gibt Gulasch mit Nudeln«, schloß er seinen Bericht.

»Na, denn wollen wir mal!« sagte Eggerth und setzte sich in der Richtung auf das Kasino in Bewegung. »Ich habe nachgerade etwas Appetit bekommen.«

»Bei mir könnte man's schon fast Hunger nennen«, meinte Berkoff.

»Mir hängt der Magen bis in die Kniekehlen«, schloß Hansen die Debatte.

Im Kasino fanden sie alles, was Meister Wulicke ihnen in Aussicht gestellt hatte, und noch einiges mehr. Aber der Tag verging, ohne daß sie einen der leitenden Herren zu Gesicht bekamen. Erst am nächsten Vormittag konnte Hein seinem Vater über den Flug von Bay City nach der antarktischen Station berichten. Im Arbeitszimmer Professor Eggerths saßen sie sich gegenüber. Professor Eggerth nickte und legte die Aufstellung, die ihm Hein überreicht hatte, wieder aus der Hand.

»Sehr gut, Hein. Fünfzig Tonnen Nutzlast, 15 000 Kilometer Flugstrecke, dafür ist der Brennstoffverbrauch erfreulich gering. Diese Zahlen werden uns bei unseren augenblicklichen Verhandlungen sehr nützlich sein.«

»Ich hörte es schon gestern von Wulicke, daß ihr hier in Walkenfeld in dicken Verhandlungen über neue Linien steckt«, fiel ihm Hein ins Wort. Der Professor winkte ab.

»Davon später, Hein. Die Verhandlungen scheinen allerdings recht aussichtsvoll zu sein, aber vorläufig wollen wir bei der Expedition von ›St 8‹ bleiben. Ihr habt das Material für Dr. Wille aus Bay City hingebracht und auch noch geholfen, es mit einzubauen. War alles auf der Station in Ordnung?«

»Alles tadellos, Vater. Wille stürzte sich sofort auf die neuen Röhren. Er war ganz in seinem Element.«

Professor Eggerth lächelte. »Nun, mit allem Nötigen sind sie ja nun für längere Zeit versehen. Wenn sie etwas brauchen, werden sie sich schon melden. Das ist recht gut so. Wir müssen den Kopf jetzt für andere wichtige Dinge frei haben. Wie war's mit dem Rückflug?«

Hein räusperte sich. »Der Rückflug war auch ganz schön, Vater, aber um ein Haar wären wir dabei mit ›St 8‹ zum Teufel gegangen!«

»Was? Wie war das möglich? War etwas im Schiff in Unordnung?«

»Nein, die Geschichte kam von außen her. Ein mächtiger Bolide, der rund 200 Kilometer von uns entfernt auf die Erde stürzte …«

Hein Eggerth berichtete nun ausführlich das Abenteuer, das sie auf dem Rückflug, kurz nach ihrem Start, gehabt hatten. Als er geendet hatte, saß der Professor eine ganze Weile schweigend und sinnend da.

Nach einiger Zeit begann Hein weiterzusprechen. »Ich habe die Absicht, bei dem nächsten Flug in die Antarktis die Stelle zu besuchen, um genauer zu sehen, was da eigentlich vom Himmel gefallen ist. Es interessiert mich doch...«

»Tue das, Hein«, unterbrach ihn Professor Eggerth, »aber sprich bitte zu niemandem über diese Angelegenheit. Verpflichte auch Berkoff und Hansen zum Schweigen.«

Hein sah ihn erstaunt an. »Warum so geheimnisvoll, Vater? Ich verstehe nicht recht, warum wir...«

»Weil die Sache wichtiger und wertvoller sein kann, als ihr ahnt. Du schätzt den Durchmesser des Meteors auf rund einen Kilometer?«

»Auf wenigstens soviel, soweit eine genaue Schätzung aus zweihundert Kilometer Entfernung überhaupt möglich ist. Ich kann nur immer wieder sagen, es war ein Mordsbrocken, der da 'runterkam. Aber warum interessiert dich die Größe so sehr?«

Professor Eggerth strich sich über die Stirn. »Es ist schon öfter vorgekommen, Hein, daß solche Mordsbrocken, wie du dich auszudrücken beliebst, aus dem Weltraum auf die Erde stürzten. Das letztenmal geschah es in dem Jahr vor dem Ersten Weltkrieg. Da ist ein Meteor von ähnlicher Größe in die ostsibirische Tundra eingeschlagen. An der Einschlagstelle hat sich auch ein kraterartiges Ringgebirge gebildet. Man ist jetzt dabei, den Meteoriten, der aus reinem Nickeleisen besteht, bergmännisch auszubeuten.«

Hein schaute interessiert auf. »Ich beginne zu begreifen, Vater. Du meinst, wir könnten etwas Ähnliches mit dem Meteoriten in der Antarktis unternehmen.«

Professor Eggerth schüttelte den Kopf. »Nicht ganz so, wie du denkst, Hein. Ein Eisenbergwerk am Südpol, das würde wahrscheinlich unrentabel sein. Aber es könnte sich auch um Wertvolleres handeln.

In Arizona in den Vereinigten Staaten ist ein Bolide von ungefähr derselben Größe niedergegangen und hat ein Loch von 500 Meter Tiefe in die Erdkruste geschlagen. Das soll, wie die Geophysiker behaupten, schon vor 50 000 Jahren geschehen sein, doch das ist unwesentlich. Hauptsache ist, daß dieser Meteorit noch vorhanden ist und daß er nicht aus einfachem Nikkeleisen, sondern aus einem platinhaltigen Eisen besteht. Obwohl man mehr als 300 Meter in die Tiefe gehen muß, um an den Boliden heranzukommen, ist man doch kräftig dabei, das kostbare Mineral abzubauen, und tut es mit gutem wirtschaftlichem Erfolg.«

Hein sprang auf. »Alle Wetter, Vater! Das wäre eine Sache. Platin ist meines Wissens ebenso wertvoll wie Gold. Da könnte man schnell Millionen verdienen.«

Eggerth schüttelte den Kopf. »So einfach ist die Sache nicht, mein Junge. Das ist auch gar nicht der Zweck der Übung, daß der eine oder andere von uns da Reichtümer sammelt. Aber für Europa, für die Weltwirtschaft könnte die Angelegenheit von größter Bedeutung werden, wenn...ja, das müßt ihr eben bei eurem nächsten Flug feststellen, was da eigentlich vom Himmel gefallen ist. Erst wenn wir Teile des Meteoriten genau analysiert haben, läßt sich sagen, ob die Geschichte sich lohnt. Und dann, ich binde es dir nochmals auf die Seele...tiefstes Stillschweigen über alles, was ihr da etwa seht oder findet.«

Er warf einen Blick auf die Uhr. »Jetzt mußt du mich entschuldigen. In zehn Minuten beginnt die Besprechung mit den Japanern. Baron Okuru ist selber aus Tokio gekommen, um die Verhandlungen schneller vorwärtszubringen.«

Hein überlegte einen Augenblick. »Okuru...Baron Okuru? Mir ist es, als ob ich den Namen schon einmal gehört habe.«

»Höchstwahrscheinlich, Hein. Der Mann ist Abteilungschef in der amerikanisch-japanischen Fernost-Luftfahrt-Gesellschaft. Et handelt sich um eine Linie Tokio-Frisko, die flugplanmäßigen Anschluß an unsere Linie Frisko-New York bekommen soll. Um eine Nordsüd-Linie von Korea über die Japanischen Inseln bis nach Formosa und um eine mandschurische Linie. Das alles soll mit unseren Stratosphärenschilfen beflogen werden.«

»Großartige Sache, Vater!«

Der Professor nickte. »Ich muß jetzt in die Besprechung. Auf Wiedersehen später!«

In den nächsten Tagen und Wochen wurden die drei Piloten von ›St 8‹ vollkommen von ihrer Ingenieurtätigkeit in dem Walkenfelder Entwicklungswerk in Anspruch genommen. Von Professor Eggerth bekamen sie kaum etwas zu sehen. Bis über den Hals steckte er in Unterhandlungen nicht nur mit den japanischen Bevollmächtigten, sondern auch mit südamerikanischen Interessenten.

Gegen Ende der zweiten Woche nach der Rückkehr von ›St 8‹ wurden endlich die japanischen Verträge von allen Kontrahenten unterzeichnet, und fünf Tage später kamen auch die brasilianischen Abmachungen glücklich unter Dach und Fach.

Professor Eggerth sah angegriffen und überarbeitet aus, als er seinen Namen unter den letzten Vertrag schrieb, aber noch durfte er sich keine Ruhe gönnen. Er mußte nach Bay City. Die neuen Schiffe mußten dort sofort auf Stapel gelegt, das ganze Werk auf drei Arbeitsschichten umgestellt werden, denn nur so war es möglich, die vereinbarten Bauzeiten einzuhalten.

Mit dreifacher Belegschaft ging es an die Ausführung der großen neuen Aufträge. Mr. Kelly und alle Ingenieure des Werkes, aber auch Hein Eggerth, Hansen und Berkoff, die mit hinübergeflogen waren, steckten so tief in der Arbeit, daß sie oft nicht wußten, wo ihnen der Kopf stand.

Für eine kurze Mittagspause waren die drei ins Kasino gegangen, noch ganz erfüllt von Ideen über die praktische Durchführung der Umkonstruktionen und Verbesserungen für die neuen ›St‹-Schiffe auf Grund ihres letzten Probefluges. Zwischen Suppe und Braten fragte Hein unvermittelt:

»Hat sich eigentlich Dr. Wille wieder gemeldet?«

Die Frage riß die beiden anderen aus ihren Gedanken. Dr. Wille…die Station in der Antarktis. Daran hatte in dem Trubel der letzten Wochen keiner von ihnen gedacht.

»Keine Ahnung«, sagte Hansen lakonisch. »Ich weiß es auch nicht«, fügte Berkoff hinzu.

»Dann wollen wir mal nach dem Essen zu unserer Funkstation gehen und hören, ob in Walkenfeld Nachrichten vorliegen«, schlug Hein vor.

Die Auskunft, die sie dort erhielten, beunruhigte sie stärker, als sie es wahrhaben wollten. Seit Wochen war kein Funkspruch aus der antarktischen Station an das Werk gekommen.

Auf Veranlassung von Hein Eggerth versuchte der Werkfunker über Radio-City die Verbindung mit Dr. Willes Station aufzunehmen. Doch sooft Mr. Bourns sie auch auf der verabredeten Geheimwelle anrief, der Äther blieb stumm.

Ein Entschluß wurde gefaßt. Als die Abenddämmerung hereinbrach, lag ›St 8‹ startbereit auf dem Werkhof, beladen mit allen erdenklichen Dingen, die der antarktischen Station für den Fall eines Unglückes vonnöten sein konnten.

2

Ein Trümmerhaufen, vergraben unter Schneewehen, verloren in der dunklen, eisigen Polarnacht war die Station, nachdem jene fürchterliche Sturmwelle über sie hinweggebraust war. Hatte die Katastrophe auch fünf Menschenleben ausgelöscht?

Stöhnend griff Karl Hagemann im Dunkeln um sich. Langsam kam ihm das Bewußtsein wieder. Sein Kopf schmerzte, mit Mühe brachte er die Hände empor und ertastete an seiner Stirn eine Wunde. Dann spürte er, wie es ihm von hinten her feucht in den Nacken tropfte. Er versuchte sich zu erheben und fühlte sich dabei durch irgend etwas gehemmt, das ihn von allen Seiten umgab.

Nach langem Mühen glückte es ihm, auf die Knie zu kommen, sich umzudrehen. Seine suchenden Hände faßten etwas Hartes, Eckiges, das sich warm anfühlte. Erinnerung kam ihm dabei zurück. Der elektrische Kochherd mußte das sein. Neben ihm hatte er ja gestanden, gegen den war er geschleudert worden, als das Unheimliche, Unerklärliche hereinbrach. Nun wurden seine Gedanken klarer. Er begann zu begreifen, was sich ereignet hatte. An dem heißen Herd war etwas von den hereinwirbelnden Schneemassen geschmolzen. Daher die Nässe, die er zuerst gefühlt.

Mit beiden Händen griff er nach der oberen Herdkante und zog sich in die Höhe. Jetzt endlich stand er aufrecht, bis an die Schultern noch in pulvrigem Schnee, aber den Kopf hatte er frei, konnte endlich tief und kräftig atmen. Und nun erschaute er auch im unsicheren Sternenlicht etwas von den Verwüstungen, welche die Katastrophe angerichtet hatte.

Allmählich kamen seine Gedanken wieder in Gang. Was war geschehen? Wo waren die anderen? Er mußte sie suchen, mußte ihnen Hilfe bringen.

Langsam gewöhnten sich seine Augen an das unsichere Licht. Er erkannte, daß die Schneewehe nach außen zu flacher wurde. Mit den Armen rudernd, stampfend und schnaubend arbeitete er sich von der Herdwand fort ins Freie. Schon ging ihm der Schnee nur noch bis zu den Knien, dann stand er auf nacktem Felsboden. Aber nun spürte er auch die Kälte, gegen die ihn der Schnee so lange geschützt hatte.

Mit klappernden Zähnen eilte er zu dem Mittelbau des Stationshauses. Auch hier Verwüstung und Trümmer. Die Wände zum Teil eingedrückt und umgerissen. Durch ein Fenster gelangte er in das Innere, atmete auf, als er dem tödlichen Frost entronnen war, griff nach einem Lichtschalter. Vergeblich, kein Strom in der Leitung. Im Dunkeln tastete er sich weiter zur Kammer hin, in der die Pelze lagen. Als er das schwere Bärenfell über die Schultern zog, fühlte er sich vor dem Schlimmsten geborgen. Erschöpft ließ er sich zu Boden sinken, schloß minutenlang die Augen. Dunkelheit und tiefe Stille umgaben ihn.

Doch nein, ein pochendes, tickendes Geräusch drang an sein Ohr. Er lauschte schärfer... Die Maschine mußte es sein, der Dieselmotor, der trotz allem, was geschehen, unermüdlich weiterlief. Der Motor, das pochende Herz der Station, das Wärme, Licht und Leben gab.

Licht! Licht war das erste, das Notwendigste, was er haben mußte, ehe er nach den andern suchen konnte. Der Gedanke riß ihn empor, trieb ihn wieder hinaus in Nacht und Frost.

Durch Trümmer und Schneewehen arbeitete er sich bis zum Maschinenschuppen hin. Auch hier ein Bild der Zerstörung. Aber der Motor lief noch, lief leer, wie er am Maschinengeräusch sofort erkannte. Die Katastrophe mußte einen schweren Kurzschluß in der Leitung verursacht haben. Die Hauptsicherungen waren durchgeschlagen, die Dynamomaschine dadurch entlastet worden.

Hagemann fühlte seine Hände in der Kälte erstarren, steckte sie in die Taschen des Pelzes und hatte eine Streichholzschachtel zwischen den klammen Fingern. Licht! Eine Möglichkeit, sich Licht zu verschaffen. Ein Streichholz flammte auf, ein Kerzenstumpf nährte ein spärliches Flämmchen. Es genügte ihm, um Werkzeug zu finden. Mit Schraubenzieher und Zange begann er zu hantieren, ungeschickt erst noch und unsicher mit den froststarren Händen. Doch schon spürte er, wie die Arbeit sein Blut in Bewegung brachte, schon ging es schneller und besser, als er nun Drähte zog.

Dann verblaßte der Schein der Kerze neben der strahlenden Helligkeit einer starken Glühlampe. Wenigstens hier an dieser einen Stelle hatte er wieder Licht. Mit schnellem Blick überflog er den Maschinenraum und sah, daß hier bei allem Unglück noch Glück gewaltet hatte. Es hätte schlimmer kommen können. Wohl hatte die Orkanwelle Teile des Schuppens fortgeschleudert, aber im Raum selbst nichts Wesentliches zerstört. Nicht nur das Maschinenaggregat und die Schalttafel waren unversehrt geblieben, auch die Regale, in denen die Reserveteile und das Installationsmaterial lagerten, waren von der Vernichtung verschont geblieben.

Er wollte wieder hinaus ins Freie, doch tiefe Dunkelheit hemmte seinen Schritt. Seine Augen, durch das reichliche Licht in dem Schuppen verwöhnt, vermochten hier draußen nichts mehr zu erkennen. Einen Augenblick überlegte er, begann dann in den Regalen zu kramen, bis er fand, was er suchte. Eine Rolle biegsamen Kabels und eine Reflektorlampe. Schnell war das Kabel an die Schalttafel angeschlossen, die Leuchte in seiner Hand flammte auf. So ausgerüstet, das Kabel von der Rolle abwickelnd und hinter sich herziehend, ging er auf die Suche. Wie ein langer leuchtender Balken huschte das Licht der Handlampe über den Hof hin und her. In dessen Schein sah er die Trümmer der niedergebrochenen Maste, sah, daß die zentnerschweren Kondensatoren umgerissen und nach allen Seiten hin verstreut waren. Sah dazwischen nach der Wand des Mittelbaues hoch aufgeschichtet endlose Schneemassen.

Gerade wollte er den Lichtkegel weitergleiten lassen, als er stockte. Etwas Dunkles, Unbestimmtes, hatte er auf dem Schnee erblickt. Er schritt darauf zu, leuchtete es stärker an und stutzte. Nichts anderes konnte das Ding da sein als die Pelzmütze von Dr. Schmidt.

Hagemann stand und überlegte. Wie kam die Mütze hier ins Freie? Er hatte die beiden Gelehrten in ihrem Observatorium vermutet. Sollten sie aus irgendwelchen Gründen ins Freie gegangen und hier von der Katastrophe überrascht worden sein? Dann lagen sie am Ende in den Schneemassen an der Hauswand begraben.

Aus dem Maschinenschuppen holte er eine kräftige Schaufel. Die Mütze...die Mütze, ging es ihm fortwährend durch den Kopf. Wo die Mütze liegt, kann Dr. Schmidt nicht weitab sein. In ihrer nächsten Nähe begann er den Schnee fortzuschaufeln; schnell, aber doch vorsichtig, damit er die Verunglückten nicht verletzte. Die Vorsicht war sehr am Platze. Kaum ein Dutzend Schaufeln Schnee hatte er beiseite geschafft, als er auf etwas Hartes stieß. Vorsichtig grub er weiter, griff mit den Händen zu, faßte einen Pelz. Er zog und hob daran. Eine Schulter kam zum Vorschein, ein Arm, ein ganzer Mensch schließlich. Es war Dr. Schmidt. Aber der Doktor rückte und rührte sich nicht. Hagemann packte den regungslosen Körper, schleppte ihn in das Maschinenhaus und legte ihn auf eine Werkbank. Er riß ihm den Pelz auf und begann den Körper zu kneten und zu reiben. Wie ein Verzweifelter arbeitete er, bis ihm der Schweiß von der Stirn lief. Lange, bange Minuten verstrichen, da tat der Gerettete einen tiefen Atemzug und schaute sich um, stieß unzusammenhängende Worte hervor. Hagemann schüttelte und rüttelte ihn, bis Dr. Schmidt eine abwehrende Armbewegung machte.

»Was ist denn, Hagemann? Sind Sie verrückt geworden, so mit mir umzugehen?«

Der ließ von ihm ab und zog unter der Werkbank eine Flasche Cognac vor.

»Trinken, Herr Doktor! Ordentlich trinken!« Ohne sich um die Proteste des langen Schmidt zu kümmern, schob er ihm die Flasche zwischen die Zähne und gab nicht nach, bis der eine gehörige Dosis geschluckt hatte.

Hustend versuchte der Doktor sich aufzurichten, und mit Hilfe des anderen gelang es ihm.

»Was ist los, Hagemann? Mit Ihnen...mit...«

Er sah sich erstaunt in dem Raum um. Erst jetzt bemerkte er die Zerstörung, wollte weiterfragen. Hagemann ließ ihn nicht zu Worte kommen.

»Wo ist Dr. Wille? War er mit Ihnen zusammen auf dem Hof?«

Schmidt griff sich an die Stirn.

»Ja, natürlich! Wir waren zusammen auf dem Hof, als etwas geschah...Was war es denn?«

»Bleiben Sie ruhig hier liegen, Herr Doktor.«

Hagemann drückte ihm die Cognacflasche in die Hand und stürmte ins Freie. Die beiden haben sicher dicht zusammengestanden, wo der eine lag, muß auch der andere zu finden sein, schoß es ihm durch den Kopf, während er schon wieder eifrig schaufelte.

Doch diesmal bestätigte sich seine Vermutung nicht. Immer tiefer grub er sich in die Wehe hinein, ohne etwas zu finden. Verzweiflung wollte ihn überkommen. Da hörte er eine Stimme hinter sich.

»So kommen wir nicht zum Ziel, Hagemann. Wir müssen systematisch vorgehen.«

Es war Dr. Schmidt, dem der ungewohnte Cognac überraschend schnell auf die Beine geholfen hatte. Jetzt stand er neben Hagemann mit einem langen Besenstiel in der Rechten.

»Wir müssen sondieren, Hagemann. So macht man das immer, wenn Leute in eine Lawine geraten sind.«

Während er es sagte, watete der lange Schmidt in der Wehe herum und stieß den Besenstiel in kurzen Abständen vorsichtig in die Schneemassen hinein.

Hagemann hielt mit der Schaufelei inne und wischte sich den Schweiß von der Stirn. Dann lief er zum Maschinenschuppen zurück, holte sich auch einen Stiel und begann am anderen Ende der Wehe nach Schmidts Methode zu sondieren.

»Hier, Hagemann, hier liegt was unter dem Schnee!« rief Dr. Schmidt. Hagemann eilte zu ihm, die Schaufel trat wieder in Tätigkeit. Und dann fanden sie auch Dr. Wille und trugen ihn zusammen in den Maschinenschuppen.

Der Stationsleiter war von der Sturmwelle zwischen die Bruchstücke eines Gittermastes geschleudert worden. Dieser Umstand hatte ihn vor dem Tode des Erstickens bewahrt, da die Schneemassen in dem sperrigen Gitterwerk einen Hohlraum ließen. Aber der Mann hatte bei dem Anprall Kontusionen davongetragen und stöhnte schwer, als Hagemann versuchte, ihn durch Reiben und Massieren aus der Ohnmacht zu wekken.

»Vorsichtig, Sie Gewaltmensch!« unterbrach Dr. Schmidt die Tätigkeit Hagemanns und griff selbst mit zu. Endlich schlug Dr. Wille unter den Händen der beiden die Augen auf. Doch es bedurfte längere Zeit, bis er wieder vollständig zu sich kam. Der Unfall hatte ihn viel schwerer mitgenommen als seine Assistenten, und die Verletzungen an der rechten Schulter schienen nicht unbedenklich zu sein.

Hagemann griff auch hier zu seinem Universalmittel und flößte dem Verletzten eine tüchtige Portion Cognac ein. Während er noch damit beschäftigt war, schien sich Dr. Schmidt mit einem Rechenexempel zu befassen. Jetzt kam er damit heraus.

»Wir waren fünf. Wo sind die andern zwei?«

»Die beiden andern, Herr Doktor? Lorenzen und, Rudi! Die waren ja in der Funkerbude. Ich will gleich nachsehen.«

Er lief wieder ins Freie hinaus, Dr. Schmidt folgte ihm. Mit der Reflektorlampe leuchteten sie die Gegend ab. Eine Lücke dort, wo vorher noch der Funkraum stand. Hagemann griff sich an den Kopf.

»Verflucht! Die ganze Bude ist weggeflogen. Weiß der Teufel wohin.«

Schmidt unterbrach ihn.

»Allzu weit wird der Sturm sie nicht mitgenommen haben. Wir müssen sie suchen. Vorwärts! Los, Hagemann!«

Das war leichter gesagt als getan. Das Kabel der Reflektorlampe reichte eben nur bis zu der Stelle hin, wo die Funkerbude gestanden hatte. Darüber hinaus mußten sie im Dunkeln weitertappen. Nur allmählich gewöhnten sich ihre Augen an das unsichere Sternenlicht, und dann entdeckten sie einige 60 Meter hinter dem Stationshaus einen Schneehügel, in dem die vermißte Bude möglicherweise stecken konnte.

Dr. Schmidt schüttelte den Kopf.

»In der Dunkelheit ist nichts zu machen.«

»Das wollen wir schnell haben, Herr Doktor«, rief ihm Hagemann zu. »In fünf Minuten brennt hier elektrisches Licht.«

Er eilte zum Maschinenhaus zurück und begann dort allerlei zu basteln und zu schalten. Fünf Minuten später kehrte er zu Dr. Schmidt zurück, ein Kabel hinter sich her schleifend, eine brennende Starklichtlampe in den Händen, mit der er den verdächtigen Hügel von allen Seiten anstrahlte. Da stellte sich der wahre Sachverhalt denn schnell heraus.

Es war eine jener felsigen Erhebungen, etwa 25 bis 30 Meter hoch, wie sie in dieser Gegend häufiger vorkommen. An der steilen Wand, die der Station zugekehrt war, hatte der Orkan den Schnee zu einer riesigen Wehe zusammengewirbelt. Aus der weißen Masse ragte das Ende eines abgebrochenen Balkens hervor, von dem Hagemann mit Bestimmtheit behauptete, daß er zur Funkerbude gehöre. Dr. Schmidt überprüfte die Lage mit der objektiven Sachlichkeit des Gelehrten.

»Der Sturm hat die Funkerbude 60 Meter mit durch die Luft gerissen und gegen den Felsen geschleudert«, begann er dann zu dozieren. »Die Bude hätte zertrümmert, unsere beiden Jungen hätten zerschmettert werden müssen, wenn nicht...Ja, sehen Sie, Hagemann, das ist das Gute dabei, daß Pulverschnee besser fliegt als die schwere Funkerbude. Passen Sie auf, wir finden die beiden gesund und munter vor.«

Unwillkürlich ergriff Hagemann Dr. Schmidts Rechte und drückte sie: »Wenn Sie recht hätten, Herr Doktor. Wenn wir die Jungens lebendig herausholten...«, er hatte bereits die Schaufel irr der Hand und begann mit aller Macht zu graben.

»Ich werde Ihnen helfen«, sagte Schmidt und ging, um sich auch eine Schaufel zu holen. Im Maschinenschuppen fand er Dr. Wille in etwas besserer Verfassung vor. Nur der rechte Arm schmerzte bei jeder Bewegung. Schmidt knotete ein passendes Stück Kabel zusammen und legte ihm damit den kranken Arm in eine Schlinge. Dann kehrte er zu Hagemann zurück, und die beiden gruben zusammen weiter. Schon hatten sie um das Pfahlstück herum eine mannshohe Schneeschicht weggeräumt, da stießen sie auf Holzwerk und sahen, was eigentlich geschehen war. Die Bude hatte sich während ihrer unfreiwilligen Luftfahrt vollkommen überschlagen und steckte mit der Decke nach unten im Schnee.

Hagemann grub schon an der einen Seitenwand weiter. Dann zerklirrte eine Fensterscheibe unter dem Stoß seiner Schaufel. Er brachte die Lampe heran und leuchtete in den Raum.

Es sah drinnen wild aus. Apparate, Möbelstücke, Reserveteile lagen wirr durcheinander in einer Ecke. Aber als Hagemann den grellen Lichtkegel darauf richtete, regte sich etwas dazwischen. Eine Stimme ließ sich vernehmen. Es war Rudi Wille, der sich als erster aus dem Chaos herausarbeitete. Er war unverletzt. Schon stand er auf seinen Füßen, begann Teile des Haufens beiseite zu zerren, und dann war auch Lorenzen frei. Er hatte ein paar tüchtige Beulen abbekommen, sein Schädel brummte, aber sonst war er heil und munter. Mit Hagemanns Unterstützung kamen die beiden zum Fenster heraus und gingen mit zur Station zurück.

»Der Schnee«, murmelte Schmidt vor sich hin. »Der Schnee hat uns gerettet. Ohne den wären wir alle erfroren.«

»Ich habe Hunger«, sagte Lorenzen. Dr. Schmidt sah auf die Uhr.

»Kann ich begreifen, Lorenzen, vor sechs Stunden hatten wir die Absicht, zu Abend zu essen.«

»Da räumt ihr beiden mir mal erst den Schnee aus der Küche«, wandte sich Hagemann an Rudi und Lorenzen. »Ich will inzwischen eine Notleitung ziehen und den Herd wieder anschließen. Wie denkt ihr über Roastbeef mit Bratkartoffeln?«

Die Aussicht auf etwas Derartiges gab den beiden Riesenkräfte. Als Hagemann die neue Leitung an den Herd schraubte, war die letzte Schneeflocke aus der Küche entfernt. Dann brannte auch hier elektrisches Licht. Dr. Schmidt kam dazu und begutachtete die Lage.

»Wenn wir jetzt mit vereinten Kräften die Wände wieder aufrichten könnten und wenn es uns gelänge, auch noch das Dach wieder daraufzulegen, so könnte es hier ganz erträglich werden.«

Für drei kräftige Männer, denen die Not im Nacken saß, war die Aufgabe nicht unlösbar.

Unter dem Kommando Schmidts machten die drei sich an die Arbeit.

»Uff! Das wäre geschafft!« sagte Hagemann schließlich und warf seinen Pelz ab. Sowie der Küchenraum wieder geschlossen war, begann der elektrische Herd als Ofen zu wirken und verbreitete eine behagliche Wärme. »So, jetzt wird weitergebraten«, fuhr er fort und befaßte sich mit dem Roastbeef. Dr. Schmidt winkte Rudi.

»Kommen Sie, Rudi! Wir wollen Ihren Vater holen. Es ist Zeit, daß er ins Warme kommt.«

Nun waren sie zu fünft in der kleinen Küche. Es war reichlich eng, aber sie waren für den Augenblick gerettet.

Die gute Mahlzeit, die Wärme, das Gefühl vorläufigen Geborgenseins – alles zusammen ließ jetzt Müdigkeit aufkommen. Wo sie saßen und lagen, schlief einer nach dem andern ein.

Ein langer Schlaf gab den Ermatteten neue Kraft und frischen Lebensmut. Mit vereinten Kräften gelang es danach auch, den Maschinenschuppen wieder instand zu setzen. So hatten sie wenigstens zwei Räume, in denen sie vorläufig leben konnten.

Hoffnungslos aber war der Zustand des eigentlichen großen Stationshauses. Hier hatte die Explosionswelle derart gewütet, daß eine Wiederherstellung bei den geringen Hilfsmitteln ausgeschlossen war. Nur mit Mühe und nicht ohne Gefahr gelang es Hagemann, einige Kleidungsstücke und andere unentbehrliche Dinge aus dem Trümmerhaufen herauszuholen.

Ganz trostlos stand es schließlich um die Funkstation. Was dort an Apparaten vorhanden gewesen, war bei der Katastrophe restlos zu Bruch gegangen. In scherzhaftem Übermut hatte Rudi vorher geplant, aus den zahlreich vorhandenen Reserveteilen neue Sender und Empfänger zu bauen. Jetzt war die schnelle Ausführung dieses Planes eine bittere Notwendigkeit geworden, um mit der Welt in Verbindung treten zu können.

In Begleitung von Generaldirektor Kelly ging Professor Eggerth über den Werkhof auf die Stelle zu, wo ›St 8‹ startbereit lag.

Er wollte sich von der Besatzung des Stratosphärenschiffes verabschieden und seinem Sohn noch besondere Mitteilungen für Dr. Wille mitgeben. Eben betrat er die leichte Aluminiumtreppe, die noch an den Schiffsrumpf angelehnt stand, als ein Mann über den Hof gelaufen kam. Schon von weitem rief er und schwenkte ein Blatt Papier in der Hand. Es schien eine wichtige Nachricht zu sein.

Professor Eggerth drehte sich um und erkannte den zweiten Werkfunker. Vom schnellen Laufen außer Atem, kam er heran. »Wir haben eben Verbindung mit der Südpolstation bekommen.«

Der Professor griff nach dem Blatt und warf einen Blick darauf. Neugierig, was es da plötzlich gab, war Hein Eggerth in die Schiffstür getreten.

»Noch nicht starten! Wille funkt!« rief ihm sein Vater zu und machte sich auf den Weg zur Funkstation des Werkes.

»Start verschoben! Wille funkt!« gab Hein den Ruf in das Schiff weiter und lief dem Alten nach. —

»Was gibt's, Bourns?« fragte Professor Eggerth, als er in die Station trat. Der Funker, die Kopfhörer aufgestülpt, saß am Empfänger und schrieb im Eiltempo mit, was aus der Antarktis gesendet wurde. Ohne aufzusehen, schob er dem Professor mehrere engbeschriebene Blätter zu. Der nahm und las. Die ganze lange Geschichte von der Katastrophe, die die Station betroffen hatte.

Als er die letzte Zeile las, schob ihm der Funker schon wieder ein neues Blatt hin. Die dringende Bitte um Hilfe. Der Betriebsstoff für das Maschinenaggregat reichte nur noch für drei Tage.

Die Nacht über herrschte reges Leben auf dem Hof.

Um die fünfte Morgenstunde begannen die Motoren von ›St 8‹ zu arbeiten. Das Schiff erhob sich in die Stratosphäre und stürmte auf 84 Grad westlicher Länge nach Süden.

Es blieb nicht das einzige seiner Art, das an diesem Tage das Werk verließ. Wenige Stunden später folgten ihm ›St 9‹ und ›St 10‹ auf dem gleichen Kurs. ›St 9‹ hatte zwanzig Werkleute und reichliches Ersatzmaterial an Bord. In ›St 10‹ flog Professor Eggerth selber mit.

Auf den August war im Laufe der letzten aufregenden Wochen der September gefolgt. Die lange Polarnacht der Antarktis begann heller zu werden. Schon kündete ein leichter Schein, der in 24 Stunden um den Horizont herumwanderte, das höher kommende Tagesgestirn an. Das Morgengrauen eines neuen Polartages lag über dem endlosen Schneefeld und ließ die Zerstörungen, von denen die Station betroffen worden war, in ihrer ganzen Größe erkennen. Aber nun war das Schwerste überwunden, die Verbindung mit der Außenwelt war nach langer verzweifelter Arbeit wiederhergestellt worden, Hilfe war zugesagt, das rettende Schiff bereits unterwegs.

Dr. Schmidt stand mit Hagemann auf dem Hof und spähte in den dämmernden Himmel nach Norden.

»Von da müssen sie kommen, Hagemann.«

Hagemann folgte der weisenden Hand des Doktors mit unruhigem Blick. »Hoffentlich recht bald, Herr Doktor. Ich will meinem Schöpfer danken, wenn sie erst hier sind.«

Schmidt warf ihm einen fragenden Blick zu. »Warum? Auf ein paar Stunden kommt es doch gar nicht an.«

»Doch, Herr Doktor. Ich habe es Ihnen damals nicht gesagt, um Sie nicht noch mehr zu beunruhigen. Unser Motor hat bei der Geschichte damals auch einen Knacks abbekommen. Er hat einen Sprung im Zylinderblock.«

Dr. Schmidt vermochte seinen Schrecken nicht zu verbergen.

»Der Motorzylinder gesprungen, Hagemann? Das ist ernst! Was haben Sie dagegen getan?«

»Zuerst war der Sprung nur im äußeren Kühlmantel, da habe ich mit Kitt und Bandagen so gut gedichtet, wie es ging. Aber der Block ist in den letzten Tagen noch weiter nach innen gerissen. Es kommt jetzt bei jedem Kolbenhub etwas Kühlwasser in die Zylinder. Seit 12 Stunden läuft der Motor unregelmäßig. Sie können es hier hören, wie er manchmal aussetzt.«

Dr. Schmidt lauschte in die frostige Luft. Jetzt hörte er das Tacken des Motors – jetzt blieb es aus – jetzt kam es stoßweise wieder. Nur noch kurze Minuten, dann stand der Motor still.

Hagemann eilte zum Schuppen. Als er die Tür aufriß, quoll ihm dichter Dampf entgegen. Der Druck der letzten Motortakte hatte die Bruchstelle weit aufgerissen und das heiße Kühlwasser durch den Raum verspritzt. Der Motor, von dessen Arbeit das Leben der Station abhing, war niedergebrochen.

Dr. Schmidt zog den Pelz dichter tun seine Schultern. Ihn fröstelte bei dem Gedanken, daß in diesem Moment auch die elektrische Heizung aufhörte, daß die grimmige Kälte nun langsam, aber unwiderstehlich in ihre kargen Zufluchtsräume eindringen würde. Wie lange würden sie ihr widerstehen können?

Hagemann deutete zum Zenit. »Da, Herr Doktor! Ein Flugschiff!«

Ein winziges Pünktchen war es, das seine scharfen Augen dort eben erspäht hatten. Es dauerte geraume Zeit, bis es auch Schmidt sah. Schnell kam es tiefer, wuchs dabei immer mehr, bis der mächtige Rumpf von ›St 8‹ dicht über ihnen schwebte, dicht neben ihnen landete. Eine Tür wurde geöffnet, ein Laufsteg ausgeworfen, dann hielt Hein Eggerth den langen Doktor in den Armen und wirbelte ihn in der Freude des Wiedersehens auf dem Schneefeld herum, bis beiden der Atem knapp wurde. Hansen kam dazu:

»Eine nette Bruchbude habt ihr hier!« sagte er und besah sich mit Kennerblicken den eingestürzten Mittelbau. »Wie habt ihr denn das angestellt?«

Hagemann zuckte die Schultern: »Ist wirklich nicht unsere Schuld, Herr Hansen. Der Teufel mag es wissen, wie der Orkan so plötzlich die ganze Station auf den Kopf stellte?«

Hansen zog es vor, auf diese Frage keine Antwort zu geben. Ober alles, was mit dem großen Meteor zusammenhing, sollte ja allen anderen gegenüber Stillschweigen bewahrt werden.

Als dritter kletterte Berkoff aus dem Schiff, warf einen kurzen Blick auf die Station und meinte schulterzuckend zu Eggerth: »Das kriegen wir drei allein auch nicht wieder ins Lot.«

»Und der Motor, Herr Berkoff« sagte Hagemann, »unser Motor ist uns vor einer halben Stunde auch zum Teufel gegangen. Es wird kalt in unseren Löchern da drüben.«

»Um so molliger ist es bei uns im Bauch von ›St 8‹«, unterbrach ihn Hansen. »Da wollen wir uns die Sache mal erst in Ruhe überlegen.«

Und dann saßen sie alle acht gemütlich zusammen im Mittelraum des Stratosphärenschiffes. Der lange Schmidt und Dr. Wille, dessen Arm in der vergangenen Woche wieder in Ordnung gekommen war, Rudi, Lorenzen und der wackere Hagemann, der sich sofort in der Schiffskombüse nützlich machte. Begreiflicherweise drehte sich das Gespräch in erster Linie um die Katastrophe und die möglichen Ursachen. Die Zeit verstrich darüber, bis Hagemann sich eine Bemerkung erlaubte.

»Geschehen ist geschehen. Unsere Station ist kaputt. Wie können wir sie wieder in Ordnung bringen?«

»Leicht wird's nicht sein. Aber wenn Sie ordentlich Hebezeug mitgebracht haben, könnte es schließlich doch wohl gehen«, meinte Schmidt, indem er sich an Hein Eggerth wandte. Der lächelte in sich hinein. Nach einem verstohlenen Blick auf seine Uhr, meinte er: »Kommt Zeit, kommt Rat. Wir werden schon Mittel und Wege finden, um die Geschichte in Ordnung zu bringen.«

Und dann verstand er es geschickt, das Gespräch in andere Bahnen zu lenken.

Die Stunden verstrichen. Da brauste es in den Lüften. Neben ›St 8‹ legte sich ›St 9‹ auf das Schneefeld, und kaum ruhte es auf dem Boden, da senkte sich ›St 10‹ aus der Höhe herab und legte sich daneben.

»Was ist das?« fragte Dr. Wille erstaunt.

»Ich sagte ja«, lachte Eggerth, »kommt Zeit, kommt Rat. Jetzt werden wir den Kram hier schnell ins Lot kriegen.«

Noch während er es sagte, öffnete sich die große Ladeluke von ›St 9‹. Ein Schwarm von Leuten quoll heraus. Unter dem Kommando eines Ingenieurs wurden Hebezeuge aufgestellt und Bauteile aller Art aus dem Schiff ins Freie gebracht.

»Wir wollen uns die Sache aus der Nähe besehen und auch ›St 10‹ begrüßen«, schlug Eggerth vor. »Kommen Sie mit, Dr. Wille? Mein Vater wird sich freuen, Sie wiederzusehen.«

In den nächsten Stunden war es, als wären die Heinzelmännchen über die Station gekommen. Maste wuchsen im Laufe weniger Stunden in die Höhe. Bald leuchteten von ihren Spitzen wieder starke Lampen, vorläufig noch von der Maschine von ›St 8‹ gespeist, und übergossen die Station mit Tageshelle.

Dann war ›St 9‹ restlos ausgeräumt. Aber das Wichtigste, eine neue Kraftmaschine, fehlte. Man hatte nicht damit gerechnet, daß die alte zu Bruch gehen könnte, weil davon nichts in den Funksprüchen zu lesen stand. Da hieß es für ›St 9‹ noch einmal nach Bay City zurückzujagen und schnellstens eine Reservemaschine heranzuschaffen.

Auch im günstigsten Fall bedeutete das einen Zeitverlust von 48 Stunden, und für die nächsten Tage waren die fünf von der Station auf die Gastfreundschaft von ›St 8‹ angewiesen, denn kurz nach dem Start von ›St 9‹ stieg auch ›St 10‹ auf. Nur die drei Piloten von ›St 8‹ waren in diesem Schiff und außerdem Professor Eggerth selbst. Über das Ziel ihres Fluges hatten sie sich gründlich ausgeschwiegen.

Mit Nordkurs verließ das Schiff die Station. Erst als deren Gebäude am Horizont versunken waren, drehte es in weitem Bogen nach Süden zurück und nahm Kurs auf die Einschlagstelle des Boliden.

Eintönig dehnte sich das verschneite, vereiste Land unter dem dahinstürmenden Stratosphärenschiff. Dann verschwand das Weiß.

Rostrot und braun trat das nackte Gestein zutage. Tiefer ging ›St 10‹. In verlangsamtem Flug strich es in 2000 Meter Höhe über das Land hin. Da wurde der Boden wieder weiß, aber nicht Schnee war es, der ihm die Farbe gab. Dichte Nebelbänke lagerten über dem Boden.

Professor Eggerth blickte nachdenklich in die Tiefe, während sein Sohn zu ihm trat.

»Ich furchte, Hein, wir kommen noch zu früh. Der Widerstreit der polaren Kälte mit der Hitze der Aufschlagstelle...das muß Nebel geben wie überall, wo heiße und kalte Luft zusammentreffen. Wer weiß wie lange das noch dauert, bis es hier wieder klare Sicht gibt.«

Berkoff kam mit einer neuen Ortsbestimmung in den Raum. »Wir sind noch 200 Kilometer von der richtigen Stelle entfernt.«

Hansen setzte den Kurs des Schiffes noch tiefer. Dicht über der Nebelbank glitt es dahin. Berkoff warf einen Blick auf den Höhenanzeiger. »Die Nebelbank wird flacher, Herr Professor. Wir fliegen nur noch in 700 Meter Höhe. Nach Kurs und Log sind wir noch 100 Kilometer vom Sturzpunkt ab.«

Professor Eggerth nickte. In langsamem Flug glitt das Schiff weiter über den Nebel dahin. Schon mußten sie die Hubschraube in Betrieb nehmen, um nicht durchzusacken. Immer tiefer sank das Schiff dabei... 300... jetzt nur noch 200 Meter hoch war es über dem Land.

»Wie weit noch, Herr Berkoff?« fragte Professor Eggerth.

»Noch 40 Kilometer.«

Der Professor griff sich an die Stirn.

»Ein Ringnebel? Es wäre möglich, ja das muß es sein, es kann gar nicht anders sein.«

»Wie meinst du, Vater?«

Professor Eggerth deutete durch das Fenster nach unten. Nur noch schwacher Dunst lag unter dem Schiff.

»Ich meine«, sagte Professor Eggerth, »daß wir jetzt landen.«

»Wir sind aber noch 20 Kilometer vom Ziel entfernt«, warf Berkoff ein.

»Trotzdem wollen wir jetzt landen. Bitte, Herr Hansen.«

Hansen schaltete den Düsenantrieb aus. Das Schiff hing nur noch an seiner Hubschraube und senkte sich langsam zu Boden. Berkoff wollte dem Professor seinen Pelz bringen. Der winkte lächelnd ab.

»Nicht nötig, lieber Berkoff! Ich vermute, wir werden es draußen eher zu warm als zu kalt finden.«

Eine Tür im Schiffsrumpf wurde geöffnet, und milde Luft schlug ihnen von draußen entgegen. Fast 40 Grad unter Null zeigte das Thermometer in der Station, als sie fortflogen. Hier herrschten dagegen mehrere Grad Wärme. Professor Eggerth stieg aus dem Schiff und berührte den Felsboden mit den Händen. Er hatte die gleiche milde Temperatur wie die Luft darüber.

»Wir wollen sehen, wie weit wir kommen«, sagte der Professor, als er ins Schiff zurückkam, und gab Befehl, in 150 Meter Höhe langsam weiterzufliegen. Ein Fenster im Kommandoraum ließ er offen. Immer angenehmer, immer frühlingshafter strömte die Luft während des Weiterfluges in den Raum. Dabei nahm die Dunkelheit wieder zu. Professor Eggerth ließ die beiden starken Scheinwerfer des Schiffes anstellen und schräg nach unten richten. Zehn Kilometer waren sie noch von ihrem Ziel entfernt, als er zum zweiten Male landen ließ. Ein Felsstück, das im Licht der Scheinwerfer funkelnd aufglänzte, hatte des Professors Aufmerksamkeit erregt. In Begleitung seines Sohnes ging er darauf zu. Die andern wollten ihm folgen.

»Bleiben Sie beide an Bord!« rief er ihnen zu, »es ist nicht ratsam, ›St 10‹ hier unbemannt zu lassen. Ein unglücklicher Zufall, und wir wären alle verloren.«

Kopfschüttelnd sahen ihm Berkoff und Hansen nach. Was sollte wohl hier passieren, wo sich in der lauen Luft nicht der geringste Hauch rührte?

Professor Eggerth blieb vor dem glänzenden Brocken stehen. Es war ein verhältnismäßig kleines Erzstück. Ein Volumen von höchstens zehn Litern mochte es haben. Der Professor bückte sich, um es aufzuheben. Es gelang ihm nicht. Sein Sohn kam ihm zu Hilfe, aber auch mit vereinten Kräften gelang es ihnen eben nur, das Erzstück umzukanten. Hein mußte zum Schiff zurückgehen und Berkoff holen. Erst zu dritt vermochten sie den Brocken die kurze Strecke bis zum Schiff zu schleppen.

»Alle Wetter! Der hat's in sich!« rief Berkoff und wischte sich! die Stirn. »Was für Zeug mag das sein?«

Der Professor stand geraume Zeit nachdenklich vor dem Findling.

»Das wird sich bald herausstellen«, beantwortete er die Frage. »Mir scheint, wir haben keinen schlechten Griff getan. Vielleicht entdecken wir noch mehr von der Sorte. Achten Sie bitte darauf, wenn wir jetzt weiterfliegen.«

Kaum 50 Meter über dem Boden glitt das Schiff langsam vorwärts. Da blitzte es wieder auf. Eine neue Landung. Wieder wurde ein metallischer Brocken gefunden, diesmal so groß und gewichtig, daß sie ein Hebezeug holen mußten, um ihn an Bord bringen zu können. Und je weiter sie kamen, desto öfter wiederholte sich das. Wohl ein Dutzend solcher Fundstücke im Gesamtgewicht von etwa einer Tonne hatten sie schließlich im Schiff.

»Ein schweres Bombardement ist das gewesen«, sagte der Professor. »Der Bolide hat nicht schlecht um sich gestreut. Selbst wenn wir nicht mehr viel weiterkommen, so wissen wir jetzt doch, was wir wissen wollten.«

Die Befürchtung, daß ein weiteres Vordringen bald unmöglich werden könne, war nicht von der Hand zu weisen. Es herrschte draußen eine fast tropische Temperatur, und auch der Boden war an der letzten Landungsstelle schon reichlich warm.

»Noch etwa drei Kilometer dürften wir von der Sturzstelle entfernt sein«, meldete Berkoff. In der Tat begann das Gelände jetzt sehr merklich zu steigen. Das Schiff war an dem äußeren Hang des Kratergebirges angekommen.

Mit geringster Geschwindigkeit glitt es dicht über dem Boden den Abhang hinauf. Im Licht der Scheinwerfer blinkte es auch hier an zahlreichen Stellen metallisch auf, aber der Professor sah im Augenblick von einer Landung ab.

Nun hatte das Schiff den Kamm des Kratergebirges erreicht. Wild und zerrissen sah der scharfe, kreisförmige Grat aus. Sanft stieg das Land von außen her an, doch jenseits des Kammes fielen die Kraterwände nach innen zu fast senkrecht ab. ›St 10‹ hing über der klaffenden Wunde, die der Bolide bei seinem Sturz in die Erdkruste geschlagen hatte, und ließ seine Scheinwerfer in die Tiefe spielen. Leichte Dunstschwaden wallten etwa 200 Meter unter dem Schiff. Wo sie lichter wurden, schimmerte der Kraterboden unter den Scheinwerferstrahlen in tausend Reflexen.

Hansen führte die Rechte zu einem Hebel. »Sollen wir sinken?«

Der Professor schüttelte den Kopf: »Noch nicht!«

Er trat zu dem geöffneten Fenster und beugte sich hinaus. Unerträglich warm schlug ihm die Luft entgegen. Irgendwelche Gase mußte sie enthalten, die ihn zum Husten zwangen. Mit jähem Ruck schloß der Professor das Fenster.

»Steigen! Schnell steigen!« schrie er Hansen zu.

Stärker wirbelte die Hubschraube, ›St 10‹ stieg und schob sich gleichzeitig von der Kratermündung fort. Als das Schiff wieder über dem Außenhang stand, befahl Professor Eggerth, zu landen.

»Was hast du beschlossen?« fragte Hein, als das Schiff aufsetzte. Professor Eggerth sah blaß aus, wie wenn noch ein großer Schreck in ihm nachwirkte.

»Das hätte böse ausgehen können. Der Krater ist mit Gasen bis zum Rand gefüllt. Ein wenig tiefer noch, und unsern Motoren hätte die Verbrennungsluft gefehlt. Wir wären mit unserem Schiff in die Tiefe gestürzt und umgekommen.«

Er machte ein Bewegung, als ob er den Gedanken an die eben überstandene Gefahr abschütteln wollte, sprach dann ruhig weiter:

»Trotzdem – das Wagestück hat sich gelohnt. Sie alle haben es da unten auf dem Kratergrunde wohl schimmern gesehen. Für mich ist es sicher, daß der Bolide in seiner Hauptmasse aus den gleichen Stoffen besteht wie die Brocken, die wir vorher fanden. Wir wollen sehen, ob wir hier noch mehr davon entdecken können.«

Auf seinen Wink hob sich das Flugschiff wieder einige Meter empor und trieb langsam den Hang entlang. Die Stunden verstrichen, während ›St 10‹ das Ringgebirge absuchte. Mehrere Tonnen des unbekannten Sternenstoffes hatten sie an Bord, als die Umfahrt über dem Kratergebirge vollendet war.

Noch einmal machte Berkoff eine genaue Ortsbestimmung, während Hein Eggerth eine Skizze des Geländes entwarf. Der Professor nahm ihm das Blatt ab und steckte es in seine Brieftasche.

»Das soll die Unterlage werden, Hein«, sagte er dabei, »nach der wir unsere künftigen Pläne ausarbeiten wollen. Jetzt wieder Kurs auf die Station von Wille und absolutes Stillschweigen über alles, was wir hier gesehen haben.«

Mit voller Kraft schoß das Schiff von dannen. Bald lag wieder die eisige Antarktis unter ihm, und die Dunkelheit wich allmählich grauer Dämmerung. Das Knarren von Kränen und das Geräusch von Hammerschlägen drang zu ihnen, als das Schiff sich senkte. Nur etwa sechs Stunden hatte die Exkursion von ›St 10‹ beansprucht. Rüstig waren indessen die Arbeiten in der Station fortgeschritten.

Oberingenieur Thompson hatte seine zwanzig Mann in zwei Schichten eingeteilt, die sich alle sechs Stunden an der Baustelle ablösten. So konnte ohne Unterbrechung mit stets frischen Leuten gearbeitet werden.

Zweimal war der Dämmerschein heller und immer heller werdend um den Horizont gewandert, da kam ›St 10‹ zurück. In seinem Rumpf trug das Schiff neben manchem anderen auch eine neue Maschinenanlage. Ein halbes Dutzend Kräne packten zu, um das schwere Aggregat herauszuheben; schwankend und schaukelnd schleiften sie es bis zum Maschinenschuppen.

Ein halber Tag schwerer Arbeit noch, dann konnte Hagemann ein Ventil aufdrehen. Ein Zischen der Druckluft in den Zylindern, ein Tacken und Donnern, die ersten Explosionen der neuen Maschine dröhnten über den Hof. Licht strahlte aus den Fenstern des wiederhergestellten Stationshauses, die Wärme der elektrischen Heizung begann dessen Räume wieder zu füllen.

Einige Tage würde es noch erfordern, um auch die letzten äußeren Spuren der Katastrophe zu beseitigen. Der Professor hatte nicht die Absicht, so lange zu bleiben. Noch eine letzte Besprechung mit Dr. Wille. Eine lange Liste drückte er ihm dabei in die Hand. Neue Instrumente aller Art waren es, die der Doktor dringend wünschte und die ihm Professor Eggerth schleunigst zu schicken versprach. Ein letzter Händedruck noch, ein Abschied von denen, die hierblieben, dann schloß sich die Tür von ›St 10‹. Die Schrauben begannen zu arbeiten, das Schiff stieg empor.

3

Im Südwesten schließt sich an die Walkenfelder Eggerth-Reading-Werke eine größere Ebene. Ihr Boden besteht aus dem Abraum eines Braunkohlenbergwerkes, das im Tagebau betrieben wird und mit seiner Abbaustelle im Laufe der Zeit fünf Kilometer weiter nach Süden gerückt ist. Es kann noch Jahre dauern, bevor dies Land unter dem Einfluß von Regen, Luft und Sonne einmal fruchtbar werden wird. Einstweilen ist es Ödland, von Mensch und Tier gemieden.

Hier ging ›St 10‹ kurz nach Mitternacht mit abgeblendeten Scheinwerfern nieder. In einer halben Meile Entfernung sahen seine Insassen die Eggerth-Reading-Werke im strahlenden Glanz von tausend Lichtern liegen.

Hansen verließ das Schiff und marschierte durch die Dunkelheit davon. Der Professor blieb mit seinem Sohn und Berkoff zurück. Noch einmal setzte er den beiden seinen Plan auseinander, dessen Einzelheiten genau innegehalten werden mußten, wenn die Täuschung gelingen sollte, die er für notwendig hielt.

Auf der Landstraße im Westen wurden die Lichter eines Kraftwagens sichtbar. Sie verschwanden, tauchten wieder auf, waren eine Weile wiederum verschwunden, und dann stand ein großer Lastkraftwagen dicht neben dem Stratosphärenschiff. Hansen kletterte vom Führersitz und klopfte im Morserhythmus gegen den Rumpf von ›St 10‹. Der Professor kam heraus und besah sich den Wagen.

»Gut, Herr Hansen! Wo haben Sie ihn her?«

»Von Müller & Bergmann. Trotz der vorgerückten Stunde war da noch jemand im Kontor. Die Leute haben in den letzten Tagen viel Fuhren für unser Werk gemacht. Sie gaben mir den Wagen, ohne irgendwelche Randbemerkungen zu machen.«

»Um so besser, Herr Hansen! Jetzt an die Arbeit. Wir werden wohl alle etwas schwitzen müssen.«

Die Arbeit, zu der Professor Eggerth rief, war im buchstäblichen Sinne des Wortes eine schwere. Es handelte sich darum, die Erzbrocken, die sie aus der Antarktis mitgebracht hatten, aus dem Schiff in das Auto zu transportieren. Die Männer stöhnten und ächzten dabei, und ihre Hände trugen manche Blase und manchen Riß davon, bis die Arbeit endlich getan und das letzte Stückchen Erz in den Wagen umgeladen war.

Hansen setzte sich an das Steuer des Kraftwagens und fuhr in Richtung Chaussee fort. ›St 10‹, die Lichter immer noch abgeblendet, stieg wieder empor und jagte einige Meilen nach Süden. Dann erst ließ es seine Scheinwerfer wieder aufstrahlen und meldete seine Ankunft durch Funkspruch, und dann hing es über dem hellerleuchteten Flugplatz des Werkes und ließ sich langsam auf das bereitstehende Traktorengestell nieder.

Von allen Seiten strömten Menschen heran, Arbeitsleute im blauen Kittel, Ingenieure des Werkes. Außerdem noch Vertreter der Presse, die hier seit Stunden lauerten, um die neuesten Nachrichten über das Schicksal der Station in der Antarktis zu erfahren.

Kaum war die Treppe herangeschoben und die Tür geöffnet, als die Berichterstatter schon in das Schiff kletterten und seine Besatzung umringten. Wohl oder übel mußten der Professor und seine beiden Begleiter Rede und Antwort stehen und auf unzählige Fragen Auskunft geben.

Professor Eggerth ließ den Ansturm mit stoischer Ruhe über sich ergehen und duldete es mit nachsichtigem Lächeln, daß die Zeitungsleute sich von Berkoff und Hein durch alle Räume des Stratosphärenschiffes führen ließen. Mochten sie ihrer Neugier frönen: Es war ja nichts mehr an Bord, was man vor ihnen hätte verbergen müssen. Er selbst hatte Wichtigeres zu tun, als diesen Rundgang mitzumachen, griff nach Hut und Mantel und verließ das Schiff. So konnte er nicht sehen, wie Mr. Haynes, der Vertreter der American Associated Press, sich hinter dem Rücken von Berkoff im Laderaum von ›St 10‹ plötzlich bückte, etwas Glänzendes aufhob und in seiner Manteltasche verschwinden ließ.

Langsam ging Professor Eggerth über den Flugplatz auf das Werk zu. Sein Ziel war ein unscheinbares, einstöckiges Gebäude, das etwas abseits von den großen Montagehallen lag. Dieses Haus war, wenn man so sagen darf, die Keimzelle, aus der sich im Laufe der Zeit die Eggerth-Reading-Werke zu ihrer gegenwärtigen Größe entwickelt hatten.

Der Professor zog einen Schlüsselbund aus der Tasche und öffnete die schwere Eisentür mit einem vielfach gezackten Schlüssel. Seine Rechte griff zum Schalter, elektrisches Licht erleuchtete den Weg. Über einen Vorflur kam er zu einer zweiten Tür, und wieder war ein kunstvoller Schlüssel nötig, um das Sicherheitsschloß zu öffnen. Dann war er in seinem Privatlaboratorium, in das er sich auch jetzt noch des öfteren zurückzog, wenn es sich um wichtige Arbeiten und Versuche handelte, die er keinem anderen überlassen wollte.

Professor Eggerth wandte sich nach der rechten Längsseite des Raumes und rückte zwei Laboriertische zur Seite, nachdem er die Schlauchverbindungen gelöst hatte. Hierdurch wurde eine zweiflügelige Tür frei, die er mit dem seitlich an einem Nagel hängenden Schlüssel öffnete. Ein zweiter Raum lag dahinter, und als Professor Eggerth den neben der Tür befindlichen Lichtschalter betätigt hatte, nickte er befriedigt.

Der ziemlich ausgedehnte Raum, in dem früher einmal Maschinen gestanden haben mochten, war zum größten Teil leer, nur in der einen Ecke standen einige Prüfungsapparate, ältere, die durch moderne ersetzt worden waren, und einige überzählige Labormöbel waren übereinander aufgestapelt. Professor Eggerth schritt zur Fensterwand, in deren Mitte sich eine breite, stählerne Rolltür befand. Er öffnete eines der Fenster nach dem anderen und überzeugte sich, daß die schweren eisernen Fensterläden geschlossen und durch die angebrachten Sicherheitsschlösser ordnungsgemäß verriegelt waren. Zufrieden rüttelte er an den schweren stählernen Sperriegeln, die er seinerzeit hatte anbringen lassen. Dann wandte er sich zur Rolltür, und es zeigte sich, daß der gleiche vielgezahnte Schlüssel, der die Eingangstür des Laboratoriums geöffnet hatte, auch hier schloß. Professor Eggerth löschte das Licht, schob die Rolltür ein wenig auseinander und verschwand durch den Spalt.

Mit großen Schritten eilte er, den Flugplatz mit seinen Lichtern und Menschen seitlich liegen lassend, zum hinteren Fabriktor II. Der Nachtportier zog ehrfurchtsvoll die Mütze, als sein Chef plötzlich vor ihm erschien. Der Professor winkte ab:

»Schon gut, Müller. Ich möchte wissen, ob Herr Ingenieur Hansen schon angekommen ist. Er besorgt neue Instrumente für die Südpolstation.«

Der Portier schüttelte den Kopf: »Ich hab Ingenieur Hansen seit mehreren Tagen nicht gesehen, Herr Professor.«

Noch während er es sagte, tönte von der Straße her eine Autohupe. Ein schwerer Lastkraftwagen hielt vor dem Portal.

»Sind Sie es, Hansen?«

Der Professor war an den Wagen herangetreten. So laut, daß der Portier jedes Wort verstehen konnte, fragte er weiter:

»Haben Sie die Instrumente für Dr. Wille in Jena bekommen?«

»Alles in bester Ordnung, Herr Professor«, antwortete Hansen vom Steuersitz des Wagens her. »Dr. Wille wird zufrieden sein.«

»So, das freut mich, mein lieber Hansen. Wir wollen die Sachen vorläufig in mein Laboratorium stellen.«

Der Portier öffnete das eiserne Tor, und der Wagen fuhr auf das Werkgelände.

»Darf ich Ihnen ein paar Leute besorgen, Herr Professor?« fragte der Portier.

»Nicht nötig, Müller. Die Sachen bringe ich zusammen mit Herrn Hansen schon allein in mein Laboratorium.«

Während der Portier die Torflügel wieder schloß, rollte der Wagen schon weiter, mit Professor Eggerth auf dem Trittbrett, der Hansen während der Fahrt seine Weisungen gab. Vor dem Laboratoriumsgebäude sprang der Professor ab, und während Hansen seinen Laster wendete, schob er die Rolltür weit auseinander, so daß Hansen rückwärts hineinfahren konnte.

Rasch schloß sich die Rolltür hinter dem Wagen, und Ruhe und Dunkel lagen wieder über dem Gelände.

Hansen schaute sich, vom Wagen herabkletternd, erstaunt in dem kahlen Raum um.

»Es ist meine erste Versuchswerkstatt gewesen«, nickte ihm Professor Eggerth zu, während er einen Flaschenzug an den entlang der Decke befindlichen Schienen herbeizog. »Wir werden erst einige der größten Brocken als Schutz an der Wand entlang ablegen und dann den ganzen Rest herunterkippen. Ich glaube, so schaffen wir es auch allein.«

Hansen nickte erleichtert und machte sich daran, die Plane des Wagens zurückzuschlagen, und in gutem Hand-in-Hand-Arbeiten war der Wagen in einer knappen Stunde schwerer Arbeit geleert.

»Uff«, sagte Hansen und wischte sich die Stirn. »Das wäre mal wieder glücklich geschafft. Was jetzt weiter, Herr Professor?«

»Am besten, Herr Hansen, Sie bringen den Wagen gleich wieder zu Müller & Bergmann. Dann können Sie sich erst mal aufs Ohr hauen und ordentlich ausschlafen.«

»Danke schön, wird gemacht, Herr Professor.«

Hansen kletterte in den Wagen und fuhr los.

Professor Eggerth verschloß sorgsam die Rolltür und begab sich in sein Laboratorium. Hier ließ er seine prüfenden Blicke über die Flaschenbatterien gleiten. Er trat an ein Regal, nahm mehrere Flaschen heraus und stellte sie auf einen der Arbeitstische. Von einer andern Stelle holte er eine feine chemische Waage herbei. Dann zog er sich einen bequemen Stuhl heran und ließ sich nieder. Wie spielend griff er in die Rocktasche, und Bröckchen jenes wunderbaren Sternenstoffes, den ›St 10‹ aus der Antarktis mitgebracht hatte, fielen aus seiner Hand auf die Tischplatte.

Ein Stück nach dem andern untersuchte er auf der Waage. Er wog sie in der Luft, er wog sie im Wasser, er arbeitete mit dem Rechenschieber und notierte das spezifische Gewicht jedes Stückes. Es war für alle fast genau das gleiche. 11,5 schrieb seine Rechte auf das Papier: »Elf Komma fünf«, murmelten seine Lippen. Mit dem Bleistift begann er eine neue Rechnung, blickte auf das Resultat und strich sich sinnend über die Stirn. Halblaut sprach er zu sich selber: »Edelmetall... schwerstes Edelmetall. Ein hoher Prozentsatz muß in dem Erz vorhanden sein. Nun, wir werden sehen.«

Aus einer der Flaschen goß er wasserklare Flüssigkeit in ein Reagenzglas und ließ einen der Brocken hineingleiten. Gasbläschen bildeten sich an dessen Oberfläche und ließen die Flüssigkeit aufschäumen. Doch nicht lange dauerte das Spiel. Schon nach wenigen Minuten hörte die Gasentwicklung auf. Mit einer gläsernen Pinzette holte der Professor das Metallstück wieder heraus und legte es beiseite. Aus einer Flasche goß er ein paar Tropfen zu der Flüssigkeit im Reagenzglas. Im Augenblick begann sie sich zu färben, zeigte grünlich-bläuliche Streifen.

»Nickeleisen«, murmelte er vor sich hin, »der leichtere Bestandteil ist natürlich Nickeleisen. Es kann ja kaum anders sein.«

Andere Flaschen holte Professor Eggerth aus den Regalen, scharfe Säuren goß er in einem großen Glasgefäß zusammen und warf alles Erz hinein. Mächtig schäumte es in dem Gefäß auf, restlos löste sich das Metall in der Flüssigkeit. Nach andern Flaschen und Büchsen griff er dann wieder und gab etwas davon zu der Lösung. Verschiedenfarbige Niederschläge bildeten sich dabei, von denen er die übrigbleibende Flüssigkeit jedesmal sorgsam abgoß.

Die Stunden strichen darüber hin. Längst glänzte die Mittagssonne eines schönen Septembertages am Himmel. Der Professor hinter den verschlossenen Läden seines Laboratoriums ganz in seine Arbeit versenkt, merkte nichts davon. Flammen von Knallgasbrennern begannen zu zischen. Mit reduzierenden Stoffen vermengt, schmolz er jene vielfarbigen Pulver, die er aus seinen Lösungen gewonnen hatte, in feuerfesten Schalen nieder.

Schon ging die Sonne zur Rüste, da war das Werk endlich getan; da waren die Erzbrocken in ein Dutzend verschiedenfarbige Schmelzproben umgewandelt. Ein dunkelgrauer Regulus aus chemisch reinem Eisen lag neben einem anderen bläulichweiß schimmernden, der nur reines

Platin enthielt. Gelblich glänzte ein dritter, in dem alles Gold der Brocken vereinigt war. Aus Iridium, Palladium, Silber und anderen Metallen bestanden die übrigen.

Professor Eggerth verschloß sie in einem Panzerschrank. Sorgsam beseitigte er danach alle Spuren seiner Arbeit. Die Lampen auf dem Werkhof brannten bereits, als er das Laboratorium verließ, um in seine Wohnung zu gehen. Neben der Skizze, die Hein Eggerth von dem Bolidenkrater entworfen hatte, steckte ein zweites Blatt in seiner Brieftasche, das die genaue Analyse des Sternenstoffes enthielt. Nach einem kurzen Imbiß warf er sich in seinem Arbeitszimmer auf ein Ruhelager. Eine kurze Weile noch, dann begann die Flut seiner Gedanken zu verebben. Die Natur forderte ihre Rechte.

Eine halbe Stunde danach läutete das Telefon auf dem Schreibtisch, er hörte es nicht. Wieder einige Zeit später schrillte die Flurglocke. Der Schläfer bewegte sich, als wolle er etwas Lästiges verscheuchen, aber das rasselnde Geräusch wiederholte sich, ließ nicht nach. Noch ein paar Bewegungen, dann erhob sich Professor Eggerth mißmutig und verschlafen, um zu öffnen. Es war sein Sohn Hein.

»Nun, Vater, was ist mit dir? Wo steckst du denn, ich hörte soeben, als ich anrufen wollte, daß du schon den ganzen Tag nicht im Büro warst? Wie siehst du aus? Bist du erkrankt?«

Müde lächelnd winkte der Professor ab. Doch es drängte ihn, mit seinem Sohn das Ergebnis seiner Untersuchungen zu besprechen. Er ließ ihn eintreten, knipste die Stehlampe im Arbeitszimmer an und wies mit der Hand auf einen der bequemen Sessel. »Setz dich erst mal, Hein.«

Er selbst ließ sich in den zweiten Sessel fallen, zog die Brieftasche und reichte seinem Sohn ein Blatt Papier.

»Sieh dir bitte diese Zahlen an!«

Hein überflog das Blatt und wiederholte dabei halblaut, was er las: »60% Eisen…10% Platin…12% Gold…«

Verwundert ließ er das Blatt sinken. »Was bedeutet das, Vater?«

»Die Analyse von ein paar Erzproben des Meteors. Ich habe sie in der vorletzten Nacht gemacht.«

»Vater! Es ist ja nicht denkbar!…10% Platin…12% Gold…unermeßliche, unerschöpfliche Reichtümer wären ja dann mit dem Meteor vom Himmel gefallen! Aber ist dir vielleicht nicht doch ein Irrtum unterlaufen?«

Professor Eggerth schüttelte den Kopf. »Ich bin meiner Sache ganz sicher, Hein.«

»Ja dann, Vater…dann stehen wir ja vor etwas noch nie Dagewesenem.«

Der Professor wartete, bis sein Sohn sich wieder gefaßt hatte. Dann sprach er weiter.

»Meine Analysen sind unbedingt zuverlässig, Hein, aber sie erstrecken sich nur auf wenige hundert Gramm zufällig aufgelesener kleiner Brocken. Es könnte sein, daß gerade diese paar Stückchen so wertvoll waren, während die große Masse des Meteoriten viel ärmer, vielleicht nicht einmal abbauwürdig ist.«

Hein Eggerth sah enttäuscht aus. Eine kurze Weile sann er vor sich hin. Dann begann er wieder zu sprechen.

»Es wäre möglich, Vater, aber ich kann es nicht glauben – will es auch nicht glauben. Und du, Vater, glaubst es wohl auch nicht?«

Professor Eggerth lehnte sich in seinen Sessel zurück.

»Ich will vorläufig gar nichts annehmen oder glauben, Hein. Ich wollte nur die Möglichkeit andeuten, daß dieses günstige erste Ergebnis vielleicht einer weiteren Prüfung nicht standhalten könnte.«

Hein sprang von seinem Sitz auf. »Aber wir haben doch genug Erz mitgebracht. Auf fünf Tonnen schätze ich die Masse. Wir können ja sofort weiter untersuchen.«

»Sehr richtig, mein Sohn, das können wir tun und werden es auch schnellstens machen. Aber die Bearbeitung dieser Massen ist eine Heidenarbeit. Sie erfordert Geduld, Hingabe, Gewissenhaftigkeit und Zeit. Dabei muß die Sache absolut diskret behandelt werden. Ich möchte sogar nicht, daß Hansen oder Berkoff etwas davon erfahren.«

Während der Professor sprach, glitt ein Schein des Verständnisses über die Züge Heins. Er unterbrach den Professor: »Ich verstehe dich, Vater. Ich soll das Erz weiterbearbeiten.«

Professor Eggerth nickte.

»Es ist so, Hein. Die Chemie ist nicht dein Gebiet. Trotzdem mußt du die Sache übernehmen, denn ich darf und will keinen andern in das Geheimnis einweihen. Ich werde dich morgen mit der Technik dieser chemischen Scheidungen vertraut machen und dann... ja dann, mein lieber Junge, wirst du dich für die nächsten sechs bis acht Wochen in mein Laboratorium zurückziehen und ganz gehörig schuften müssen, bis alles Erz aufgearbeitet ist.«

Noch ein Viertelstündchen sprachen die beiden miteinander, und der Professor gab seinem Sohn genaue Verhaltungsmaßregeln für die nächsten Wochen. Mitternacht schlug es, als sie sich trennten, um endlich zur Ruhe zu gehen.

Am nächsten Tag hörte Wolf Hansen zu seiner Verwunderung von Oberingenieur Vollmar, daß Hein Eggerth mit Spezialaufträgen seines Vaters nach Bay City verreist sei. Am Nachmittag traf er Professor Eggerth, der gerade aus seinem Laboratorium herauskam. Der Professor trug eine verdrossene Miene zur Schau.

»Mit unserm Erz scheint nicht viel los zu sein«, sagte er beiläufig zu Hansen. »In der Hauptsache ist es reines Nickeleisen.

Wenn nicht doch noch Stücke mit etwas besserer Ausbeute dazwischen sind, wird es kaum lohnen, der Sache weiter nachzugehen. Trotzdem, Herr Hansen, wollen wir über die ganze Angelegenheit vorläufig noch Stillschweigen bewahren.«

»Selbstverständlich!, Herr Professor«, erwiderte Hansen und ging zu seiner Abteilung.

Man schrieb den 22. Dezember. In Europa rüstete man für das Weihnachtsfest, auf der südlichen Hälfte des Erdballes war Hochsommer. Zwar reichte die Kraft der Sonne nicht aus, um den schweren Eispanzer des sechsten, des antarktischen Kontinents merklich zum Schmelzen zu bringen, aber das Tagesgestirn blieb jetzt in jenen hohen südlichen Breiten dauernd über dem Horizont, und seine ständige Strahlung machte das Klima erträglich. Die Herren Wille und Schmidt brauchten sich nicht mehr in ihre schwersten Pelze zu wickeln, wenn sie einmal in das Freie traten, um sich an dem Anblick des großen Christbaumes zu erfreuen, den ›St 8‹ vor zwei Tagen in der Station abgeliefert hatte.

Überhaupt ›St 8‹! Was wäre die ganze Station ohne dieses wunderbare Schiff gewesen? Wie ein richtiger Weihnachtsmann war Wolf Hansen bei diesem letzten Besuch aufgetreten, hatte Kisten und Pakete ausladen lassen, die ihren Aufschriften nach für die einzelnen Mitglieder der Station bestimmt waren und erst am Heiligen Abend unter dem Christbaum geöffnet werden durften.

Hansen hätte die paar Tage wohl dableiben und das Christfest mit auf der Station feiern können. Aber er lehnte die Einladung Willes dankend ab und schützte dringende Geschäfte vor.

So verließ ›St 8‹ am 22. Dezember nachmittags drei Uhr nach Greenwichzeit wieder die Station und steuerte auf geradestem Kurs die Einschlagstelle des Boliden an. Eine Stunde später hing das Schiff schon über der großen Krateröffnung. Während es sich langsam sinken ließ, trieb es einer Stelle auf dem Kamm des Ringgebirges zu, auf der bereits seine älteren Schwesterschiffe ›St 3‹ und ›St 4‹ lagen, die noch nicht mit Düsenantrieb flogen.

Die Maschinen von ›St 3‹ und ›St 4‹ arbeiteten mit voller Kraft. Weithin dröhnte der Donner der starken Motoren über das Land. Ihre Propeller aber standen still, sie waren abgeschaltet. Die ganze Kraft der Motoren kam den mächtigen Luftkompressoren zugute. Bevor Professor Eggerth diesmal mit den drei Schiffen zur Antarktis aufbrach, hatte er einige bauliche Veränderungen an den Maschinenanlagen vornehmen lassen, und diese wurden jetzt ausgenutzt. Die großen Kompressorpumpen warfen die von ihnen erfaßten Luftmengen nicht mehr in das Innere des Schiffsrumpfes, sondern drückten sie in mehrere Meter weite Hanfschläuche hinein, die über den Kraterrand hinab in die dunkle Tiefe reichten.

Die Leute im Werk hatten sich über den Zweck der Änderungen die Köpfe zerbrochen. Seinen drei Mitarbeitern Berkoff, Hansen und Hein hatte der Professor den Zweck mit den Worten erklärt:

»Der ganze Krater ist bis zum Rand mit unerwünschten Gasen gefüllt. Wir werden ihn gründlich mit frischer Luft ausspülen.«

Und nun lagen die Schiffe hier, arbeiteten nach seinem Plan, und augenscheinlich ging alles wunschgemäß.

Die Besatzung der Schiffe war außergewöhnlich gering, denn um das Geheimnis zu wahren, war der Professor genötigt, sich auf seine bereits eingeweihten drei Mitarbeiter zu beschränken. Diese allein, zu denen der Professor als vierter kam, hatten die drei gewaltigen Schiffe nach der Antarktis gebracht, ein Wagnis, das nur durch die vorzügliche automatische Steuerung möglich war.

Nach einer kurzen Begrüßung des Professors kehrte Hansen zu seinem Schiff zurück und ließ einen elektrischen Haspel angehen. Auch von ›St 8‹ wurde ein Schlauch ausgerollt und in den Krater hinabgelassen. Dann vermengte sich der Motordonner des Schiffes mit dem der beiden anderen. 30 000 Pferde insgesamt waren an der Arbeit, Frischluft auf den Kratergrund hinunterzudrücken.

Am Abend des nächsten Tages wurden die Maschinen stillgelegt. Fast unnatürlich erschien den vier Männern die plötzliche Ruhe nach vielstündigem Motorgedröhn. Auf dem Kamm des Ringgebirges nahe dem Kraterrand hatte Professor Eggerth sich auf einer Felszacke niedergelassen. Es war frühlingsmäßig warm hier.

Die Sonne stand immer noch über dem Horizont, doch bei weitem nicht hoch genug, um in die Kratertiefe hineinzuleuchten. Der Professor warf einen kurzen Blick auf ein Blatt Papier, auf dem er sich den Gang der nächsten Arbeiten notiert hatte.

»Ad eins, Hein! Temperaturmessung mit dem registrierenden Fernthermometer.«

In Begleitung von Hansen ging Hein zu ›St 8‹. Sie rollten ein Kabel von dem Schiff her bis zum Kraterrand aus, zogen eine fahrbare Elektrowinde heran und verbanden sie mit dem Kabel. Noch einmal kehrten sie danach zu dem Schiff zurück und holten ein eigenartiges Instrumentarium. Ein leichtes Tischchen, auf dessen Platte ein Meßinstrument befestigt war. Unter der Tischplatte befand sich eine Kabelrolle. Etwas Rundes, von Korbgeflecht Umgebenes, das einer Boje ähnelte, war am Ende des Kabels befestigt.

Hansen häkelte das Seil der Elektrowinde in einen Karabinerhaken der Boje ein und ließ sie dann nach innen zu über den Kraterrand abrollen. Professor Eggerth war an den Tisch getreten. Er legte ein Dosenthermometer darauf und verglich es mit der Angabe des Meßinstrumentes.

»Geht in Ordnung, Hein. Beide Instrumente zeigen 20 Grad Celsius. Laß die Winde langsam angehen.«

Eine Schalterbewegung von Hein, und das Seil der Winde begann auszulaufen. Blaue und rote Stellen markierten an ihm die Meter nach Zehnern und Hunderten. Stetig glitt es in die Tiefe. Jetzt gab es einen leichten Ruck. Die Korbkugel hatte den Kratergrund in 220 Metern Tiefe erreicht.

Der Zeiger des Instrumentes auf dem Tisch kletterte langsam weiter.

»35 Grad…36 Grad…37 Grad…«, las der Professor von der Skala ab. »Wir wollen ein Viertelstündchen warten, bis der Apparat sich ausgeglichen hat«, sagte er, »obgleich ich nicht mehr glaube, daß die Temperatur uns Schwierigkeiten machen wird.«

Er warf wieder einen Blick auf seinen Zettel, »Ad zwei, Herr Berkoff! Untersuchung der Luft im Krater.«

Mit Hein und Hansen ging Berkoff zu ›St 3‹. Zu dritt zogen sie eine Aluminiumlaufbrücke aus dem Schiffsrumpf, bis sie eine schwach geneigte Fahrbahn von der Tür bis zum Felsboden darbot. Ein leichter Kran mit weiter Auslage wurde auf ihr ins Freie geschoben. Berkoff sprang auf dessen Führerstand, schaltete, und ein Kabel aus dem Schiffsbauch nach sich ziehend, rollte der Kran, elektromotorisch bewegt, bis zum Kraterrand hin.

Hansen und Hein Eggerth folgten zu Fuß. Gemeinsam schleppten sie einen größeren Gegenstand, der sich bei näherer Betrachtung als eine ganz gewöhnliche Petroleumlampe entpuppte, die der Professor eigenhändig an dem durch die Kranrolle laufenden Seil befestigte. Beinahe neugierig schauten ihm Hein und seine Freunde zu, wie er dann den Gaszylinder abzog, den Docht entzündete und danach Zylinder und Milchglasglocke wieder aufsetzte.

Obwohl der große Rundbrenner wohl etwa 25 Kerzen liefern mochte, war der Lampenschein im hellen Sonnenlicht kaum zu sehen.

»Um so besser wird sie in dem dunklen Kraterschacht leuchten«, meinte der Professor lächelnd, während der Kranausleger um einen rechten Winkel schwenkte. Zwanzig Meter von ihnen entfernt hing die Lampe jetzt über dem Schacht. Langsam ließ Hansen die Kranleine auslaufen.

In Gesellschaft seines Sohnes ging Professor Eggerth etwa hundert Meter auf dem Kamm des Ringgebirges weiter, bis er zu einer Stelle kam, wo er dicht an den Kraterrand herantreten und den Weg der in die Tiefe sinkenden Lampe verfolgen konnte. Die hatte den von den Sonnenstrahlen erhellten Teil des Schachtes bereits verlassen. Wie eine leuchtende Kugel erglänzte sie in dem darunterliegenden Dunkel.

»Halt! Stopp!« schrie der Professor plötzlich zu Hansen hinüber und winkte ihm. Die Lampe befand sich dicht über dem Kraterboden. Ein Glitzern und Funkeln unter ihr verriet, daß der Kratergrund aus blankem Erz bestand.

»Langsam hissen!« kommandierte Professor Eggerth weiter, während er zu der alten Stelle zurückkehrte.

Klar brennend kam die Lampe wieder zutage, wurde gelöscht und vorläufig beiseite gelegt.

»Atembare Luft bis zum Kratergrund vorhanden, die Temperatur dort beträgt 38 Grad Celsius«, faßte der Professor sein Urteil nach einem Blick auf das Meßinstrument zusammen.

»Jetzt ad drei. Wer will als erster den Abstieg riskieren?«

»Ich!« »Ich!« »Ich!« scholl es ihm dreifach entgegen.

Jeder wollte der erste sein, keiner wollte dem andern den Vortritt gönnen.

Der Professor entschied kurzerhand: »Wir werden losen, dann kann sich keiner von Ihnen benachteiligt fühlen.« Drei Streichhölzer, die er auf verschiedene Längen gebrochen hatte, hielt er seinen Mitarbeitern mit den Köpfen hin. Sie griffen danach; Hein Eggerth zog das längste Holz und hatte damit das Anrecht gewonnen, als erster den Abstieg zu machen.

Die Vorbereitungen dazu wurden getroffen. ›St 4‹ schob sich so dicht an den Kraterrand heran, wie es eben möglich war. Eine Winde zog aus dem Schiffsrumpf eine aus kräftigem Stahldrahtseil geflochtene Leiter heraus und ließ sie in den Krater hinabgleiten, Der Kran fuhr dicht an die Leiter heran. An seinem Ausleger hing jetzt ein starker Scheinwerfer, dessen Lichtkugel die Tiefe um die Leiter herum bis zum Grunde erhellte.

»Na, dann wollen wir mal!« rief Hein lustig und schickte sich an, zu der Strickleiter zu gehen.

»Nicht so fix, mein Junge!« hielt ihn der Professor zurück, und Hein mußte sich anseilen lassen. Das Seil, das sie ihm um die Brust schlangen, enthielt ein Telefonkabel. Kopfhörer wurden ihm über die Ohren geschoben, ein Mikrophon hing dicht vor seinem Mund.

Telefon und Mikrophon der Gegenstation nahm der Professor selbst, Berkoff und Hansen wurden beordert, das Seil zu halten und nur Schritt für Schritt auszulassen.

Dann begann der Abstieg. Wie sein Vater es gewünscht hatte, gab Hein, während er Stufe um Stufe hinabkletterte, ununterbrochen durch das Mikrophon Bericht nach oben. Ober 730 Sprossen hatte er hinabzusteigen, bis er endlich in einer Tiefe von 220 Metern auf festem Grund stand.

»Es ist schandbar heiß hier unten«, meldete er nach oben. »Ich schwitze wie ein Braten, aber sonst ist's ganz gemütlich. Die Luft gut atembar. Der Boden besteht, soweit ich sehen kann, aus gediegenem Erz. Ich hätte jetzt Lust, eine kleine Expedition quer durch den Krater bis zur anderen Seite zu machen. Dazu müßt ihr mir aber kräftig Seil nachlassen.«

»Warte damit, Hein, bis ich unten bin, ich werde jetzt Hansen das Telefon geben«, sagte der Professor.

Einen Augenblick herrschte Ruhe in der Leitung, dann vernahm Hein Eggerth die Stimme Hansens aus dem Kopfhörer, der alle möglichen und unmöglichen Einzelheiten über den Aufenthalt dort unten von ihm wissen wollte.

Er unterbrach den Fragestrom mit einer Gegenfrage.

»Warum kommt nicht lieber einer von euch herunter? Für meinen alten Herrn wird der Abstieg über die Leiter etwas anstrengend sein.«

Er hörte, wie Hansen am andern Ende der Leitung lachte, und in das Lachen mischte sich Motorengedröhn. ›St 3‹ schob sich, an seiner Hubschraube hängend, langsam vorwärts, bis. es mitten über dem Krater stand. Dann sank das Schiff wie ein fallendes Blatt allmählich nach unten, bis es sanft auf dem Kraterboden aufsetzte. Der Professor kletterte heraus und eilte auf seinen Sohn zu.

»So, mein lieber Junge, jetzt können wir die von dir geplante Expedition antreten.«

Er löste das Hein um die Brust geknotete Seil und rief Hansen durch das Mikrophon ein paar Verhaltungsmaßregeln zu. Die beiden dort oben, Berkoff und Hansen, sollten für etwa eine Stunde ruhig auf sie warten.

Die Scheinwerfer von ›St 3‹ wurden so gedreht, daß sie einen breiten Lichtkegel über den Kraterboden bis zur gegenüberliegenden Wand warfen. Im Schein dieser mächtigen Lichtquellen wanderte Professor Eggerth mit Hein über ein Erzfeld, das, in tausend Reflexen glänzend, ihre Augen oft blendete. Aus dem gleichen schimmernden Sternenstoff schien der ganze Kraterboden zu bestehen, von dem sie bereits früher Proben nach Walkenfeld mitgenommen hatten. Je weiter sie kamen, desto befriedigter blickte Professor Eggerth um sich.

Dann standen sie wieder am Ausgangspunkt ihrer Wanderung, und Professor Eggerth beorderte durch das Telefon jetzt auch Berkoff und Hansen nach unten. Auf der Leiter kletterten die beiden in die Tiefe, und dann begann eine Arbeit, zu der Professor Eggerth eine Planskizze vorlegte. An 200 über den Kraterboden gleichmäßig verteilten Stellen sollten Erzproben genommen werden. Jeder mit einer kräftigen Elektrobohrmaschine ausgerüstet, machten die vier sich ans Werk.

Fünfzig Proben hatte jeder zu nehmen. In vier Stunden war die ganze Arbeit getan. Keiner von ihnen hatte einen trockenen Faden mehr am Leibe, als sie in das Schiff kletterten und ›St 3‹ wieder nach oben schwebte.

Bald saßen sie gemütlich im Mittelraum von ›St 3‹ zusammen und taten einem aus den Schiffsvorräten schnell zusammengestellten Mahl alle Ehre an.

»Das Huhn mit Curry-Reis ist prima, prima«, meinte Hansen, vergnüglich kauend, und warf dabei einen Blick auf den Wandkalender.

»Herrschaften!« rief er und ließ Messer und Gabel sinken. »Wir schreiben ja schon den 25. Dezember, morgens drei Uhr nach Greenwichzeit. Den Heiligen Abend haben wir ja richtig über unserer Bohrerei da unten vertrödelt.«

»Wir wollen sagen, übersehen«, verbesserte ihn der Professor. »Im übrigen steht nichts im Wege, mein lieber Hansen, daß Sie jetzt noch einen Punsch brauen und das Versäumte nachholen.«

»Wird gemacht, soll sofort bestens besorgt werden«, sagte Hansen und lief zum Vorratsraum.

Dann dampften die Punschgläser auf dem Tisch und klangen zusammen. Die Männer stießen an auf die ferne Heimat und feierten in der Antarktis Weihnachten. Um die siebente Morgenstunde hob der Professor die Tafel auf.

»In die Kojen, Herrschaften! Erst mal acht Stunden Schlaf. Dann geht's mit Volldampf nach Walkenfeld zurück.«

Die *City of Baltimore*, auf der Rückreise von Hamburg nach New York, verließ die Reede von Southampton und lief auf Westkurs der Kanalmündung und dem Atlantischen Ozean entgegen. Zu ihren Passagieren gehörte Mr. Haynes. Nach mehrjährigem Aufenthalt in Europa hegte der Vertreter der American Associated Press den Wunsch, wieder einmal die gesegnete Luft der Vereinigten Staaten zu atmen. Unter den Amerikanern, die in Southampton auf das

Schiff kamen, hatte er einen alten Bekannten entdeckt, Mr. James Garrison, der in der großen kalifornischen Sternwarte in Pasadena tätig war und von einer englischen Studienreise nach den Staaten zurückkehrte.

Nach der Mittagsmahlzeit zog Mr. Haynes sich seinen flauschigen Ulster über, um durch einen tüchtigen Spaziergang allen Folgen der üppigen Verpflegung entgegenzuwirken. Er beabsichtigte, vierzigmal um das Oberdeck herumzumarschieren.

Nach der zwanzigsten Runde gesellte sich Mr. Garrison zu ihm, und ein Gespräch kam in Gang. Ein scharfer Westwind blies ihnen entgegen, als sie wieder nach vorn marschierten.

Unwillkürlich steckte Haynes seine Hände tiefer in die Manteltaschen, da spürte seine Rechte etwas Hartes, Schweres. Er zog die Hand heraus und hielt ein glitzerndes Stückchen Metall von der Größe einer mittleren Haselnuß zwischen den Fingern.

»Oh, Mr. Haynes, was haben Sie denn da?« fragte ihn Garrison interessiert.

Einen Augenblick mußte Haynes sich besinnen, dann erinnerte er sich wieder, wie er zu dem Brocken gekommen war.

»Ein Andenken aus der Antarktis, wie ich vermute, Mr. Garrison.«

»Aus der Antarktis? Wie kommen Sie dazu?«

Haynes erzählte ihm, wie er vor Monaten in Walkenfeld war, um die Ankunft der Eggerthschen Stratosphärenschiffe abzuwarten, und wie er bei der Gelegenheit das Stückchen im Laderaum des Flugzeuges fand und unbemerkt in die Tasche steckte.

»Ein reiner Zufall, daß ich es jetzt wieder entdeckte«, schloß er seinen Bericht, »ich habe diesen Mantel seit Monaten nicht mehr getragen. Das Stück muß irgendwie aus der Station eines gewissen Dr. Wille am magnetischen Südpol stammen. Sie haben vielleicht von dem Mann und seinem Unternehmen gehört.«

Garrison nickte. »O ja, gewiß! Schade, daß Dr. Wille kein Amerikaner ist. Er ist eine Kapazität auf dem Gebiet der Geophysik. Nur sein Assistent, ein Dr. Schmidt, könnte ihn darin noch überflügeln. Man interessiert sich in Pasadena sehr für die Arbeiten der beiden. Dieses Mineral... merkwürdig, recht merkwürdig.«

Während Garrison die letzten Worte sprach, nahm er Haynes das Stückchen Erz aus der Hand und wog es prüfend.

»Was soll daran merkwürdig sein?« fragte Haynes. »Das nichtswürdige Zeug hat mir das ganze Taschenfutter zerrissen. Werfen Sie es doch einfach über Bord.«

Garrison schüttelte den Kopf. »Würden Sie mir das Stück überlassen? Ich möchte es in Pasadena gern genauer untersuchen.«

»Herzlich gern, wenn ich Ihnen damit einen Gefallen tun kann.«

»Besten Dank, Mr. Haynes. Sie meinen, das Stück stammt aus der antarktischen Station?«

»Nach meiner festen Überzeugung, ja! Das Stratosphärenschiff hatte allerlei Ausrüstungsgegenstände dorthin gebracht und anderes Material, das nicht mehr benötigt wurde, zurückgeholt. Da muß der Brocken wohl irgendwie mit in das Schiff gekommen sein. Sonst könnte er nur aus den Eggerth-Reading-Werken in Walkenfeld stammen.«

Mr. Garrison wickelte die Erzprobe in ein Stück Zeitung und versenkte sie in seiner Brusttasche.

»Well, Mr. Haynes, ich bin Ihnen sehr verbunden. Aber es wird mir hier oben doch zu frisch. Ich werde in meine Kabine gehen. Kommen Sie mit unter Deck?«

Haynes sah nach der Uhr.

»Noch nicht, Mr. Garrison. Habe noch sechs Runden zu machen. Ist unbedingt nötig!«

»All right«, nickte Garrison und wandte sich zur Treppe. Haynes trabte allein weiter, um sein Pensum zu erledigen.

Der Betrieb in der antarktischen Station lief in der alten Weise weiter. Nach wie vor blieben die fünf Insassen der Station in der ungeheuren Einsamkeit auf sich selbst angewiesen, und es war gut für sie, daß sie durch ihre Tätigkeit voll in Anspruch genommen und von gefährlichen Grübeleien abgehalten wurden.

Da mag an erster Stelle Rudi Wille genannt werden. Dem hatte der Weihnachtsmann Rolf Hansen eine Kiste unter den Baum gestellt, von der nach Lorenzens sachverständigem Urteil ein mittlerer Radioladen zwei Jahre leben konnte, und Rudi wußte dieses Geschenk zu würdigen. Unter seinen geschickten Händen entstand aus den Einzelteilen im Laufe weniger Wochen ein Meisterstück von einem Kurzwellensender und ein Empfänger gleicher Qualität, mit denen er nun unabhängig von den Geräten der Station den lieben langen Tag im Äther Spazierengehen konnte.

Auch Lorenzen hatte sich nicht über Mangel an Beschäftigung zu beklagen, denn der Funkverkehr der Station nahm einen bemerkenswerten Aufschwung. Da waren nicht nur die Eggerth-Reading-Werke in Bay City, sondern vor allem die Walkenfelder Werke, die jetzt fast täglich einen längeren Meinungsaustausch mit Dr. Wille pflogen. Auch die wissenschaftlichen Institute meldeten sich immer häufiger. Und dann meldete sich auch ein Mr. Garrison.

In der zweiten Februarwoche fing Rudi mit seinem neuen Apparat einen Anruf der Sternwarte von Pasadena auf, den er pflichtgemäß an Lorenzen weitergab, und nach kurzem Hin und Her entwickelte sich daraus ein Funkverkehr, der demjenigen nach Walkenfeld bald nicht mehr nachstand.

Die Herren Schmidt und Wille nahmen diese neue Korrespondenz mit gemischten Gefühlen auf. Dr. Wille, weil er gerade zu dieser Zeit andere wissenschaftliche Sorgen hatte, der lange Schmidt, weil er grundsätzlich mit seinen Forschungsergebnissen zurückhielt. Nach seiner Meinung sollte dieser Mr.

Garrison aus Pasadena gefälligst selber eine Expedition ausrüsten, wenn er Genaueres über die magnetischen Verhältnisse in der Antarktis wissen wollte. Sobald die Telegramme nach Pasadena über trockenes Zahlenmaterial hinausgingen, leuchtete dieser Standpunkt unverhüllt aus ihnen hervor.

Vergeblich versuchte Dr. Wille, dem Einhalt zu gebieten.

»Sie werden so lange machen, Schmidt«, sagte er ärgerlich, »bis dieser Mr. Garrison wirklich herkommt, und dann...«

»...ist er hier«, vollendete Schmidt ganz gelassen den Satz.

Dr. Wille schlug mit der Faust auf den Tisch.

»Jawohl, Herr Dr. Schmidt, sehr richtig! Dann ist er da, und dann haben wir den Salat. Vielleicht gerade jetzt, wo wir ihn am wenigsten brauchen können.« —

Die gereizte Stimmung Dr. Willes hatte ihren guten Grund. Je weiter die Zeit verstrich, um so weniger stimmten die Beobachtungen mit seinen Theorien überein, und hartnäckig verschloß er sich den Gründen, die Schmidt dafür anführte. Für den war die Frage längst geklärt. Der magnetische Südpol, auf seiner säkularen Wanderung begriffen, befand sich nicht mehr an der Stelle, an der Shackleton ihn vor Jahrzehnten einmal festgestellt hatte. Seine Verschiebung mußte aber logischerweise auch den Strom der Sonnenelektronen mit sich ziehen und die Erscheinungen, die Dr. Wille nach seiner Theorie erwartete, sehr merklich beeinflussen. —

4

Dr. Wille experimentierte auf dem Hof mit den neuen Kondensatoren. Dr. Schmidt stand neben ihm, seinen Chronometer in der Hand, und machte ein Gesicht, bei dessen Anblick, wie Hagemann sich ausdrückte, die Milch sauer werden mußte. Krachend schlug gerade ein Kondensatorfunke über. Der lange dürre Schmidt, die Augen starr auf die Uhr gerichtet, kniff die Lippen noch fester zusammen.

»Was haben Sie denn, Schmidt?« fuhr ihn Wille unwirsch an. »Die Sache funktioniert doch.«

»Nicht schnell genug, Herr Wille. Wir sind hier nicht an der richtigen Stelle.«

»Ja, in drei Teufels Namen, was sollten wir denn nach Ihrer Meinung tun?«

»Mit unsern Magnetometern auf die Suche gehen, Herr Wille, bis wir den Punkt finden, an dem die magnetischen Kraftlinien genau senkrecht in den Erdball eintreten.«

Dr. Wille richtete sich auf und blickte in die Runde über das weite Schneefeld.

»Netter Vorschlag von Ihnen! In dieser Schneewüste auf die Suche gehen, bis wir den Punkt finden... Wo vermuten Sie ihn denn ungefähr?«

Dr. Schmidt zuckte die Schultern.

»Ist schwer zu sagen, Herr Wille. Wahrscheinlich weiter südlich, vielleicht auch ein paar hundert Kilometer nach Osten oder Westen verschoben. Man müßte versuchsweise nach Süden wandern und dabei ständig die Inklination messen. Dann würden wir den Punkt schon finden.«

Dr. Wille hüllte sich fester in seinen Pelz. »Ein schauderhafter Gedanke, Schmidt, Hunderte von Kilometern durch die Schneewüste zu ziehen.«

»Die Eggerth-Reading-Werke müßten uns natürlich einen großen guten Kraftwagen schicken«, unterbrach ihn Schmidt. »Der Wagen müßte in allen Teilen aus unmagnetischen Stoffen bestehen, so daß man zuverlässige Messungen im Wageninnern vornehmen kann, und man müßte auch bequem darin schlafen können. Dann läßt sich die Sache schnell erledigen.«

»Und nachher müßten wir mit unserer ganzen Station nach diesem Punkt übersiedeln, nicht wahr, Herr Schmidt? Würden Sie mir vielleicht verraten, wer den Umzug bezahlen soll?«

»Die Eggerth-Reading-Werke natürlich, Herr Wille. Sie erbieten sich ja in ihren Funksprüchen fast täglich dazu.« Er griff seinen Pelz und zog ein zerknittertes Telegramm hervor.

»Hier, da haben Sie eine Depesche von vorgestern. Professor Eggerth ist der Meinung, daß wir achthundert Kilometer südlich viel bessere Arbeitsverhältnisse haben würden.«

Dr. Wille warf ärgerlich den Kopf zurück.

»Was versteht der Professor von Geophysik? Der Mann soll seine Flugzeuge bauen und sich um seinen eigenen Kram kümmern.«

»Seien Sie nicht undankbar, Herr Dr. Wille«, unterbrach ihn Schmidt in schärferem Tone. »Ohne die Unterstützung von Professor Eggerth wären wir nicht hier.« Bei den letzten Worten wollte er sich zum Gehen wenden, und Dr. Wille hielt es für geboten, einzulenken.

Sie standen bei den Apparaten immer noch in ihren Disput verwickelt, als Rudi über den Hof gelaufen kam. Schon von weitem schwenkte er ein Stück Papier.

»Wir bekommen Besuch, Vater, ein Funkspruch von einem Mr. Garrison von der Sternwarte in Pasadena. In einer Stunde gedenkt er hier zu landen.«

»Da haben Sie die Bescherung, Schmidt«, knurrte Dr. Wille und stopfte das Telegramm wütend in seinen Pelz. »Der Yankee wird hier bei uns schnüffeln, und dann wird sich die Konkurrenz auf den besten Platz setzen.«

»Darin müssen wir ihr eben zuvorkommen«, wollte Schmidt den alten Streit von neuem beginnen, aber Dr. Wille mochte im Augenblick nichts mehr davon hören. Begleitet von Rudi ging er zur Funkstation, um weitere Nachrichten von dem angekündigten Flugschiff zu hören.

—

»Pünktlich ist der Yankee«, brummte Wille vor sich hin, als 55 Minuten nach dem Empfang des ersten Funkgespräches ein Flugzeug am nördlichen Horizont sichtbar wurde und schnell näher kam. Es war eine schnelle australische Verkehrsmaschine, aber mit den ultraschnellen

Stratosphärenschiffen der Eggerth-Reading-Werke durfte man sie natürlich nicht in einem Atem nennen.

Über eine Hubschraube, die ein sicheres Starten und Landen auf jedem Gelände gestattete, verfügte das Flugzeug nicht. Auf der Ausschau nach einer Landungsmöglichkeit kreiste es jetzt über der Station. Hagemann lief ins Freie und steckte einige Wimpel aus, um eine geeignete Stelle zu bezeichnen, während Lorenzen dem Piloten durch Funkspruch Anweisung gab. Dann kam es im Gleitflug herunter und rollte ohne Unfall aus. Als einziger Passagier kletterte Mr. Garrison heraus und stapfte durch den hohen Schnee auf Wille und Schmidt zu.

Die Begrüßung war beinahe so wie zwischen alten Bekannten, denn obwohl Garrison die beiden Forscher noch niemals von Angesicht zu Angesicht gesehen hatte, war er doch über ihre wissenschaftlichen Leistungen genau unterrichtet und ließ das gleich während der ersten Worte durchblicken.

Gemütlich saßen sie dann zu dritt in Dr. Willes wohlig durchwärmtem Arbeitszimmer und taten den Genüssen, die der kochgewandte Hagemann vor ihnen aufbaute, alle Ehre an. Die wissenschaftliche Unterhaltung nahm dabei ihren Fortgang, und bald war Mr. Garrison mit dem allzu streitlustigen Dr. Schmidt in eine lebhafte Debatte über gewisse magnetische Theorien verwickelt, während Dr. Wille diesmal die Rolle des vergnügten Dritten spielen konnte.

Wer weiß, wie lange sich dieser Meinungsaustausch noch hingezogen hätte, wenn Hagemann nicht mit einer Meldung ins Zimmer gekommen wäre.

»Herr Doktor, der Pilot hat Treibstoff genommen, er will wieder starten.«

Die Nachricht rief die drei Gelehrten mit jähem Ruck aus der Welt wissenschaftlicher Idee in die rauhe Wirklichkeit zurück. Garrison sprang auf und griff sich verwirrt an die Stirn.

»Haben Sie mit dem Mann keine Abmachungen wegen des Rückfluges getroffen?« fragte sachlich und trocken wie immer der lange Schmidt.

Garrison mußte bekennen, daß er es versäumt hatte. Er hatte nur einen Flug von Melbourne nach der Südpolstation mit dem Piloten abgemacht und vor dem Start bezahlt.

»Dann ist der Pilot formell in seinem Recht«, entschied Schmidt.

»Aber das ist unmöglich! Ich muß über den Rückflug mit ihm verhandeln«, rief Garrison und wollte das Zimmer verlassen. Wille hielt ihn zurück.

»Sie sind unser Gast, Mr. Garrison. Solange es Ihnen bei uns gefällt. Lassen Sie den Mann abschweben.«

»Besten Dank für Ihre Einladung, Doktor. Aber wie komme ich später von hier wieder fort?«

Dr. Wille lachte. »Haben Sie schon mal was von Eggerthschen Stratosphärenschiffen gehört?«

Garrison nickte.

»Nun, bisweilen verirrt sich auch eine zu uns, Mr. Garrison. Auf ein paar Tage mehr oder weniger kommt es Ihnen doch hoffentlich nicht an. Wir freuen uns, nach langer Einsamkeit einen Gast bei uns zu haben.«

Noch bevor Garrison etwas erwidern konnte, klang von draußen her Motorengeräusch. Der Pilot startete bereits, und wohl oder übel mußte Garrison die Einladung Dr. Willes annehmen.

Wie im Fluge verstrichen die nächsten Tage. Mit Interesse verfolgte Garrison Willes Experimente mit den Kondensatoren und Elektronenröhren und gab gelegentlich Ratschläge, die von Sachkenntnis zeugten.

Auch mit den übrigen Mitgliedern der Station hatte Garrison sich angefreundet. Mit Hagemann beriet er sehr gründlich und tiefsinnig die Herstellung gewisser mixed drinks. In der Funkerbude war er ein häufiger Gast und bediente im Verkehr mit Pasadena selber die Morsetaste, und auch mit dem jüngsten Mitglied der kleinen Gemeinschaft, mit Rudi Wille, hatte er schnell Freundschaft geschlossen und kümmerte sich um alles, was der tat und trieb.

»Ein verrückter Kerl ist der Yankee doch«, sagte Dr. Wille zu Schmidt. »Heut morgen traf ich ihn bei Rudis Klamottenkiste.«

Selbst der ernste Schmidt konnte seine Heiterkeit nicht verbergen, als dieses Wort fiel.

Die ›Klamottenkiste‹, wie Dr. Wille sagte, die Mineraliensammlung, wie Rudi das Ding hochtrabend nannte, gab dem Vater ständig Anlaß zu sarkastischen Bemerkungen, während der Sohn sie mit dem Eifer des Sammlers hegte und pflegte.

Ein paar besonders schön schimmernde Quarz- und Granitstückchen, die Rudi an schneefreien Stellen in der Umgebung der Station fand, hatten den ersten Anstoß dazu gegeben, und dann war der Junge von der Sammelwut gepackt worden. Wo immer er ein Steinstückchen oder einen Mineralbrocken entdeckte, nahm er ihn mit. Schon war die erste Kiste ziemlich gefüllt, die Inbetriebnahme einer zweiten nur noch eine Frage der Zeit.

Bei den Mitgliedern der Station fand Rudi wenig Verständnis für seinen Sammelsport. Um so erfreuter war er, als Mr. Garrison sofort Interesse dafür zeigte, als er auch nur andeutungsweise von der Existenz dieser Sammlung hörte. Da hatte Rudi endlich einen Menschen gefunden, der auf seine Pläne einging und mit ihm zusammen in den Schätzen der verpönten Kiste kramte. Und das Schöne dabei war, daß Mr. Garrison offensichtlich über mineralogische Kenntnisse verfügte und auch wußte, wie man eine solche Sammlung wissenschaftlich anlegen und ordnen mußte.

»Der Fundort und das Datum des Fundes, Master Wille, sind sehr wichtig«, sagte Garrison, während er ein Stück schweren schimmernden Erzes in der Hand wog. »Das müssen Sie bei jedem Fund auf einem Etikett notieren und dieses dann auf das Stück kleben. Dieser Brocken hier zum Beispiel... Man müßte wissen, wo und wann Sie den gefunden haben?«

Rudi dachte einen Augenblick nach. »Das kann ich Ihnen ziemlich genau sagen, Mr. Garrison. Das Stück habe ich erst vor drei Tagen mitgebracht. Ich fand es ziemlich genau fünf Kilometer südlich von unserer Station.«

Mr. Garrison schien sich von dem Erzbrocken nicht trennen zu können. Noch immer hielt er ihn in der Hand.

»Ein merkwürdiges Mineral. Mehr von der Sorte haben Sie nicht entdeckt?«

Rudi schüttelte den Kopf. »Nein, Mr. Garrison, es war reiner Zufall, daß ich dieses Stück fand. Es lag unter dem Schnee, und ich stieß mit dem Fuß dagegen.«

Zwei Tage nach diesem Gespräch lieh sich Garrison einen Pelz von Dr. Wille, um in Gesellschaft Rudis einen größeren Spaziergang zu unternehmen. Der Amerikaner schlug die Richtung nach! Süden ein. Endlos dehnte sich die weite, weiße Ebene vor ihnen, nur hin und wieder von dunklen Stellen unterbrochen, wo der scharfe Nordwind der letzten Tage den Schnee fortgeblasen hatte.

Schon eine Stunde waren sie marschiert. Rudi zog den Amerikaner am Ärmel.

»Wir dürfen uns nicht zu weit von der Station fortwagen, sonst finden wir nicht wieder zurück.«

Schon öfter hatte Garrison vorher zur Verwunderung Rudis auf seine Taschenuhr gesehen. Jetzt zog er sie wieder und hielt sie seinem Begleiter lachend hin.

»Sie vergessen, junger Mann, daß wir in dieser nach Ortszeit gehenden Uhr einen absolut zuverlässigen Kompaß bei uns haben. Sehen Sie her.« Er hielt die Uhr flach vor sich hin, so daß der kleine Zeiger nach der Sonne wies, der Zeigerschatten genau unter dem Zeiger lag.

»Sehen Sie, so macht man das. Norden liegt dann genau in der Mitte zwischen der Zwölf und dem kleinen Zeiger. Wenn ich eine Uhr hätte, deren Stundenzeiger in 24 Stunden einen Umgang machte, wäre die Sache noch einfacher. Dann brauchte ich diesen Zeiger nur auf die Sonne zu richten und Norden läge bei der Zwölf.«

»Famose Sache!« rief Rudi begeistert. »Da können wir ja getrost noch ein Stück weitermarschieren.«

»Das wollen wir auch tun«, sagte Garrison, und sie gingen weiter. Aber bei jeder schneefreien Stelle blieb Garrison stehen, und mehr als einmal hatte er Glück bei seinem Suchen. Als sie sich nach fast drei Stunden Marsch schließlich zur Rückkehr entschlossen, trug er ein halbes Dutzend Brocken jenes so merkwürdig schweren und schimmernden Erzes im Gesamtgewicht von etwa einem Kilogramm bei sich.

In der Station mußte man sich ohne die beiden an den Mittagstisch setzen. Dafür nahm ein anderer Gast an der Mahlzeit teil, Georg Berkoff, der kurz nach dem Aufbruch von Garrison und Rudi mit ›St 9‹ angekommen war, um gewisse schon seit längerer Zeit bestellte Apparate abzuliefern.

Dr. Wille war über das lange Ausbleiben seines Sohnes etwas beunruhigt, aber Schmidt zerstreute seine Bedenken mit dem Hinweis, daß Garrison schon mehr als eine Expedition in polare Gebiete mitgemacht hätte. Fast zwangsläufig kamen sie danach auf die Frage: Was will der Amerikaner eigentlich in unserer Station?

»Unsere magnetischen Untersuchungen scheinen ihm gleichgültig zu sein«, meinte Schmidt.

»Nach seinen bisherigen Äußerungen scheint man auch in Pasadena nicht die Absicht zu haben, eine Expedition in die Antarktis zu schicken«, sagte Wille.

»Wenn er seine wirkliche Absicht nicht verschweigt und uns hinters Licht führt«, setzte Schmidt den Gedankengang fort.

Dr. Wille rieb sich nachdenklich das Kinn. »Ich verstehe nicht, was dieser Mr. Garrison neuerdings mit meinem Jungen zu kramen hat? Der lange Ausflug heute wieder... Irgendeinen Sinn und Zweck muß der Mann doch damit verfolgen. Ich kann doch nicht im Ernst annehmen, daß die stümperhafte Mineraliensammlung Rudis ihn wirklich interessiert...«

»Verzeihen, Herr Doktor, wenn ich mich in Ihr Gespräch mische«, unterbrach ihn Lorenzen, »der Amerikaner funkt auf unserer Station oft mit Pasadena...«

»Haben Sie Depeschen gesehen?« warf Schmidt ein.

»Gesehen nicht, aber gehört. Ich kann einen Funkspruch aus dem Klappern der Morsetaste ziemlich sicher mithören...«

»Und was haben Sie da gehört?« fragte Berkoff.

»Er funkt natürlich in englischer Sprache, Herr Berkoff. Aber ich konnte heraushören, daß von Erz, von Gold und Silber die Rede war. Dann einmal ›high weight‹, heißt meines Wissens hohes Gewicht. Das war mir nicht ganz verständlich.«

»Er meinte spezifisches Gewicht«, raunte Schmidt Dr. Wille zu.

Berkoff preßte die Serviette in seiner Rechten zusammen, daß seine Knöchel weiß wurden. »Haben Sie noch mehr gehört, Lorenzen?«

»Nicht mehr viel, Herr Berkoff. Von einem Stück Erz war noch die Rede, das er gefunden hätte, und er hoffte, noch mehr zu entdecken. Ich wollte Ihnen das nur sagen. Der Amerikaner scheint mir so eine Art Prospektor zu sein, der auf irgendwelche Erzfunde aus ist«

Schmidt und Wille sahen sich eine kurze Weile verdutzt an, dann mußten beide lachen.

»Total verrückt!« platzte Wille heraus, »in der gottverlassenen Gegend hier nach Erzen zu suchen, wo wir auf einer blanken Granitscholle sitzen. Das kriegt auch nur ein Yankee fertig. Meinen Sie nicht auch, Herr Berkoff?« fragte er immer noch lachend den Ingenieur.

»Reichlich überspannt, in der Tat«, erwiderte er, aber er lachte nicht, als er die Antwort gab.

»Kompletter Irrsinn ist es«, sagte Dr. Schmidt »Kompletter Irrsinn, natürlich.«

Er wußte ja nichts von einer Analyse, die vor vier Wochen in Pasadena an einem Stückchen Erz gemacht worden war und unter anderm einen Gehalt von 10% Platin und 10% Gold ergeben hatte. Und er konnte auch nichts davon wissen, daß man in Pasadena Dr. Willes antarktische Station für den Fundort dieses Brockens hielt.

Der einzige am Tisch, der Zusammenhänge ahnte, wenn er sie auch noch nicht klar zu erkennen vermochte, war Berkoff. Kaum war die Mittagsmahlzeit vorüber, als er in die Funkerbude eilte und in dem Geheimkode der Eggerth-Reading-Werke einen langen Funkspruch nach Walkenfeld morste. Eine kurze Antwort hielt er dann in Händen. Aus der Chiffre in Klartext übersetzt, lautete sie: Die Spur verwischen!

Professor Eggerth war mit seinem Sohn zusammen im Privatlaboratorium, als man ihm den Funkspruch Berkoffs brachte. »Es wird Zeit, Hein. Wir dürfen nicht länger zögern.« Das war alles, was er sagte, nachdem er die Depesche gelesen hatte. Während Hein die Antwort des Professors verschlüsselte und zur Funkstation brachte, stand der alte Eggerth sinnend vor einem

Plan, der in einer Ausdehnung von drei Metern im Quadrat die eine Wand des Laboratoriums bedeckte. Er stellte den Bolidenkrater dar. An 200 Stellen waren kleine Kreise eingezeichnet, und neben jedem Kreis stand eine Reihe von Zahlen. Es waren die Analysen der Erzproben, welche ›St 10‹ aus dem Kratergrund mitgebracht hatte. Prüfend glitten des Professors Blicke noch einmal darüber hin. Dann zog er die Reißnägel, mit denen der Plan an der Wand befestigt war, heraus und faltete ihn zusammen. Dann hatte er einen längeren Telegrammwechsel mit Mr. Sharp, dem Syndikus der Eggerth-Reading-Werke in New York. Schließlich beorderte er Berkoff mit ›St 9‹ zu einem Flug nach dort.

Im großen Konferenzzimmer des Readinghauses in New York schlug die Uhr die dritte Nachmittagsstunde. Vier helle, drei dunklere Schläge. Es war nur eine kleine Gruppe von Prominenten, die sich hier im 32. Stock versammelt hatte. Der greise Mr. Sharp mit dem schmalen, von tiefen Falten durchfurchten Gesicht, der langjährige Vertraute des vor einigen Jahren verstorbenen Morgan Reading, machte die Herren miteinander bekannt.

Mr. Harding, der Finanzberater des Präsidenten, war im Flugzeug von Washington eingetroffen. Er schien nervös und immer auf dem Sprung zu sein, bald wieder wegzukommen. Mr. Henrik Juve, der die Bank- und Finanzinteressen des Eggerth-Reading-Konzerns betreute, in seiner korpulenten Behäbigkeit dagegen die Ruhe selbst, schien nur an seiner dicken Havanna interessiert, die er von Zeit zu Zeit liebevoll betrachtete. An dem großen Fenster lehnte Mr. Bob Morgan, einer der Juniorpartner eines bekannten Bankhauses als Vertreter der Wallstreet. Da kam auch der Staatssekretär des Wirtschaftsministeriums, Mr. Frank Unwin, zusammen mit seinem Kollegen vom Finanzministerium, Mr. Allan Enough. Ehe die Herren noch ihre knappen Verbeugungen und Händedrücke ausgetauscht hatten, erschien in der Tür Professor Eggerth, der telegrafisch diese Zusammenkunft veranlaßt hatte.

Mr. Sharp machte ihn mit den Herren bekannt, und man gruppierte sich zwanglos um das eine Ende der Tafel.

»Ich danke Ihnen, meine Herren«, begann Professor Eggerth, »daß Sie gekommen sind. Ich hätte Ihre kostbare Zeit nicht in Anspruch genommen, wenn es sich nicht um eine Angelegenheit handelte, die für die Vereinigten Staaten, ja für die gesamte Weltwirtschaft, von entscheidender Bedeutung ist.«

»Das hörten wir bereits durch Mr. Sharp«, warf Mr. Morgan sarkastisch ein.

Professor Eggerth überhörte es und begann seine Ausführungen.

Erstaunt blickte Mr. Harding auf, als der andere von der Antarktis und von dem Sturz eines riesenhaften Boliden erzählte, und unterbrach ihn dann:

»Verzeihung, Herr Professor, das scheint mir eine rein wissenschaftliche Angelegenheit zu sein, die Sie besser im Kultusministerium vortragen. Ich verstehe nicht recht, was unser Kreis hier damit zu tun hat.«

»Sie werden es sofort sehen, Mr. Harding. Wollen Sie die Güte haben, dies hier zu öffnen.« Während Professor Eggerth es sagte, schob er dem Finanzgewaltigen ein kleines Paket über den Tisch zu. Der Finanzberater griff danach. Befremdet sagte er: »Was soll das? Was ist das, Herr Professor?«

Professor Eggerth reichte ihm lächelnd eine Schere.

»Keine Höllenmaschine, Mr. Harding. Sie können es getrost öffnen.«

Unter leichtem Kopfschütteln zerschnitt dieser die Schnur und schlug das Papier auseinander. Ein gelb schimmernder Metallwürfel lag vor ihm.

»Was ist das, Herr Professor?« fragte er noch einmal.

»Es ist Gold, Mr. Harding. Gediegenes Gold aus dem Körper jenes Boliden, von dem ich eben sprach, und ich glaube, für Gold ist doch dieses Konsortium an erster Stelle zuständig.«

Wie gebannt blickten alle auf den schimmernden Würfel.

Einer nach dem andern griff mit beiden Händen danach, hob das Stück mit Mühe ein wenig empor, legte es dann wieder auf die Tischplatte.

»Schwer, Herr Professor, etwa 40 Pfund schätze ich.«

»Richtig geschätzt, Mr. Unwin, es ist genau ein Kubikdezimeter Gold im Gewicht von 19,3 Kilogramm.«

Der Staatssekretär warf ein paar Zahlen auf ein Blatt Papier und machte eine kurze Rechnung.

»15 000 Dollar, Herr Professor. Das ist das Stückchen unter Brüdern wert. Haben Sie doch mehr davon?«

»Hier nicht, aber in meinem Laboratorium in Walkenfeld.«

»Aber das andere Paket? Sie haben ja noch eins da«, unterbrach ihn Mr. Morgan.

»Bitte sehr, Mr. Morgan.« Der Professor schob ihm das andere Paket hin. »Es stammt aus der gleichen Quelle, aber es ist kein Gold.«

»Sondern?« rief der Bankmann, während er die Schnur zerschnitt.

Ein silbergrau blinkender Würfel kam zum Vorschein.

»Ist es Silber, Herr Professor?«

»Gediegenes Platin. Ebenfalls ein Kubikdezimeter im Gewicht von 21,5 Kilogramm.«

Nur mit Mühe vermochte Mr. Morgan diesen zweiten Würfel ein wenig anzuheben. Dann lehnte er sich in seinen Sessel zurück.

»Bitte, Herr Professor, sprechen Sie weiter. Ich glaube, wir sind alle bereit, Ihnen zuzuhören.«

Professor Eggerth berichtete von seinen Flügen zu dem Bolidenkrater, von den ersten Erzfunden und den Ergebnissen ihrer Verarbeitung. »Aus den ersten fünf Tonnen habe ich 400 Kilogramm reines Gold gezogen...«

»400 Kilogramm, Herr Professor... das ist mehr als eine viertel Million Dollar in Gold. Das haben Sie in Ihrem Laboratorium?«

»Allerdings.«

Professor Eggerth berichtete weiter. Er entfaltete dabei den großen Plan, um seine Darlegungen durch Zahlen und Analysen zu unterstützen.

»Durch die Analyse an Proben von 200 verschiedenen Stellen des Kratergrundes können wir uns ein ziemlich genaues Bild von der chemischen Zusammensetzung des Boliden machen. Den Hauptteil des gewaltigen Meteoriten bildet zweifellos reines Nickeleisen. Es ist aber von starken gold- und platinhaltigen Adern durchsetzt, in denen der Gehalt an diesen Edelmetallen stellenweise über 10% ansteigt.«

Und dann zog Professor Eggerth eine Berechnung hervor und verlas Zahlen über die ungefähre Gesamtmasse des Boliden und den mutmaßlichen Gehalt an Gold und Platin. Da sprangen die Herren auf und griffen sich an den Kopf.

»Halten Sie ein, Herr Professor, es schwindelt einem bei Ihren Zahlen. Trifft auch nur ein Bruchteil Ihrer Annahmen zu, so steht die Welt vor einem Ereignis, das das Wirtschaftsleben auf Menschenalter hinaus beeinflussen muß. Natürlich können wir heute in einer Angelegenheit von derartiger Tragweite keine Entscheidung treffen. Das wird später Sache genauester Überlegung sein müssen. Aber einst steht fest, darüber sind wir uns wohl alle einig, über diese Unterredung und die ihr zugrunde liegenden Tatsachen darf nicht ein Wort an die Öffentlichkeit kommen, Herr Professor.«

»Um Gottes willen!« »Aber selbstverständlich!« »Das gäbe eine Katastrophe!«

In den halblauten Zwischenrufen spiegelte sich die erregte Anteilnahme wider.

»Aus diesem Grunde hatte ich Sie ja hierhergebeten«, beruhigte Professor Eggerth lächelnd. »Ich habe mir auch schon Gedanken gemacht. Am liebsten wäre es Ihnen wohl, wenn dieser vom Himmel gefallene Segen wieder im All verschwinden würde. Ich glaube auch nicht, daß Sie die in Fort Knox lagernden Goldbestände gern verdoppeln wollen. Wir müssen versuchen, eine Goldinflation zu vermeiden. Ich gebe Ihnen hier ein Memorandum über die Möglichkeiten, dieses Gold der Weltwirtschaft behutsam einzuspritzen und dabei vor allem dem durch zwei Weltkriege zerfleischten Europa auf die Beine zu helfen. In Kanada lagert Nickel, in Südamerika Wolle, Kautschuk, Kaffee, in den Staaten Baumwolle, Weizen usw. Wenn wir Europa in die Lage versetzen, diese überschüssigen Mengen vom Weltmarkt abzunehmen, wird endlich wieder Ordnung in die Weltwirtschaft kommen. Freilich muß alles, was geschieht, geschickt getarnt werden. Ich kann hier nur kurz andeuten, was ich im Memorandum mit Zahlenmaterial belegt

habe. Notwendig ist, daß Sie sich in Ruhe näher damit befassen, es ergänzen, verbessern können, so daß Sie wohl meinem Vorschlag, die eigentliche Beratung auf Samstag zu verschieben,
zustimmen. Über die absolute Vertraulichkeit brauche ich in unserem Kreise wohl keine Worte
zu verlieren, denn jedes vorzeitige Bekanntwerden würde für Börsenmanöver größter Ausmaße
ausgenutzt werden.«

Professor Eggerth reichte jedem der sechs Herren ein starkes Konvolut in Schreibmaschi-
nenschrift. Mit kurzen Abschiedsworten »bis Samstag« ging alles auseinander, jeder bestrebt,
sich schnellstens in dieses unerhörte Projekt zu vertiefen.

Als acht Tage danach Professor Eggerth nach langwierigen Verhandlungen mit ›St 9‹ nach
Deutschland zurückflog, nahm er bereits vom Flugzeug aus Fühlung mit dem Finanzministerium auf, um eine Besprechung mit Minister Schröter zu vereinbaren.

»Ich habe mich für Sie frei gemacht, mein verehrter Herr Professor, weil Sie mir die Ange-
legenheit als äußerst wichtig und dringend bezeichneten«, empfing ihn der Minister in seinem
Arbeitszimmer. »Nehmen Sie bitte Platz! Ich bin bereit, Sie zu hören. Handelt es sich um neue
Auslandslinien mit Ihren Stratosphärenschiffen?«

Professor Eggerth setzte sich und begann zu sprechen.

Der zunächst erstaunt zuhörende Minister wurde unruhiger, je weiter der Professor mit seinen Ausführungen kam. Viele Einwände mußte der Professor erst zerstreuen, was ihm aber stets
unter Berufung auf die Rücksprachen in New York gelang. Schließlich war das Eis gebrochen
und Minister Schröter hatte sich über die Beschlüsse, die am Samstag in New York getroffen
worden waren, mehr und mehr begeistert. Aber es war ihm doch zuviel auf einmal, und er
wehrte lächelnd ab:

»Halten Sie ein, Herr Professor, mir schwindelt vor dieser Aufgabe, vor die Sie mich stellen!
Schließlich muß ich einen Beschluß des Kabinetts erst abwarten, ehe ich mich entscheiden
kann. – Aber jetzt werde ich erst einmal mit Ihnen fahren, ich möchte selbst die Schätze sehen,
die Sie in Ihrem Laboratorium haben.«

Er griff zum Telefon, führte noch ein kurzes Gespräch und ging dann mit Professor Eggerth
zusammen zu dessen Wagen. Während das Gefährt über die Landstraße dahinrollte, nahm die
Unterredung der beiden Herren ihren Fortgang.

Dann standen sie zusammen in dem Laboratorium. Ein Schaltergriff – und Starklicht flutete
durch den Raum. Einen einfachen grünen Vorhang zog der Professor zur Seite, und es glänzte
und gleißte dem Minister entgegen. Dutzende der kleinen Würfel, wie deren zwei das Konsortium in Händen gehalten hatte, standen hier aufgebaut. Der Minister trat näher heran. Hier
und dort griff er einen der Würfel heraus, hob ihn empor und erkannte an dem hohen Gewicht,
daß er gediegenes Gold oder reines Platin in seinen Händen hielt.

Nachdenklich blickte der Minister auf den Schatz.

»Ich denke, Herr Professor, Sie lassen das Gold zur Staatsbank bringen und sich den Gegenwert – es wird wohl eine runde Million sein – gutschreiben. Ich werde die Bankleitung anweisen,
daß sie Ihnen das Gold ohne unbequeme Rückfragen abnimmt.«

Professor Eggerth wiegte den Kopf hin und her. Leicht stockend begann er zu sprechen.

»Wir können gerade jetzt zwar eine derartige Stärkung unserer flüssigen Mittel in der Tat
recht gut gebrauchen, Herr Minister. Trotzdem habe ich gewisse Bedenken. Gerade im Augenblick muß alles vermieden werden, was auch nur die Spur eines Verdachtes erregen könnte.«

Und nun berichtete er dem Minister von dem plötzlichen Erscheinen Mr. Garrisons in der
antarktischen Station und dem merkwürdigen Interesse dieses Amerikaners für die Mineralien
in der dortigen Gegend. Zuletzt legte er ihm den Funkspruch Berkoffs vor.

»Ich hoffe, Herr Minister«, schloß er seinen Bericht, »daß es unserem Herrn Berkoff gelingen
wird, diesen allzu Geschäftstüchtigen auf eine falsche Fährte zu setzen und unverrichteter Dinge
abziehen zu lassen. Aber ich halte es nicht für ratsam, wenn meine Firma gerade jetzt Gold, noch
dazu in solcher Menge, in die Staatsbank bringt. Eine derartige Transaktion würde vielleicht
doch nicht vollkommen geheim bleiben und könnte unbequeme Folgen haben.«

Nach kurzem Überlegen antwortete der Minister: »Sie haben recht, Herr Professor Eggerth. Das Gold muß bis auf weiteres hierbleiben. Aber wird es hier auch sicher sein?«

»Herr Minister, um die Existenz des Edelmetalls hier in Walkenfeld weiß außer dem Konsortium, Ihnen und mir nur noch mein Sohn, der es in monatelanger Arbeit aus den Erzen herausgezogen hat. Kein anderer hat eine Ahnung, daß derartige Mengen in meinem Laboratorium vorhanden sind.«

»Das ist gut, Herr Professor. Aber Sie erwähnten vor kurzem einen Herrn Berkoff, der auch eingeweiht ist.«

»Doch nicht ganz, Exzellenz. Die Herren Berkoff und Hansen haben zusammen mit meinem Sohn den Sturz des Boliden beobachtet. Sie sind auch zusammen mit mir in dem Krater gewesen, aber über den Edelmetallgehalt der Erze wissen sie nichts Bestimmtes. Obwohl ich den beiden Herren in jeder Beziehung trauen kann, habe ich sie absichtlich im unklaren gelassen und auf Ehrenwort zu absolutem Schweigen verpflichtet.«

»Gut, Herr Professor«, der Minister erhob sich, »so muß es auch weiter bleiben, bis wir im Einvernehmen mit Ihren amerikanischen Freunden unsere Vorbereitungen getroffen haben. Es ist richtig, die ganze Aktion muß bereits vollendet sein, ehe die Weltbörse ahnt, worum es sich hier handelt. Sie werden in den nächsten Tagen von mir hören.«

In Professor Eggerths Begleitung verließ er das Laboratorium, um nach Berlin zurückzukehren.

Georg Berkoff nutzte die Zeit, bis Garrison mit Rudi zurückkam, aus, um sich erst einmal gründlich zu informieren und danach einen Plan zu machen. Ein vorsichtiges Gespräch mit Wille und Schmidt gab ihm die Gewißheit, daß die beiden Gelehrten von dem Boliden überhaupt nichts gesehen hatten und nicht im entferntesten daran dachten, die Sturmkatastrophe, von der die Station betroffen worden war, mit einem solchen Ereignis in Verbindung zu bringen. Auch Hagemann in seiner Küche hatte nichts davon gemerkt.

Bedenklicher stand die Sache mit Lorenzen. Der hatte, zusammen mit Rudi, den Meteoriten fallen sehen, aber er behauptete steif und fest, daß der Absturz in einer Entfernung von höchstens hundert Kilometern erfolgt sei. Für diese vorgefaßte Meinung brachte er eine Reihe von scheinwissenschaftlichen Gründen vor, die sich ganz plausibel anhörten. Berkoff hielt es für angebracht, ihn noch darin zu bestärken. Wenn der verteufelte Amerikaner schon durchaus suchen wollte, so sollte er dies wenigstens an der falschen Stelle tun.

Nach der Unterhaltung mit Lorenzen machte Berkoff sich über Rudis Mineraliensammlung her und räumte die große Kiste aus. »Schauderhafter Klamottenkram«, kam es von seinen Lippen, während er Stein um Stein herausnahm. Aber dann stutzte er. Seine Hände hatten ein Stückchen blinkendes Erz von ungewöhnlicher Schwere gegriffen. Ein Zweifel war für ihn kaum möglich, er hielt ein Stückchen jenes wunderbaren Sternenstoffes zwischen seinen Fingern.

Durch einen Zufall, vermutete Berkoff, hatte Rudi das Stück gefunden. Daß auch Garrison es kannte, stand außer Frage. Mit der Tatsache mußte Berkoff rechnen. Er packte die Sammlung wieder ein und zog sich in Dr. Willes Arbeitszimmer zurück, um in Ruhe über die nächsten Schritte nachzudenken.

Als Rudi und Mr. Garrison zurückkehrten, hatte er seinen Plan gefaßt. Nur durch einen riesigen Bluff konnte er den neugierigen Gast unschädlich machen.

Während sich Garrison und Rudi, nach dem langen Marsch ausgehungert, über ihre Mahlzeit hermachten, setzte er sich zu ihnen und fing ein Gespräch über mineralogische Dinge an. Bei Rudi fand er dabei ohne weiteres Anklang. Der sprang sofort auf, brachte die Steine, die er gesammelt hatte, herbei und breitete sie auf dem Tisch aus. Ausnahmslos waren es Brocken irdischen Gesteins von zum Teil auffallenden Formen und Farben. Berkoff betrachtete sie mit scheinbarem Interesse. Mr. Garrison widmete seine ganze Aufmerksamkeit der Mahlzeit.

»Sie scheinen weniger glücklich als Freund Rudi gewesen zu sein?« fragte ihn Berkoff unvermittelt. Bevor Garrison antworten konnte, platzte Rudi los. »Doch, Herr Berkoff, Mr. Garrison hat ein paar hübsche Stückchen Erz gefunden von der Art, wie ich auch eins in meiner Sammlung habe.«

Die Bemerkung Rudis war Garrison sichtlich unangenehm. Noch suchte er nach Antworten, um den Eindruck von Rudis Bemerkung zu verwischen, als Berkoff ganz unbefangen sagte:

»Ach so, Rudi, du meinst Meteoritenerz. Da mag wohl hier und dort noch ein Stückchen zu finden sein, obwohl wir die Hauptsache schon vor vier Monaten in Sicherheit gebracht haben.«

Einen Augenblick vergaß Garrison den Mund zu schließen, in den er gerade einen Bissen geschoben hatte. Dann raffte er sich zusammen.

»Oh, Mr. Berkoff, Sie sagten Meteoritenerz. Das ist interessant. Wie meinen Sie das?«

»Das ist schnell gesagt«, erwiderte Berkoff. »Vor einem halben Jahr ist hundert Kilometer südlich von der Station ein größerer Meteorit niedergegangen. Durch eine Reihe von Beobachtungen war der Funker Lorenzen in der Lage, den Fallort recht genau festzustellen... Sie wissen, Mr. Garrison, optische und akustische Erscheinungen eines Ereignisses gestatten eine zuverlässige Entfernungsberechnung... Jedenfalls interessierte uns die Sache. Bei unserem nächsten Besuch hier machten wir mit unserem Flugschiff einen Abstecher zu der Stelle hin. Es muß ein ganz tüchtiger Brocken gewesen sein, der da vom Himmel fiel, alles in allem konnten wir an die fünf Tonnen Erz an Bord nehmen. Bei dem hohen Gehalt an Edelmetall war es ein recht annehmbares Geschäft für uns. Schade, daß nicht mehr von dem Zeug vorhanden war.«

Unruhig rutschte Garrison auf seinem Stuhl hin und her, während Berkoff mit ehrlichstem Gesicht seine Geschichte vorbrachte.

Als Berkoff geendet hatte, griff Garrison in die Tasche und brachte einige Erzproben zum Vorschein.

»Es ist aber noch mehr von dem Erz vorhanden, Mr. Berkoff, sehen Sie bitte hier, das habe ich heute gefunden, nur etwa fünf Kilometer von der Station entfernt.«

Berkoff zuckte die Schultern.

»Gewiß, Mr. Garrison, das will ich Ihnen gern glauben. Wenn so ein Meteorit in die tiefere Atmosphäre kommt, spritzt er leicht etwas um sich. Die Wissenschaft kennt ja mehr als einen Fall, wo Steinmeteoriten ganz und gar zerplatzten und die Erdoberfläche nur noch in Form eines Steinregens erreichten. Aber bei Erzmeteoriten ist das kaum der Fall. Da bleibt die Hauptmasse jedenfalls beisammen, was wir ja auch tatsächlich konstatieren konnten.«

Für den Augenblick brach Berkoff das Gespräch ab. Mochte Garrison die Mitteilungen, die er ihm soeben versetzt hatte, zunächst eine Weile verdauen. Erst am folgenden Morgen kam Berkoff wie zufällig auf das Thema zurück und lud ihn zu einem Flug nach der Fallstelle des Meteoriten ein. Mit Vergnügen ging Mr. Garrison auf diesen Vorschlag ein. Er sprach viel von seinem wissenschaftlichen Interesse an Meteoriten und ähnlichen Erscheinungen, während sie zum Schiff gingen.

»Lüge du nur!« dachte Berkoff bei sich. »Was du willst, weiß ich, und auf den Leim führe ich dich doch!« In der Tat verband er mit der Einladung zu diesem Flug eine ganz bestimmte Absicht.

Es gab südlich von der Station und auch etwa hundert Kilometer von ihr entfernt eine Stelle, an der das Gelände dicht neben einer leichten Hügelwelle eine kleine merkwürdig gezackte Mulde bildete. Vielleicht war dort zu irgendeiner Zeit sogar wirklich einmal ein Meteor eingeschlagen. Bei früheren Flügen war Berkoff die Stelle aufgefallen, und er versuchte jetzt, sie wiederzufinden.

Absichtlich vermied er es dabei, in die Stratosphäre zu gehen. In knapp 2000 Meter Höhe strich das Flugzeug über den Boden hin. Nun glaubte Berkoff gefunden zu haben, was er suchte. Noch ein paar Kreise zog das Schiff über der verdächtigen Stelle, dann hing es an seiner Hubschraube und sank langsam nach unten. Prüfend blickte Berkoff in die Runde, nachdem sie das Schiff verlassen hatten.

»Hier muß es sein, Mr. Garrison. Leider ist heute alles tief verschneit, der Nordwind hat den Schnee gegen die Hügelkette geweht. Damals hatten wir bessere Verhältnisse. Aber ich kenne die Gegend wieder. Gerade vor uns muß es sein...«

Er wollte noch weitersprechen, aber Garrison lief bereits auf die Stelle zu.

»Vorsicht, Mr. Garrison, das Loch ist tief«, schrie ihm Berkoff noch nach. Aber da war das Malheur schon geschehen. Der neugierige Garrison war über den Rand der etwa zehn Meter tiefen Mulde hinabgestolpert und steckte da unten irgendwo tief im Schnee.

»Hallo, Mr. Garrison! Ich habe Sie gewarnt. Haben Sie sich verletzt?« Berkoff schrie es, während er mit den Händen einen Trichter vor seinem Munde bildete. Aus dem Schnee klang es dumpf und undeutlich herauf. Soviel Berkoff verstehen konnte, war Garrison nicht zu Schaden gekommen, aber er war nicht imstande, sich ohne Hilfe aus den Schneemassen herauszuarbeiten.

»Warten Sie, Mr. Garrison, ich gehe zum Schiff zurück und bringe Ihnen eine Leiter«, schrie Berkoff und machte sich auf den Weg.

Es gab in dem Stratosphärenschiff kurze Aluminiumleitern, die man nach Bedarf zusammenstecken konnte. Berkoff griff drei davon und kehrte zu der Unfallstelle zurück.

»Hallo, Mr. Garrison. Sind Sie noch vorhanden?«

Ein unwilliges Brummen aus dem Schnee kam als Antwort. Berkoff steckte die Leiter zusammen und stieß das lange Gebilde dann vorsichtig in den Schnee hinein nach unten, schrie dabei: »Achtung Mr. Garrison! Vorsicht! Die Leiter kommt.«

Er mußte niederknien und die oberste Sprosse noch ein Stück über den Muldenrand nachlassen, dann fühlte er, wie die Leiter festen Grund faßte.

An den Erschütterungen der Leiter merkte Berkoff, daß der Verunglückte sie gefaßt hatte und sich Stufe um Stufe auf ihr in die Höhe drückte. Die Schneedecke bewegte sich, und wie ein Weihnachtsmann tauchte Mr. Garrison aus ihr heraus. Berkoff streckte ihm die Hand entgegen und zog ihn mit kräftigem Schwung auf sicheren Boden.

»Wie konnten Sie nur, Mr. Garrison?« sagte er dabei.

Garrison atmete in tiefen Zügen. Es dauerte eine Weile, bis er wieder Worte fand.

»Wie tief ist das verfluchte Loch denn eigentlich?«

Berkoff lachte. »Tief genug, lieber Garrison, um sich das Genick zu brechen, wenn der Schnee nicht glücklicherweise Ihren Sturz gemildert hätte. Sie werden es gleich sehen.«

Während Berkoff es sagte, machte er sich daran, die Leiter wieder emporzuziehen, und bei jeder Sprosse, die aus dem Schnee auftauchte, wurde Garrisons Gesicht länger.

»Ja, ja, mein lieber Herr«, meinte Berkoff, während er die Leiter wieder auseinandernahm. »Sie sind da reichlich 10 Meter 'runtergesegelt, lassen Sie sich's eine Warnung sein. Es ist schade, daß das Gelände hier so verschneit ist. Sie hätten sich sonst selbst überzeugen können, daß wir das Meteoritenerz restlos mitgenommen haben. Hier ist weit und breit kein Stückchen davon liegengeblieben.«

Garrison brummte etwas vor sich hin. Ganz offensichtlich hatte der Sturz in die Schneekuhle ihm die Laune gründlich verdorben. Während sie zum Schiff zurückgingen, wollte er wissen, ob die Gegend hier immer so verschneit wäre.

»Das hängt von den Windverhältnissen ab, Mr. Garrison«, beantwortete Berkoff die Frage. »Ein tüchtiger Südsturm würde die Ebene hier bald blankfegen, in letzter Zeit hatten wir aber, wie Sie aus den meteorologischen Aufzeichnungen der Station ersehen können, vorwiegend leichten Nordwind.«

Sie hatten inzwischen das Schiff erreicht und traten den Rückflug zur Station an.

»Sie kommen oft in diese Gegend, Mr. Berkoff?« wollte Garrison weiter wissen.

Berkoff nickte.

»Ich bin sozusagen der Verbindungsmann zwischen unseren Werken und der Station. So durchschnittlich alle zwei Monate hat die Antarktis das Vergnügen, mich zu sehen.«

»Das muß sehr interessant für Sie sein«, meinte Garrison. »Wie lange gedenken Sie diesmal hierzubleiben?«

»Nicht mehr lange, Mr. Garrison. Spätestens übermorgen wird Dr. Wille mit der Durchprüfung der neuen Apparate, die ich ihm diesmal mitbrachte, fertig sein. Dann gibt's noch eine kleine Besprechung und wahrscheinlich einen langen Wunschzettel, und danach geht's wieder auf dem schnellsten Wege nach Walkenfeld. Wenn Sie wollen, Mr. Garrison, nehme ich Sie gern mit.«

»Sehr liebenswürdig von Ihnen, Mr. Berkoff. Ich denke, ich werde Ihre Einladung wahrscheinlich annehmen.«

»Wenn Sie jetzt nicht mitkommen, werden Sie voraussichtlich zwei Monate in der Station bleiben müssen«, sagte Berkoff trocken.

Die nächsten beiden Tage benutzte Garrison noch zu ausgiebigen Märschen in der südlichen Umgebung der Station, aber das Glück war ihm dabei nicht hold. Er fand kein einziges Stückchen des schweren blinkenden Erzes, nach dem er so eifrig ausspähte. Als Berkoff am Abend des zweiten Tages startete, befand sich Mr. Garrison an Bord von ›St 9‹ und ließ sich nach Europa mitnehmen. Aus seinen Gesprächen glaubte Berkoff entnehmen zu können, daß er die Hoffnung, in der Antarktis Erz zu finden, endgültig begraben habe.

Zum erstenmal in den beiden Jahrzehnten, in denen die beiden Gelehrten nun schon zusammenarbeiteten, gab es einen regelrechten Krach zwischen Wille und Schmidt. Die Sache nahm ihren Ausgang von dem in den letzten Wochen so oft behandelten Thema: Wollen wir die Station weiter nach Süden verlegen, oder sollen wir hierbleiben? Wie stets bisher war Dr. Wille dafür, an der alten Stelle zu bleiben, während Schmidt energischer als je zuvor für eine Verlegung eintrat.

»Es ist prinzipiell verkehrt, daß wir monatelang an der gleichen Stelle sitzen, statt durch das Land zu ziehen und die besten Bedingungen für unsere Arbeiten ausfindig zu machen«, begründete Schmidt seinen Standpunkt.

Wille fuhr ärgerlich auf.

»Herr Dr. Schmidt, habe ich diese Expedition hier mit meinen Mitteln begonnen oder sind Sie es gewesen?«

»Die Frage ist unnötig, Herr Dr. Wille, Sie wissen sehr genau, daß ich nicht über die Mittel verfüge, um ein derartiges Unternehmen ausrüsten zu können. Aber trotzdem beanspruche ich die Freiheit, es Ihnen zu sagen, wenn Sie nach meiner Meinung im Begriff sind, einen Fehler zu begehen.«

»Meinung hin, Meinung her, Herr Schmidt! Gegen Ihre Ansicht setze ich die meinige.«

Eine Weile stand der lange Schmidt mit zusammengekniffenen Lippen schweigend da. Schon glaubte Dr. Wille, daß der Streit damit beendet sei, als sein Assistent wieder zu sprechen begann.

»Ich stehe mit meiner Meinung nicht allein da, Herr Wille. Sie wird von andern geteilt.«

»Machen Sie mich nicht verrückt!« brauste Wille auf, »was sind denn das für Eideshelfer, auf die Sie sich da stützen wollen?«

»Da wäre zuerst Professor Eggerth zu nennen, Herr Wille.«

»Unsinn, Herr Schmidt! Ich habe, glaube ich, schon einmal gesagt, daß der Mann sich um seinen eigenen Kram kümmern soll. Von unserer Sache hat er wirklich keine Ahnung.«

»Dann möchte ich an zweiter Stelle Herrn Ministerialdirektor Gerhard aus dem Kultusministerium nennen.«

Dr. Wille pfiff durch die Zähne.

»Das Kultusministerium hat bis jetzt keinen Pfennig zu meiner Expedition beigesteuert und da berufen Sie sich mir gegenüber auf diese Behörde. Ich begreife Sie nicht mehr.«

»Sie werden mich vielleicht besser verstehen, Herr Dr. Wille, wenn ich Ihnen sage, daß das Kultusministerium jetzt bereit ist, die Expedition finanziell zu unterstützen.«

Dr. Wille ließ sich in einen Sessel fallen.

»Davon hätte ich als Leiter der Expedition doch zuerst etwas erfahren müssen«, fuhr er nach einer Weile fort, »vorläufig ist mir nichts davon bekannt. Ich würde es mir auch noch sehr überlegen, ob ich eine solche Unterstützung annehme. Sie wird wahrscheinlich nicht sehr bedeutend sein, und das Ministerium wird mir dafür in unerträglicher Weise in meine Arbeiten hineinreden.«

Schmidt schüttelte den Kopf.

»Das würden Sie kaum zu befürchten haben. Das Ministerium wünscht nur, daß wir mit den Transportmitteln, die es uns zur Verfügung stellen will, einen Teil der Station motorisieren und Forschungsreisen in südlicher Richtung unternehmen, bis wir die besten Bedingungen für unsere Arbeiten gefunden haben...«

»Und dann natürlich die ganze Station dorthin verlegen«, führte Wille den Satz zu Ende.

»Vielleicht, Herr Doktor, das würde sich im weiteren Verlauf der Arbeiten herausstellen.«

Dr. Wille hatte einen Bleistift ergriffen und spielte nervös damit. Stockend sprach er weiter: »Herr Schmidt, ich muß Sie daran erinnern – es geschieht zum erstenmal in den langen Jahren, die wir zusammenarbeiten –, daß Sie mein Assistent sind und bei mir in Brot und Lohn stehen. In Ihrem Anstellungsvertrag befindet sich ein Passus, daß die Arbeiten der Expedition nach meinen Anweisungen zu erfolgen...«

»Verzeihung, Herr Wille«, unterbrach ihn Schmidt, »hier würde in Zukunft eine Änderung eintreten. Das Kultusministerium beabsichtigt, mich mit Beamteneigenschaft in den Staatsdienst zu übernehmen. Sie werden es begreiflich finden, daß ich eine solche Chance nicht vorbeigehen lassen kann.«

Der Bleistift in Willes Händen zerbrach in zwei Stücke. »Großartig, Herr Dr. Schmidt«, rief er. »Sie werden also Staatsbeamter, Ministerialrat, werden mir hier womöglich vor die Nase gesetzt – und ich habe keine Ahnung von alledem, was sich da bereits hinter den Kulissen abgespielt haben muß. Pfui Teufel, Herr Schmidt, das hätte ich von meinem langjährigen Mitarbeiter nicht erwartet!«

Der lange Schmidt machte eine verzweifelte Abwehrbewegung.

»Nicht doch, Herr Dr. Wille. Sie verkennen die Situation vollkommen, man denkt gar nicht daran, hinter Ihrem Rücken vorzugehen. Es besteht im Ministerium die Absicht, unsere ganze Expedition zu verstaatlichen und auch Sie in den Staatsdienst zu übernehmen... wenn Sie dazu bereit sind, Herr Wille...«

»Und wenn ich nicht dazu bereit bin?«

Schmidt zuckte die Schultern.

»Dann würden wir uns trennen müssen, wollen Sie sagen, Herr Schmidt. So ist es doch!« schrie ihm Wille ins Gesicht.

Minuten vergingen, in denen keiner der beiden ein Wort sprach. Dann begann Schmidt von neuem.

»Wir wollen versuchen, Herr Wille, diese Unterredung unter Beiseitelassung aller Nebensächlichkeiten zu Ende zu bringen. Die Regierung erkennt Ihre großen wissenschaftlichen Verdienste voll an. Sie will die antarktische Expedition, die Sie bisher, abgesehen von der Unterstützung durch die Eggerth-Reading-Werke, aus Ihrem Privatvermögen finanzierten, zu einer dauernden Institution der Deutschen Republik machen, und sie will Ihnen dabei durchaus diejenige Stellung geben, die Ihnen nach Ihrer Vergangenheit zukommt. Es wäre ein schwerer Verlust für die Wissenschaft, wenn Sie dieses Angebot nicht annehmen.«

Dr. Wille sprang erregt auf. »Sie sprechen von einem Angebot, Schmidt. Aber man hat mir ja noch gar kein Angebot gemacht. Von allen diesen Dingen höre ich zum erstenmal aus Ihrem Munde.«

Der Schein eines Lächelns huschte über die faltigen Züge Schmidts. »Darf ich ganz offen zu Ihnen sprechen, als... als Ihr alter Mitarbeiter... und Freund, Herr Dr. Wille?«

Wille warf ihm einen verwunderten Blick zu. »Sprechen Sie, als was Sie wollen, aber sagen Sie mir endlich, was hier eigentlich gespielt wird.«

»Mein sehr verehrter Herr Dr. Wille, man kennt Ihr Temperament in Regierungskreisen, und man möchte sich dort keiner Ablehnung von Ihrer Seite aussetzen. Man bat deshalb Professor Eggerth, zunächst zu sondieren...«

»Der Professor hat mir auch kein Wort davon gesagt«, fiel ihm Wille ins Wort.

»Weil er die gleichen Bedenken hatte. Deshalb hat man den alten Schmidt vorgeschickt, der sich von seinem hochverehrten Chef gern ein paar Dutzend Grobheiten an den Kopf werfen läßt, wenn es ihm nur gelingt, ihn für die große Sache zu gewinnen. Mein lieber Herr Dr. Wille, geben Sie mir bitte keinen Korb.«

Er streckte Wille langsam die Rechte hin.

»Schlagen Sie ein, versprechen Sie mir, daß Sie den Vorschlag der Regierung annehmen werden.«

Langsam griff Wille nach Schmidts Hand.

»Mein lieber alter Schmidt, ich habe Ihnen unrecht getan. Ich glaubte, Sie wollten mich verlassen. Ich will Ihnen versprechen, das Angebot nach bestem Wissen und Gewissen zu prüfen, sobald es mir offiziell gemacht wird.«

»Auch anzunehmen, Herr Wille? Das ist mir die Hauptsache. Soviel ich weiß, beabsichtigt man, Ihnen den Titel und Rang eines Staatskommissars zu geben.«

Dr. Wille fuhr sich wie träumend über die Stirn.

Dr. Schmidt stand auf.

»Darf ich an Professor Eggerth funken, daß Sie bereit sind, das Angebot der Regierung anzunehmen?«

»Es kommt zu schnell, lieber Schmidt. Lassen Sie mir noch ein paar Stunden Bedenkzeit. Sagen wir heute abend. Nach dem Essen werde ich Ihnen meine Entscheidung mitteilen.«

Und dann war Dr. Wille allein.

Schweigend hatte Dr. Schmidt den Raum verlassen. Mit langen Schritten stelzte er durch den Schnee zur Funkerbude. Nach kurzem Gruß griff er sich einen von den Schreibblöcken, warf ein Dutzend Worte darauf und schob ihn Lorenzen hin.

»An Professor Eggerth persönlich. Bitte sofort senden.«

Mechanisch griff Lorenzen nach dem Papier. Während seine Augen über die Buchstaben gingen, stutzte er. Was war das für eine verrückte Depesche! Bestimmt nicht im Geheimkode der Eggerth-Reading-Werke, denn den kannte er nach langer Praxis zur Genüge. Kopfschüttelnd machte er sich an die Arbeit und nahm die Verbindung mit Bay City auf, wo Professor Eggerth gerade weilte. Dr. Schmidt blieb neben ihm sitzen, bis der Funkspruch abgegangen und sein Empfang aus Bay City bestätigt worden war. Dann ging er zur Station zurück.

Um die gleiche Zeit hielt Professor Eggerth eine Depesche aus der Antarktis in den Händen. Verschlüsselt, wie sie angekommen war, hatte der Werkfunker sie dem Professor geschickt, denn mit dem Kode der Eggerth-Reading-Werke ließ sie sich nicht entziffern. In seinem Arbeitszimmer machte sich der Professor selbst daran, den Funkspruch unter Verwendung eines andern Schlüssels auf Klartext zu bringen. Und dann standen die Worte vor ihm.

»Das Eis ist gebrochen. Heute abend soll es sich entscheiden. Schmidt.«

Der Abend kam herauf, aber er brachte die Entscheidung noch nicht; nur einen zweiten Funkspruch an Professor Eggerth: »48 Stunden Bedenkzeit erbeten, Dr. Wille.«

Nachdenklich wog der Professor die Depesche in der Hand Ein leichter Zweifel wollte ihm aufsteigen, ob es richtig war, den nüchternen Dr. Schmidt mit einer Mission zu betrauen, die immerhin ein wenig Psychologie verlangte. Und doch – je länger er hin und her überlegte, desto mehr kam er zu der Ansicht, daß es keinen besseren Mann als Dr. Schmidt dafür gab. Kein anderer verstand sich so auf die kleinen Eigenheiten Willes, kein anderer hätte es jemals so lange bei dem eigenwilligen Gelehrten ausgehalten wie Schmidt.

Irgendwelche neuen Hemmungen mußten eingetreten sein. Anders war die Bitte um eine so lange Bedenkzeit nicht zu erklären, und Professor Eggerth war selbst genügend Psychologe, um die Gefahr, die darin lag, sofort zu erkennen. Der tote Punkt mußte überwunden werden, und er glaubte, die Mittel dafür zu besitzen.

5

Man war in Bay City gerade dabei, die ersten Schiffe vom Typ ›St 11‹ aus der Neufabrikation für die Pazifiklinien einzufliegen. ›St 11 a‹ hatte die ersten 10 000 Kilometer bereits hinter sich, als es um die achte Abendstunde auf dem Werkhof niederging. Hein Eggerth kletterte aus dem Rumpf, Berkoff und Hansen folgten ihm.

»Der Kahn ist großartig«, rief Hansen vergnügt und schwenkte das Logbuch von ›St 11 a‹ in der Rechten.

In der Hoffnung auf ein gutes Abendessen schlugen die drei Piloten zusammen den Weg zum Casino ein, als der Professor ihnen in den Weg trat. Eine kurze Begrüßung, ein kurzer Bericht über den letzten Flug, und der Professor ging zusammen mit ihnen weiter.

Zu viert nahmen sie auf Einladung des Professors an dem runden Stammtisch im hinteren Zimmer des Casinos Platz, und bald duftete es angenehm aus vollen Schüsseln. Professor Eggerth saß neben seinem Sohn und studierte aufmerksam das Logbuch des neuen Stratosphärenschiffes, während die andern sich über die aufgetragenen Gerichte hermachten. Eine Weile ließ er sie gewähren, dann zog er Hein beiseite und begann mit ihm zu sprechen. Leise zuerst, bald danach lauter, so daß auch die andern hören konnten, um was es sich handelte und was ihnen bevorstand. In einer halben Stunde sollten sie mit ›St 11 a‹ zur Antarktis starten. »Pfui Deibel«, sagte Hansen, aber so leise, daß es der Professor nicht hören konnte.

»Ich hatte mich eigentlich aufs Bett gefreut«, flüsterte Berkoff ihm zu.

»Es ist von Wichtigkeit für unser Werk und für noch mehr, meine Herren«, sagte Professor Eggerth, und da waren Müdigkeit und Abspannung im Augenblick abgeschüttelt.

»Was sollen wir mitnehmen?« fragte Hein.

»Keine Sorge für dich, mein Junge. Draußen wird schon alles eingeladen. Zwanzig Minuten könnt ihr hier noch gemütlich sitzen, dann wird gestartet.«

Zur festgesetzten Zeit schraubte sich ›St 11 a‹ in die Höhe und stürmte nach Süden davon.

Professor Eggerth hatte mit seiner Vermutung recht, daß eine Hemmung eingetreten sei. Während Dr. Wille in langen Stunden sein bisheriges Lebenswerk durchdachte, während er sich vorzustellen versuchte, wie er es künftig unter anderen vielleicht günstigeren Bedingungen weiterführen sollte, geriet er immer wieder an einen Punkt, über den er nicht hinwegkam. Sein ureigenstes Werk war diese ganze antarktische Station, wenn er auch die tatkräftige Hilfe der Eggerth-Reading-Werke nicht unterschätzte. Von ihm war die Idee ausgegangen, und sein ganzes nicht unbedeutendes Vermögen hatte er hineingesteckt. Von ihm stammte auch der Generalplan, nachdem die Expedition bisher gearbeitet hatte, und auf die Ergebnisse dieser Arbeiten durfte er mit Recht stolz sein.

Eine Fülle neuer wissenschaftlicher Erkenntnisse war im Laufe dieses Jahres gewonnen worden. In den gelehrten Zeitschriften aller Kulturvölker waren Berichte darüber erschienen und hatten seinen Namen in der ganzen Welt bekannt und berühmt gemacht.

Nun sollte das plötzlich anders werden. Nicht mehr nach seinen eigenen Ideen, sondern nach denen der Regierung…eines Ministeriums der Regierung…irgendeines unbekannten…vielleicht unbedeutenden Dezernenten dieses Ministeriums sollte künftig gearbeitet werden. Er kam nicht darüber hinweg, sooft er in seinen Gedanken bis an diesen Punkt gelangt war.

Die Station zum Teil motorisieren…Alle Messungen nicht mehr an einer einzelnen Stelle, sondern über einem großen Gebiet vornehmen…Er konnte sich der Erkenntnis nicht verschließen, daß der Gedanke grundsätzlich richtig war. Er mußte sich selbst eingestehen, daß er den Vorschlägen Schmidts mehr aus Eigensinn als aus triftigen Gründen widersprochen hatte.

Ja, war es denn wirklich nur Eigensinn? Hatten nicht andere Gründe in seinem Unterbewußtsein mitgesprochen? Gründe, über die er sich in langem selbstquälerischem Grübeln klarzuwerden suchte und die er schließlich zu finden glaubte.

Das war es, was ihn allen Vorschlägen Schmidts so schroffen Widerspruch entgegensetzen ließ. Eine Motorisierung der Station würde neue bedeutende Kosten verursachen, seine eigenen

Mittel wahrscheinlich vollkommen aufzehren. Die Hilfe der Eggerth-Reading-Werke aber wieder in Anspruch zu nehmen widerstand ihm instinktiv. Das waren, er erkannte es jetzt klar, die tieferen Gründe für seinen fortwährenden Streit mit Schmidt. Sollte er jetzt nachgeben, weil die Regierung sich hinter sein Unternehmen stellen wollte?

Ein Geräusch riß ihn aus seinen Überlegungen und Erwägungen. Motorgedröhn drang in den stillen Raum. Er trat an ein Fenster und zog die Vorhänge zurück. Im matten Schein der tiefstehenden Sonne senkte sich ein Flugschiff langsam auf die Hoffläche hinab, ein Schiff viel größer und mächtiger als die Stratosphärenschiffe, die bisher die Verbindung der Station mit den Werken aufrechterhielten.

Es duldete ihn nicht länger im Zimmer. Er warf den Pelz über und trat ins Freie, voller Erwartung, was dies neueste und größte Schiff der Eggerth-Reading-Werke wohl bringen mochte.

Doch auf halbem Wege verhielt er den Schritt. Da kam von links her Schmidt, der ebenfalls zu dem Stratosphärenschiff wollte. Dr. Wille wollte umdrehen und ins Haus zurückgehen, aber da war der lange Schmidt schon bei ihm und schob seinen Arm unter den Willes.

»Kommen Sie mit, Herr Dr. Wille. Wir wollen uns zusammen ansehen, was Professor Eggerth uns schickt.«

Während sie durch den kalten Polartag weiterschritten, klang ihnen aus dem Rumpf des Stratosphärenschiffes das Geräusch von Werkzeugen entgegen. Kommandorufe dazwischen! Und dann plötzlich klaffte es breit in dem mächtigen Bau. Knarrend öffneten sich die beiden Flügeltüren einer gewaltigen Ladeluke und schwangen langsam nach außen.

Ein neues Kommando klang auf, breit und massig schob sich eine schwere Brücke aus der klaffenden Ladeluke und reckte sich weit hinaus, bis sie mit dem freien Ende auf dem verschneiten Feld auflegte. Aus dem gleichen schimmernden Leichtmetall bestand sie wie der Rumpf des Stratosphärenschiffes.

Der Ton einer Hupe zerriß die stille Luft. Wie das Atmen eines schlafenden Riesen war es plötzlich anzuhören, etwas Großes, Dunkles bewegte sich im Schiffsraum, ein mächtiges Gebilde stand auf der Brücke, rollte über die Brücke hinab und glitt auf breiten Raupenketten geräuschlos über den Schnee, bis es dicht bei der Stelle, wo Wille und Schmidt standen, zum Halten kam.

Betroffen von dem unerwarteten Anblick, bedrückt von den ungeheuren Ausmaßen des gigantischen Kraftwagens stand Dr. Wille, als neue Hupensignale ertönten. Noch ein zweites und noch ein drittes Gefährt von der gleichen riesigen Bauart tauchten aus dem Bau des Stratosphärenschiffes auf, glitten über die Brücke und über den Schnee.

Dr. Wille griff sich an die Stirn. »Was ist das, Schmidt? Was soll das bedeuten?«

Der lange Schmidt zuckte die Schultern. Er hielt es im Augenblick für klüger, seine Gedanken für sich zu behalten.

»Ich weiß es nicht, Herr Wille, doch ich denke, die Herren, die das Stratosphärenschiff hierhergebracht haben, werden es uns sagen können. Da kommt ja der junge Eggerth, wir wollen ihn fragen.«

Hein Eggerth schüttelte den beiden Gelehrten die Hände, und Wolf Hansen drückte sie ihnen so kräftig, daß Dr. Wille die Zähne zusammenbeißen mußte. Und dann kam Georg Berkoff, einen Schlüsselbund in der Hand, und bat um die Ehre, die Herren mit einigen technischen Neuheiten bekanntmachen zu dürfen.

Ein Schlüssel seines Bundes schnappte in einem Schloß des ersten der drei Motorriesen: Gleichzeitig mit der aufspringenden Tür schob sich eine Treppe heraus. Über die Stufen traten sie in das Wageninnere, geräuschlos fiel die Tür hinter ihnen wieder ins Schloß.

In einem großen, angenehm durchwärmten Raum standen sie, in dem elektrisches Licht jeden Winkel erhellte. Es mußte das Innere jenes großen Raupenwagens sein, in den sie eben in dieser Sekunde hineingeklettert waren. Immer wieder sagte sich Dr. Wille das, während er ungläubig um sich blickte. Denn was seine Augen hier sahen, das erinnerte auch nicht im geringsten an ein Kraftfahrzeug, das war vielmehr ein vollständiges mit den besten Apparaten ausgerüstetes Observatorium für erdmagnetische Beobachtungen.

Die Stimme Berkoffs riß ihn aus seinem Staunen.

»Hier das Neueste aus den Zeiss-Werken, Herr Dr. Wille. Ein Universal-Erdinduktor. Es glückte unserm Professor, das zweite Instrument, das im Zeiss-Werk fertig wurde, zu bekommen.«

Noch während er es sagte, drückte Berkoff auf einen Knopf. Das leise Schnurren eines Elektromotors wurde hörbar, und drei Skalen leuchteten in mattem Licht auf.

»Die X-Komponente des Erdmagnetismus an der Stelle, wo wir jetzt sind«, fuhr er in seiner Erklärung fort und deutete auf den Zeiger, der zitternd über den Ziffern der ersten Skala spielte.

»Alles nach Gauß-Einheiten geeicht, Herr Dr. Wille, jetzt...«, er bewegte einen Hebel, »haben wir die Y-Komponente auf der zweiten«, er bewegte einen andern Hebel, »die Z-Komponente auf der dritten Skala.«

Mit wachsendem Interesse war Wille der Erklärung Berkoffs gefolgt. Unter dessen Anleitung griff er jetzt selbst zu, ließ bald die eine, bald die andere Skala spielen und überschüttete den Ingenieur mit einer Flut von Fragen; Berkoff hatte sich während der Fahrt darauf präpariert und blieb ihm keine Antwort schuldig.

Die Zeit verstrich, und immer noch war die Wißbegierde Willes nicht gestillt. Schließlich zog Berkoff die Uhr.

»Ich schlage vor, daß wir umkehren, Herr Doktor, in den beiden andern Wagen gibt es auch noch allerlei zu sehen.«

»Umkehren? Was heißt umkehren?« fragte Wille verwundert.

»Nun, wir können uns die Gegend ja mal ansehen«, erwiderte Berkoff und griff nach einem Telefon, durch das er mit dem Führer des Wagens sprach. Wille glaubte etwas wie eine Bewegung zu spüren und mußte sich einen kurzen Augenblick an der Wagenwand festhalten. Berkoff ließ die Tür aufspringen und trat, von dem Doktor gefolgt, ins Freie. Weit und breit herum beschneites Feld, soweit ihre Augen blicken konnten.

»Wo ist die Station?« fragte Wille.

Berkoff deutete auf eine Stelle des Horizontes. »Den Funkmast werden Sie vielleicht noch sehen können, Herr Doktor, wenn Sie gute Augen haben. Wir sind etwa zwanzig Kilometer von der Station entfernt.«

»Zwanzig Kilometer, aber...aber...«, Dr. Wille fing an zu stottern. Berkoff kam ihm zu Hilfe.

»Die Zeit vergeht schneller, als man denkt, mein verehrter Herr Doktor, wenn man sich so nett unterhält, wie wir es eben getan haben. Wir sind 40 Minuten unterwegs gewesen.«

»40 Minuten...« Wille sah auf die Uhr, »Herrgott ja, Sie haben recht. Zwanzig Kilometer in 40 Minuten...Wir sind mit 30 Stundenkilometern gefahren, ohne daß ich etwas davon gemerkt habe...Wie ist das möglich! Und die Instrumente haben während der Fahrt gearbeitet und richtig gezeigt...Unbegreiflich...ganz unbegreiflich, Herr Berkoff.«

Ein leichtes Lächeln ging über die Züge des Ingenieurs.

»Ein kleiner Trick, Herr Dr. Wille. Der rotierende Teil des Induktors ist mit einem Kreiselkompaß gekuppelt. Sie ließen mich noch nicht dazukommen, Ihnen auch diesen Teil der Anlage zu zeigen, aber die Wirkung dürfte Ihnen auch so ohne weiteres einleuchten. Der Wagen kann in beliebiger Richtung fahren, der Induktor wird durch den Kompaß doch stets so gesteuert, daß er seine Richtung im Raum unverändert beibehält und die drei Komponenten richtig anzeigt.«

Wille wollte etwas erwidern, aber Berkoff unterbrach ihn. »Brr, Herr Doktor! Es ist schandbar kalt hier draußen. Kommen Sie zurück in den Wagen.«

Drinnen hatte Wille eine Weile mit seiner Brille zu tun, die sich in dem gewärmten Raum sofort beschlug. »Aber jetzt merke ich doch«, meinte er, während er die Gläser putzte, »daß wir fahren. Die Erschütterungen sind deutlich zu spüren.«

Berkoff lachte. »Wir fahren in der Tat, Herr Doktor, und zwar mit etwas mehr als 50 Stundenkilometern. Sie sehen, Herr Doktor, daß man ganz nette Landpartien mit unserm Vehikel machen kann. In zehn Stunden können Sie 500 Kilometer damit zurücklegen, wenn Sie es eilig haben.«

Dr. Wille schüttelte den Kopf und redete allerlei von exakten wissenschaftlichen Messungen und Langsamfahren, bevor ihn Berkoff endlich zu den andern Instrumenten bringen und ihm die übrigen Einrichtungen des Wagens erklären konnte, und er war noch längst nicht damit zu Ende, als der Wagen schon wieder auf dem Hof der Station anhielt.

Weitere Stunden verstrichen bei der Besichtigung der beiden andern Wagen, und als endlich das letzte Stück betrachtet und erklärt worden war, gab sich Dr. Wille gefangen. Sein Widerspruch verstummte, und er mußte es sich selbst und den andern eingestehen, daß das Problem, die Station zu motorisieren, mit diesen drei Fahrzeugen in einer geradezu idealen Weise gelöst war.

Während der ganzen Zeit von der Ankunft von ›St 11 a‹ an hatte er noch kein Wort mit Schmidt gesprochen. Jetzt nahm er ihn beim Arm und zog ihn zur Seite.

»Schmidt, alter Freund! Sie haben schon längst um alle diese Dinge gewußt.«

Der lange Schmidt brachte ein verlegenes Hüsteln hervor.

»Gestehen Sie, Schmidt, Sie haben darum gewußt.«

»Nicht um alles, Herr Wille. Ich wußte nur, daß man die Motorisierung der Station vorbereitete. Man wollte Ihnen damit eine Überraschung bereiten, sobald Sie…«

»Sobald ich meine Einwilligung zu den Vorschlägen der Regierung gegeben habe. Sie haben recht, daß Sie mich daran erinnern, mein lieber Schmidt. Kommen Sie, wir wollen den Funkspruch zusammen aufgeben.« —

»Hübsche Sache, Sir. Nur schade, daß Sie nicht mehr von dem Zeug gefunden haben. Das Bißchen hat Ihre Reise in die Antarktis wirklich nicht gelohnt.« Mr. Bolton sagte es, während er mit Metallstückchen von verschiedener Farbe spielte, die vor ihm auf dem Tisch lagen.

Garrison zuckte schweigend die Schultern. Bolton griff nach einem goldig blinkenden Stückchen.

»Ist ja aller Ehren wert. Mr. Garrison, was Sie aus den paar Erzbrocken, die Sie mir nach Ihrer Rückkunft zeigten, herausgeholt haben. Zehn Gewichtsprozent reines Gold, alle Wetter! Hätte ein großartiges Geschäft werden können, wenn…ja wenn Sie mehr davon mitgebracht hätten. Dumme Geschichte, daß die Eggerth-Leute das Nest vorher ausgenommen haben.«

Mr. Garrison wollte etwas sagen. Doch Joe Bolton ließ ihn nicht zu Worte kommen. »Well, Sir! Geschehene Dinge sind nicht mehr zu ändern. Strich darunter! Die Kosten für Ihre Reise in die Antarktis habe ich Ihnen à fonds perdu gegeben. Dafür gehören mir die netten glitzernden Dingerchen hier. War ein faules Geschäft diesmal, will es aber Ihnen nicht nachtragen, Garrison. Kommen Sie ruhig wieder zu mir, wenn Sie mal was Gutes an der Hand haben.«

Diese Unterhaltung fand im Hoover-Hotel in Pasadena statt, acht Tage nachdem Dr. Wille sich entschlossen hatte, das Angebot seiner Regierung anzunehmen.

Mr. Joe Bolton aus Frisco, mehrfacher Millionär, siebenmal ausgekochter Geschäftsmann, betrachtete das Gespräch als beendet und wollte sich erheben. Mit einer bittenden Bewegung hielt ihn Garrison zurück.

»Was wollen Sie noch, Sir? Ich glaube, wir haben uns im Augenblick nichts mehr zu sagen.«

»Doch, Mr. Bolton, doch!« Garrison stieß die Worte hastig hervor. »Es ist unmöglich, Mr. Bolton, daß die Eggerth-Leute alles Erz weggeschafft haben. Es kann nicht wahr sein. Ich habe triftige Gründe dafür, Sie müssen mich noch anhören!«

Bolton warf ihm einen erstaunten Blick zu. »Ich verstehe Sie nicht, Garrison. Sie haben mir selber erzählt, wie Sie in das Loch hineingefallen sind, aus dem die Burschen das Erz geräumt haben. Der Fall liegt sonnenklar.«

»Etwas zu klar, Mr. Bolton! Damals, als ich im Schnee steckte und fast zu ersticken meinte, habe ich's auch geglaubt. Aber in diesen letzten Tagen, während ich auf dem Mount Wilson in meinem Laboratorium saß und das Erz analysierte, ist es mir klargeworden, daß man mich gebufft hat. Sie müssen mich anhören, Mr. Bolton!«

Bolton warf einen ungeduldigen Blick auf die Uhr. »Der Zug nach Frisco geht 15 Uhr 10. 25 Minuten habe ich noch für Sie übrig. Schießen Sie los, wenn Sie noch was zu sagen haben.«

Garrison begann zu sprechen. Während der nächsten zehn Minuten redete er von jenen Stürmen und Unwetterkatastrophen, die vor rund einem halben Jahr über die südlichsten Zipfel Afrikas und Amerikas dahingebraust waren, von den alarmierenden Messungen der Erdbebenwarten, kurz, von allen jenen Naturerscheinungen, die der Sturz des gewaltigen Boliden damals hervorgerufen hatte.

Mr. Bolton unterbrach ihn gelangweilt. »Mögen ganz interessante Geschichten für euch Sternwartenleute sein, aber nicht für mich, Mr. Garrison.« Wieder sah er auf die Uhr: »Ich kann Ihnen noch 10 Minuten geben, aber ich glaube, es hat nicht viel Zweck.«

»Doch, doch!« fiel ihm Garrison lebhaft ins Wort. »Es muß auch Sie interessieren. Alle diese Naturerscheinungen beweisen unzweifelhaft, daß in der Antarktis ein riesenhafter Meteorit mit Millionen Tonnen dieses wertvollen Erzes niedergestürzt ist. Ich muß blind gewesen sein, daß ich den Zusammenhang nicht schon früher erkannt habe.«

Bolton zuckte die Schultern. »Warum haben Sie diesen Meteoriten oder Boliden, oder wie Sie das Ding sonst nennen mögen, denn nicht gefunden? Zu dem Zweck hatte ich Sie an den Südpol geschickt, Mr. Garrison.«

»Weil ich geblufft worden bin, Mr. Bolton! Ein Riesenbluff war schon die erste Behauptung dieses Ingenieurs, daß der Meteorit nur hundert Kilometer von der Station entfernt niedergestürzt sei«, schrie Garrison. »Ich Narr habe es ihm geglaubt, weil er sich so treuherzig auf die Beobachtungen eines Funkers der Station berief. Ha, ha!« Er schlug sich mit beiden Händen vor die Stirn, »kein Fetzen von der ganzen Station wäre bei dem andern geblieben, wenn dieser Riesenmeteor, der bis nach Afrika hin Stürme entfesselte, nur hundert Kilometer von ihrer Station entfernt niedergefallen wäre. Wie mag dieser Berkoff im stillen über mich gelacht haben, als er mich in eine Schneekuhle stürzen ließ und mir seine Märchen erzählte.«

Der Zug nach Frisco war längst fort, aber noch immer saß Mr. Bolton im Hoover-Hotel und verschlang jedes Wort von dem, was Garrison weiter vorbrachte.

»Halt!« unterbrach er ihn, als Garrison sich weitläufig über die Meßtechnik der Erdbebenwarten auslassen wollte. »Hier ist der Punkt, auf den es ankommt. Sie behaupten, Mr. Garrison, daß Sie nach den Aufzeichnungen der verschiedenen Erdbebenwarten die Stelle, wo der Bolide niederstürzte, bis auf einige Meilen genau feststellen können.«

Garrison nickte. »Jawohl, Mr. Bolton, das kann ich.«

»Sie behaupten ferner, daß Ihnen in Ihrer Eigenschaft als Mitglied des Lick-Observatoriums die Aufzeichnungen aller Erdbebenwarten zur Verfügung stehen.«

Wieder ein Nicken Garrisons. »So ist es, Mr. Bolton. Die Aufzeichnungen der amerikanischen Warten haben wir schon da, diejenigen der afrikanischen und europäischen Stationen kann ich mir schnell beschaffen.«

»Was heißt schnell?« unterbrach ihn Bolton.

»Das kommt auf die Spesen an, die Sie bewilligen. Auf dem gewöhnlichen Postwege würde es etwa anderthalb Monate dauern, wenn wir mit Funkspruch und Bildfunk arbeiten, können wir alle nötigen Unterlagen in spätestens 48 Stunden hier haben.«

»Kostenpunkt, Mr. Garrison?«

»Sagen wir tausend Dollar.«

Einen Augenblick schien Bolton zu schwanken. Dann zog er ein Scheckbuch aus der Tasche und legte es vor sich auf den Tisch. Während er langsam seinen Füllfederhalter aufschraubte, sagte er:

»Gesetzt den Fall, Mr. Garrison, Sie geben mir auf Grund betagter Unterlagen genau den Ort an, wo der Bolide niederstürzte, wie gedenken Sie dann weiter zu verfahren?«

»Man müßte natürlich hinfliegen, Mr. Bolton. Man müßte ein leistungsfähiges Flugschiff haben, mit dem man die Stelle aufsucht und gleich beim erstenmal so viel Erz mitnimmt, daß alle bisherigen Ausgaben reichlich gedeckt sind.«

Bolton stützte das Kinn in die rechte Hand.

»Hm, Mr. Garrison. Die Sache ließe sich hören, aber die Piloten... die Besatzung des Flugzeuges... man müßte schon eine ganz große Maschine dafür chartern... die würden doch den Mund nicht halten. Mitwisser können wir bei dem Geschäft nicht gebrauchen.«

Eine Weile schwiegen beide, jeder mit seinen eigenen Gedanken beschäftigt.

»Was die Eggerth-Boys konnten, sollten wir auch können«, knurrte Bolton vor sich hin.

»Im Augenblick dachte ich dasselbe, Mr. Bolton. Wir müssen ein Flugzeug mit guter automatischer Steuerung chartern, mit dem wir den Flug allein unternehmen.«

»Hm, hm!« Bolton kratzte sich nachdenklich den Schädel. »Mein kleines Sportflugzeug steuere ich seit Jahren selber, aber mit einer dieser neuen großen Lastmaschinen allein losgehen... Ich weiß doch nicht...«

»Sie überschätzen die Schwierigkeiten, Mr. Bolton, ich habe schon am Steuer dieser großen Maschinen gesessen. Sie fliegen sich leichter als die kleinen Sportmaschinen. Schließlich könnten Sie sich ja auch noch ein paar Tage einfliegen, bevor wir auf unsere Expedition gehen...«

Garrison merkte, wie der Millionär mit neuen Zweifeln kämpfte und gab dem Gespräch eine andere Wendung. Mit beredten Worten malte er ihm die gewaltigen Gewinnmöglichkeiten aus, wenn es gelang, auch nur ein paar hundert Zentner des kostbaren Erzes aus der Antarktis nach Amerika zu bringen. Vor den Millionenziffern, mit denen er dabei jonglierte, schwand Boltons Widerstand dahin. Er füllte den Scheck über tausend Dollar aus, doch bevor er ihn an Garrison gab, zog er ein anderes Schriftstück aus der Brieftasche. Es war ein Vertragsentwurf, den er bereits vor jenem ersten ergebnislosen Flug Garrisons nach der Antarktis aufgesetzt hatte. In einer langen Reihe von Paragraphen waren darin die Rechte und die Pflichten der beiden Partner geregelt, und es war in Mr. Boltons Natur begründet, daß der Vertrag mehr Rechte für ihn und mehr Pflichten für Garrison enthielt. Darüber war Garrison sich wich vollkommen klar, aber wohl oder übel mußte er seinen Namen unter dieses Dokument setzen, bevor er Boltons Scheck in Empfang nehmen durfte.

Der sprang jetzt auf. »Höchste Zeit, Mr. Garrison. Ich komme gerade zum nächsten Zug zurecht. Rufen Sie mich in Frisco an, sowie Sie alles haben.« —

Mr. Bolton hatte den Raum verlassen. Garrison griff nach Stock und Hut; nachdenklich ging er durch die Straßen von Pasadena bis zur Drahtseilbahn, die ihn zur Sternwarte auf dem Mount Wilson bringen sollte.

Drei schlichte Zeilen im Amtlichen Verordnungsblatt gaben Kunde von den Veränderungen in der antarktischen Station. Sie lauteten:

»Zur besonderen Verwendung durch das Kultusministerium in den Staatsdienst übernommen Dr. Martin Wille mit dem Titel und Rang eines Ministerialdirektors; Dr. August Schmidt mit dem Titel und Rang eines Ministerialrats.«

In der Menge der anderen gleichartigen oder ähnlichen Mitteilungen gingen diese beiden Zeilen für die breite Öffentlichkeit unter. Nur im Kultusministerium wurden sie gelesen und erregten zunächst einige Verwunderung. Was waren denn das für unbekannte Outsider, die das Ministerium so plötzlich mit nicht zu verachtenden Beamtenqualitäten in den Staatsdienst übernahm? Schmidt... August Schmidt? Ein Sammelname, aus dem niemand etwas zu machen wußte. Dr. Martin Wille? Leute in den Büros des Ministeriums, die sich für jede Ernennung interessierten, wälzten allerlei Nachschlagewerke und konnten auch nichts Rechtes entdecken.

›Dr. Martin Wille, Privatgelehrter. Arbeiter auf geophysikalischem Gebiet. Unternahm im vergangenen Jahr eine Expedition in die Antarktis‹, stand in einem dieser Handbücher zu lesen und machte das Kopfschütteln noch größer. Bis es dann von oben her durchsickerte, und zwar mit einer gewissen Absichtlichkeit durchsickerte, daß dieser bisherige simple Privatgelehrte tatsächlich mit dem neuernannten Ministerialdirektor identisch sei und daß die nachgeordneten Stellen ihre Köpfe und Schädel nicht unnötig anstrengen möchten. Der Wink war deutlich genug und wirkte. —

Als Hein Eggerth mit ›St 8‹ bei der antarktischen Station landete, fand er das Nest ziemlich leer. Nur Lorenzen, dem er seine Ankunft durch Funkspruch gemeldet hatte, stand auf dem Hof und begrüßte ihn, als er das Schiff verließ.

»Guten Tag, Lorenzen. Alles wohl und munter? Wo stecken denn die anderen.«

»Ausgeflogen, Herr Eggerth. Sie sind alle mit den neuen Wagen weg. Sogar Hagemann ist mit. Ich muß mir mein Futter hier allein kochen und auch noch für den ganzen Maschinenkram sorgen. Ist etwas viel für einen einzelnen Mann.«

Hein Eggerth lachte. »Haben Sie eine Ahnung, wann die Herrschaften von ihrem Ausflug zurückzukehren gedenken?«

»Das kann lange dauern, Herr Eggerth. Die Herren sind ungefähr 400 Kilometer von der Station ab. Gleich nachdem ich Ihren Funkspruch erhielt, habe ich die Verbindung mit Herrn Wille aufgenommen. Ich habe ihm Ihre bevorstehende Ankunft gemeldet und mir den Standort der Wagen geben lassen. Hier ist er.« Er zog einen Schreibblock aus der Tasche und gab ihn Hein Eggerth. Der überflog die Zahlen, die darauf notiert waren. »74 Grad 14 Minuten Süd, 150 Grad 23 Minuten Ost.«Währenddem war Berkoff aus dem Schiff gekommen. Über die Schulter Hein Eggerths hinweg las er die Zahlen mit.

»Da wollen wir den Herrschaften mal schleunigst nachfliegen«, meinte er, während Eggerth den Schreibblock in seine Brusttasche steckte. »Wer besorgt denn übrigens die Funkerei bei der Expedition, Lorenzen?«

»Der Rudi Wille, Herr Berkoff. Der Junge hat sich zu einem tadellosen Funker entwickelt. Alle Achtung, wie der jetzt morsen kann.«

»Auf welcher Welle?« unterbrach ihn Berkoff.

»Auf unserer alten Werkwelle, Herr Berkoff. Sie können ihn jederzeit erreichen. Er hat sich einen Wecker an seinen Apparat angebaut, der jeden Anruf auf der alten Welle sicher meldet.«

»Danke schön, Lorenzen, das wollen wir mal gleich versuchen«, sagte Berkoff und ging zusammen mit Hein Eggerth in das Schiff zurück. Gleich danach begann dessen Hubschraube zu arbeiten. ›St 8‹ stieg wieder auf und ließ dabei seine Antenne aus. —

Im Mittelraum des Flugschiffes erhob sich bei der Rückkehr Eggerths ein älterer Herr aus einem Sessel.

»Nun, Herr Eggerth, wie steht's?«

»Nicht ungünstig, Herr Ministerialdirektor. Wille und Schmidt sind mit dem Motorwagen unterwegs. Sie befinden sich gegenwärtig 400 Kilometer südlich von hier.«

»Ah, das ist gut, Herr Eggerth. 400 Kilometer, das läßt sich schon hören. Noch 300 Kilometer mehr, und wir können in unserem Sinne vorgehen.«

Ministerialdirektor Reute setzte sich wieder. Hein Eggerth nahm ihm gegenüber Platz.

»Wir sind im Begriff, zu den Herren hinzufliegen, Herr Ministerialdirektor. Bei etwas Glück können wir sie in einer halben Stunde erreichen. Dann werden wir Näheres hören.«

Berkoff kam in den Raum.

»Verzeihen Sie die Störung, Herr Ministerialdirektor. Wir haben Verbindung mit Dr. Wille. Aus den Funksprüchen geht unzweifelhaft hervor, daß die Herren von den neuen Arbeitsmöglichkeiten, die ihnen die motorisierte Station bietet, voll befriedigt sind.«

»Beide oder nur einer?« fragte Reute.

»Alle beide«, beeilte sich Berkoff zu antworten. »Dr. Wille scheint durch die neuen Erkenntnisse, die er bei dieser Expedition gewonnen hat, gründlich bekehrt sein. Ursprünglich sollte die Fahrt nur über etwa 200 Kilometer gehen, aber dann war es gerade Wille, der sie immer weiter ausdehnte und auch jetzt noch nicht recht Lust hat, umzukehren.«

Hein Eggerth und der Ministerialdirektor warfen sich einen Blick zu. Sie hatten den gleichen Gedanken, daß man den so plötzlich erwachten Wandertrieb Willes in jeder Weise fördern müsse. Berkoff wollte den Raum verlassen, als ihn Hein Eggerth fragte: »Wurde sonst noch etwas von Bedeutung gefunkt?«

»Eigentlich kaum, nur das vielleicht, daß Dr. Wille seine alten Theorien über die Bahnen der Sonnenelektronen auf Grund der neuen Messungen stark umgearbeitet hat. Er hat darüber bereits eine längere Arbeit geschrieben. Wir sollen sie nach Berlin mitnehmen und dort für eine geeignete Veröffentlichung Sorge tragen.«

»Hm, hm. Der gute Dr. Wille verlangt nachgerade allerlei von uns«, meinte Eggerth. »Jetzt sollen wir auch noch für die Veröffentlichung seiner Arbeiten aufkommen.«

»Bitte, Herr Eggerth, lassen Sie das meine Sorge sein«, fiel ihm der Ministerialdirektor ins Wort. »Ich werde dafür sorgen, daß diese Arbeit schnellstens und in wirksamster Form veröffentlicht wird. Wir können gar nicht genug dafür tun, daß...«

Er brach den Satz plötzlich ab und warf Hein Eggerth einen Blick zu, den der verstand.

»Lieber Georg, es ist gut. Wenn ihr neue Funksprüche habt, gib uns bitte Bescheid.«

Erst als Berkoff draußen war, führte der Ministerialdirektor seinen Satz zu Ende.

»Wir können gar nicht genug tun, um der internationalen Gelehrtenwelt die große wissenschaftliche Bedeutung der Willeschen Expedition vor Augen zu führen.«

Hein Eggerth nickte. »Ich verstehe vollkommen, und ich glaube auch, daß es an Stoff dafür nicht fehlen wird.«

Reute rieb sich vergnügt die Hände. »Gerade jetzt können wir gar nicht genug von derartigen Berichten über die bisherigen Leistungen der Expedition bekommen. Nur auf diese Weise wird das Interesse, welches die Regierung plötzlich an der Expedition nimmt, im Ausland keinen Verdacht erregen.«

Das Gebrüll der Rückstoßdüsen wurde schwächer, hörte ganz auf. Im Gleitflug ging ›St 8‹ aus der Stratosphäre in tiefere Luftschichten hinab und beschrieb dabei einen weiten Kreis. Hein Eggerth trat zusammen mit dem Ministerialdirektor an das Fenster. In immer noch etwa 1000 Meter Höhe hing das Stratosphärenschiff in der Luft. Endlos dehnte sich unter ihm die verschneite Ebene, nur hin und wieder von kleinen Höhenzügen unterbrochen.

Gerade unter ihnen auf dem Schnee drei schwarze Punkte. Ungefähr wie drei Fliegen auf einer Tischdecke sahen die mächtigen Kraftwagen aus dieser Höhe aus. Nur allmählich gewannen sie an Größe, während das Stratosphärenschiff tiefer sank. Ein leichtes Rucken, und es setzte auf dem Schneefeld auf. Durch das Fenster beobachtete Hein Eggerth, wie aus dem einen der drei Fahrzeuge eine Gestalt kletterte und durch den Schnee auf das Flugschiff zu trabte.

»Nanu! Nur der brave Hagemann stellt sich zum Empfang ein«, murmelte er vor sich hin, während er zusammen mit dem Ministerialdirektor und Berkoff über die Laufbrücke aus dem Flugschiff ins Freie ging.

»Tag, Hagemann«, begrüßte er ihn. »Wo stecken die andern? Herr Dr. Wille weiß doch, daß wir ihn besuchen wollen?«

Hagemann trat im Schnee von einem Fuß auf den andern und drückste eine Weile, bevor er antwortete.

»Herr Dr. Wille und Herr Dr. Schmidt sitzen seit heute früh in dem elektrischen Wagen zusammen und lassen keinen 'rein.«

Hein Eggerth wandte sich zu Reute. »Darf ich Ihnen hier Herrn Hagemann vorstellen, Herr Ministerialdirektor, seines Zeichens Mechaniker, außerdem Küchenchef der Expedition.«

Das Wort Ministerialdirektor gab Hagemann einen Ruck, er machte eine formvollendete Verbeugung.

»Freue mich über die Ehre, Herrn Ministerialdirektor kennenzulernen. Hagemann ist mein Name. Aber...«, er wandte sich an Eggerth, »wie Sie die Herren aus ihrem Wagen herauskriegen wollen, weiß ich nicht. Wollen Sie nicht lieber erst etwas essen?«

Eggerth nickte. »Ich glaube, Herr Ministerialdirektor, der Vorschlag hat was für sich.«

»Meinetwegen«, erwiderte Reute, »eine solide Mahlzeit käme mir nicht ungelegen.«

Von Hagemann geleitet, gingen sie in den Wohnwagen. Ein behaglicher Raum, mit bequemen Klubsesseln ausgestattet, nahm sie auf, und dann lief Hagemann eifrig zwischen der Küche und diesem Raum hin und her und begann aufzutafeln. Er wollte zeigen, was seine Küche zu bieten vermochte.

Als Hagemann später den Kaffee servierte und Zigarren anbot, stand Eggerth auf. »Entschuldigen Sie mich einen Augenblick, meine Herren.« Er verließ den Raum. Mit langen Schritten stampfte er durch den Schnee zu dem zweiten Wagen hin, während er in seiner Westentasche nach einem Schlüssel fingerte. Mochten die beiden Gelehrten sich immerhin einschließen, er hatte ja ein Duplikat des Wagenschlüssels bei sich.

Jetzt hatte er den Schlüssel glücklich herausgefischt und war bis auf wenige Schritte an den Wagen herangekommen, als dessen Tür plötzlich von selber aufsprang.

In ihrem Rahmen erschien Dr. Wille, heftig gestikulierend, das Gesicht gerötet, das Haar in Unordnung.

»Reden Sie nicht weiter, Schmidt! Hat gar keinen Zweck mehr. Die Geschichte ist absolut klar, kommen Sie, wir wollen essen gehen.«

Er schickte sich an, aus dem Wagen zu steigen, als der lange Schmidt ihn zurückhielt.

»Vergessen Sie Ihren Pelz nicht, Herr Wille. Es ist etwas kühl draußen.«

Mit sanfter Gewalt zwang er ihn in den Pelz. Dann stürmte Dr. Wille ins Freie und stand plötzlich vor Hein Eggerth. Erst jetzt bemerkte er ihn.

»Sie hier, Herr Eggerth? Ach ja! Sie gaben ja einen Funkspruch, daß Sie kommen wollten. Großartig, daß Sie da sind. Wir haben neue Entdeckungen gemacht. Ich sage Ihnen, Herr Eggerth, die Welt wird staunen. Das muß ich Ihnen gleich erzählen.«

Bedächtig hatte Schmidt inzwischen die Wagentür verschlossen und kam hinter den beiden her.

»Ungeheuer interessant, Herr Schmidt, was Herr Dr. Wille mir eben auseinandergesetzt hat«, sagte Hein Eggerth. »Ich glaube aber, Sie werden Ihre Expedition noch weiter ausdehnen müssen, um die neuen Theorien stichhaltig zu erweisen.«

»Ganz gewiß, Herr Eggerth. Dann wird es sich zeigen, daß die Spiralen nicht logarithmisch, sondern exponential sind.«

»Unsinn, Schmidt!« brauste Wille auf. »Müssen Sie mir denn immer Opposition machen?«

»Lassen wir jetzt die wissenschaftlichen Dinge, meine Herren«, sagte Eggerth entschieden. »Ich bin nicht allein hier, Herr Ministerialdirektor Reute aus dem Finanzministerium ist mit uns hierhergekommen, um Sie als Staatsbeamte in Pflicht und Eid zu nehmen.«

Sie kamen in den Speiseraum des Wohnwagens und wurden Reute, der sie noch nicht persönlich kannte, vorgestellt. Lächelnd sah der Ministerialdirektor zu, wie Schmidt und Wille sich erst einmal kräftig über die Speisen hermachten. ›Mit gesättigten Leuten ist besser zu verhandeln als mit hungrigen‹, dachte er im stillen.

Dann, bei Kaffee und Zigarren, kam die Unterhaltung in Gang. Reute legte die großzügigen Bedingungen der Regierung sofort klipp und klar auf den Tisch: Übernahme der bisherigen Privatexpedition Willes durch den Staat in Form eines antarktischen Regierungsinstitutes. Ersatz der bisherigen von Dr. Wille persönlich getragenen Unkosten durch die Überweisung einer Summe, die ihn voll entschädigte. Leistungen der weiteren Ausgaben nach einem Etat, den Reute bis in alle Einzelheiten ausgearbeitet mitgebracht hatte. Verwundert blätterte Wille ihn durch. Er wußte ja nicht, wieviel Zahlenmaterial sein Assistent zu dieser Aufstellung geliefert hatte. Schließlich dann die Übernahme der beiden Herren Wille und Schmidt in den Staatsdienst. Hier stutzte Wille. Hatte Schmidt nicht einmal von einer Stellung als Staatskommissar gesprochen? Er wollte etwas sagen. Schmidt stieß ihn an, winkte ihm zu schweigen.

Noch einige Paragraphen des Vertrages, die das Verhältnis der übrigen Mitglieder der Station betrafen, verlas Reute und fragte dann: »Sind Sie mit alledem, was ich verlesen habe, einverstanden, meine Herren?«

Wille nickte. Schmidt stieß ein ›Ja‹ hervor, als ob er vor dem Standesbeamten stünde und getraut werden sollte.

»Dann bitte ich Sie, Ihre Namen unter den Vertrag zu setzen. Und nun, meine Herren«, fuhr er fort, als die Namen auf dem Papier standen, »übergebe ich Ihnen Ihre Bestallungsurkunden.«

Dann bat der Ministerialdirektor die beiden Wissenschaftler, sich zu erheben und ließ sie die Eidesformel nachsprechen, durch die sie sich verpflichteten, von jetzt an ihr ganzes Wirken und alle ihre Kräfte in den Dienst des Staates zu stellen.

Ein Handschlag danach, und der Akt war beendet.

Dann saßen sie wieder zu fünft am Tisch. Eggerth zog Hagemann beiseite und flüsterte eine Weile mit ihm. Der verschwand und kam nach kurzer Zeit mit einem großen Packen unter dem Arm wieder.

»Ich danke Ihnen, Hagemann, Sie können wieder gehen«, sagte Hein Eggerth, während er ihm den Ballen abnahm. Kaum hatte sich die Tür hinter ihm geschlossen, als Reute das frühere Gespräch wieder aufnahm.

»Ja, mein lieber Kollege, Ihre Expedition ist nun offiziell eine Unternehmung des Staates geworden. Wie Sie aus Ihrem Vertrag ersehen haben, rangiert das deutsche antarktische Institut parallel mit den Kaiser-Wilhelm-Instituten. Nur ein Unterschied ist dabei. Das neue Institut befindet sich außerhalb der Staatsgrenzen im Niemandsland der Antarktis. Das Institut vertritt hier die Deutsche Republik. Es muß deshalb die Staatsflagge zeigen.«

Während der letzten Worte Reutes hatte sich Hein Eggerth daran gemacht, den Ballen aufzuwickeln. Eine neue große Staatsflagge kam daraus zum Vorschein.

»Wollen wir sie hissen, Herr Ministerialdirektor?« Reute nickte. »Ja, Herr Eggerth, aber gleichzeitig einen Funkspruch an die Regierung absenden, daß die Deutsche Republik die frühere Expedition Wille als staatliches Institut übernommen hat.« Er griff nach Bleistift und Papier und entwarf eine Depesche. Dann gingen sie zu dem zweiten Wagen, bei dem Hagemann, von Eggerth instruiert, schon wartete. Langsam stieg aus dem mächtigen Bau des Kraftwagens ein Mast in die Höhe. An seiner Spitze nahm er die Staatsflagge mit.

Hein Eggerth ließ sich von Reute die Depesche geben. Während die übrigen zu dem Wohnwagen zurückkehrten, ging er damit zu dem dritten Wagen, in dem Rudi Wille sich mit seiner Radioanlage häuslich eingerichtet hatte. Als er eintrat, tönte ihm das Klappern der Morsetaste entgegen. Rudi hockte vor seinen Apparaten, die Kopfhörer an den Ohren, völlig in seine Arbeit vertieft, so daß er den eintretenden Eggerth gar nicht merkte. Der ließ ihn eine Weile gewähren, dann trat er näher und legte Rudi die Hand auf die Schulter. Der blickte nur einen Moment auf, er hatte seine Station inzwischen schon wieder auf Empfang umgeschaltet und notierte hastig mit, was er hörte. Mit einer kurzen Bewegung schob er Hein Eggerth ein paar beschriebene Blätter hin. Der überflog sie, behielt sie in der Hand und verließ den Funkraum.

6

»Nun, Herr Eggerth«, fragte Reute, als Hein in den Wohnwagen kam, »ist unser Funkspruch expediert?«

»Noch nicht, Herr Ministerialdirektor, die Station war anderweitig besetzt.«

Ein kurzes Befremden zeigte sich auf Reutes Zügen.

»Oh, das ist bedauerlich, Herr Eggerth. Es handelt sich hier um eine Staatsdepesche, die natürlich jedem Privatfunk vorgeht. Daran werden Sie sich gewöhnen müssen, meine Herren, nachdem Ihre Expedition ein staatliches Unternehmen geworden ist.«

Eggerth setzte sich an den Tisch und breitete die Blätter, die er von Rudi erhalten hatte, vor sich aus. Ohne weiter auf den Vorwurf Reutes einzugehen, sagte er: »Hören Sie bitte zu, meine Herren. Funkspruch, aufgenommen 15 Uhr 16 Greenwichzeit. SOS-Ruf von ›W 16‹. ›Amerikanisches Flugzeug ›W 16‹ aus Treibstoffmangel 300 Kilometer südlich von hier notgelandet, bei Landung havariert. An Bord zwei amerikanische Bürger, Garrison und Bolton. Erbitten dringend Hilfe von Station Wille.‹«

Schon bei den ersten Worten, die Hein Eggerth verlas, hörten die Anwesenden aufmerksam zu. Sie wußten ja alle, daß ein SOS-Ruf jeder Staatsdepesche voranging. Als der Name ›Garrison‹ fiel, räusperte sich der Ministerialdirektor sehr merklich. Hein Eggerth legte das erste Blatt beiseite, um zum zweiten zu greifen, als Reute fragte:

»Garrison…Mr. Garrison…Da war meines Wissens doch ein Mr. Garrison in der Station am Pol, den Sie, Herr Berkoff, mit nach Europa nahmen.«

»Ein Mr. James Garrison aus Pasadena. Jawohl, Herr Ministerialdirektor. Wenn's derselbe ist, wäre es nicht sehr erfreulich.«

Hein Eggerth warf ihm einen Blick zu, der ihn schweigen ließ, und nahm das nächste Telegrammblatt vor. Was er von ihm und den folgenden Blättern las, ließ zur Genüge erkennen, daß die beiden Amerikaner sich in einer sehr üblichen Lage befanden. Bei der Notlandung auf unebenem Gelände war das Fahrgestell ihrer Maschine so vollkommen zerstört worden, daß an einen Start, auch wenn sie neuen Treibstoff erhielten, nicht zu denken war. Außerdem drohte ihnen die Polarkälte verhängnisvoll zu werden. Von dem Augenblick an, da die Motoren des Flugzeuges stillstanden und die Heizung nicht mehr arbeitete, drang die Polarkälte unaufhaltsam durch die metallischen Wände in das Innere des Flugzeuges.

Hein Eggerth war mit seiner Vorlesung zu Ende, als Rudi in den Raum trat. Er brachte noch ein Blatt, das er Eggerth gab. Nach einem kurzen Augenblick sagte er: »Die Verbindung ist abgerissen, der Sender der Amerikaner arbeitet nicht mehr.«

Reute stand auf.

»Ich glaube, Herr Eggerth, es ist Christenpflicht, daß Sie sich sofort mit ›St 8‹ aufmachen und den verunglückten Amerikanern zu Hilfe eilen. Nehmen Sie bitte auf meine Person gar keine Rücksicht«, fuhr er fort, als Hein Eggerth etwas erwidern wollte. »Je eher Sie das Flugzeug finden, um so besser wird es sein. Ich fürchte, es geht hier um Minuten.«

Kurz darauf stieg ›St 8‹ auf und jagte in südlicher Richtung davon, um die Suche nach den Verunglückten aufzunehmen.

Die Unternehmung der Herren James Garrison und Joe Bolton ließ sich anfangs recht aussichtsvoll an. Aus den Aufzeichnungen der verschiedenen Erdbebenwarten gelang es Garrison, die Aufschlagstelle des Boliden mit einer Genauigkeit zu ermitteln, die Professor Eggerth und dem Konsortium wahrscheinlich schlaflose Nächte bereitet haben würde, wenn sie darum gewußt hätten.

Gleich danach eilten Garrison und Bolton unter Benutzung der australischen Luftlinie nach Adelaide, wo ihnen das Glück zweimal hold war. Es gelang Bolton, für einen verhältnismäßig billigen Preis ein gutes, schweres Flugzeug vom Typ ›W 16‹ zu erwerben, und sie fanden überdies einen Walfischfänger, der gerade von Adelaide nach dem Roß-Meer ausfahren wollte und sie mitsamt ihrem Flugzeug und einer gehörigen Menge Reservebenzol bis zum 75. Grad südlicher Breite mitnahm.

Bis dahin klappte alles über Erwarten gut. Ohne Schwierigkeiten erreichte ihre Maschine Süd-Viktoria-Land und steuerte weiter auf das von Garrison angegebene Ziel zu. Bei klarem, sonnigem Wetter strich das Flugzeug in etwa 300 Metern Höhe dahin, als ein Glitzern und Blinken auf dem Boden Bolton veranlaßte, niederzugehen. Eine Anzahl großer Brocken jenes schweren fremdartigen Erzes im Gesamtgewicht von gut drei Zentnern war es, die Bolton gesehen hatte und die er jetzt in das Flugzeug schleppte, obwohl ihm Garrison das Törichte und Überflüssige seiner Handlungsweise sehr deutlich vorhielt.

»Sie sind ein Narr, Bolton«, schrie er erbittert, »nur noch 300 Kilometer weiter nach Süden, und Sie können so viel von dem Zeug in das Schiff packen, wie es zu tragen vermag. Schade um jede Viertelstunde, die wir hier verlieren.«

Einen Augenblick schaute sich Bolton noch suchend um, ob ihm irgendein Erzbrocken entgangen wäre, dann folgte er Garrison wieder in das Flugschiff, und jetzt nahm dieser den Platz am Steuer ein, um alle weiteren Zwischenlandungen zu verhindern. Während ›W 16‹ wieder aufstieg, beschäftigte Bolton sich damit, das gefundene Erz in eine der vielen Kisten zu pakken, die er von Adelaide mitgenommen hatte. Eben war er damit fertig, als er aufhorchte. Das Trommeln der Motoren ließ plötzlich nach, verstummte ganz. Er sprang auf und eilte nach vorn in den Führerstand. Dort arbeitete Garrison verzweifelt an allen möglichen Hebeln und Schaltern, aber die Motorkraft kam nicht wieder. Unaufhaltsam ging ›W 16‹ im Gleitflug zu Boden.

Boltons Blick irrte über die Apparatenwand und blieb dann an einem Skalenanzeiger haften.

»Kein Treibstoff, Garrison? Wir haben keinen Treibstoff mehr?« schrie er Garrison in die Ohren. Ein Krachen und Splittern mischte sich in seine letzten Worte. In hartem, jähem Stoß setzte die Maschine auf, unter der Wucht des Aufpralles ging das Fahrgestell in Trümmer.

So heftig war der Stoß, daß Bolton zu Boden geschleudert wurde, Garrison sich mit Mühe in seinem Sessel hielt. Lange Sekunden dauerte es, bis die beiden wieder klar zu denken vermochten.

Fast mechanisch wiederholte Bolton seine letzten Worte: »Keinen Treibstoff, Garrison, wir haben keinen Treibstoff mehr?«

»Unmöglich, Bolton. Wir müssen noch für mehr als 3000 Kilometer haben.« Sein Blick folgte der Hand Boltons. Der Zeiger der Benzinuhr stand auf Null. Garrison spannte eine Notantenne und machte sich an der Radioanlage zu schaffen. Die Akkumulatoren für den Bordsender waren glücklicherweise voll geladen, und von seinem Aufenthalt in Willes Station her kannte Garrison die dortige Senderwelle. So kam eine Funkverbindung zustande. Hin und her flogen die Funksprüche, von Antenne zu Antenne. Dann aber wurde die Verbindung immer schwächer und riß schließlich ganz ab.

Vergeblich fingerten Garrison und Bolton an ihrer Apparatur herum. Gleichzeitig merkten sie, daß ihre Finger steif wurden. Die Kälte, schon seit geraumer Zeit stark fühlbar, war bis zur Unerträglichkeit gestiegen. Fröstelnd suchten sie Mäntel und Decken zusammen, hüllten sich darin ein, suchten sich durch allerlei Bewegungen wieder zu erwärmen. Es war höchste Zeit, daß sie es taten, denn das Thermometer im Führerstand stand auf 20 Grad unter Null.

»Wenn sie uns nicht bald finden, Bolton«, sagte Garrison zähneklappernd, »gehen wir vorher an der Kälte zugrunde.«

Bolton raffte sich auf und ging nach hinten. Mit einer Flasche guten alten Whiskys kam er zurück.

»Sie werden uns schon finden«, meinte er, während er den Korken aus der Flasche zog, »heizen wir mal ordentlich von innen ein.«

Er setzte die Flasche an den Mund und tat einen tüchtigen Zug. »Brr! Scharf und kalt ist das Zeug, aber es wärmt, Garrison, genehmigen Sie sich auch einen.«

Garrison zögerte, die Flasche zu nehmen.

»Ich weiß nicht, Bolton. Es sind rund 700 Kilometer von hier bis zur Station. Wenn nicht gerade eines von den Stratosphärenschiffen da ist, kann es lange dauern, bis sie uns finden.«

Bolton sah die Dinge unter dem Einfluß des Whiskys schon etwas rosiger an.

»Unsinn, Garrison! Sie haben uns schnellste Hilfe versprochen. Das hätten sie nicht getan, wenn sie kein Flugzeug bei der Hand hätten.«

Mit Gewalt nötigte er ihm die Flasche auf und ließ nicht nach, bis auch Garrison eine tüchtige Dosis daraus genommen hatte.

»Die beste Methode, um schnell und schmerzlos zu erfrieren«, meinte der, als er sie zurückgab. »Man spürt danach die Kälte nicht mehr, aber man erfriert doch. Nein! Ich will nicht!« Garrison sprang auf und lief im Führerstand hin und her. Vor der Radioanlage blieb er stehen. »Zum Teufel, Bolton, ich möchte wissen, warum kein Strom da ist. Die Akkumulatoren müssen noch geladen sein.«

»Prost, Garrison!« rief Bolton und nahm einen neuen Zug aus der Flasche. Garrison achtete nicht weiter auf ihn. Er kniete vor der Funkanlage, löste Verbindungen, zog einen der Akkumulatoren heraus und hielt ihn gegen das Licht.

»Ha, Bolton! Da haben wir den Grund. Unsere Akkumulatoren sind eingefroren. Da, sehen Sie!« Vor Boltons Augen drehte er das Akkumulatorenglas. Der Spiegel der Schwefelsäure machte die Drehung nicht mit, sie bildete einen starren Block.

»Wenn man die Säure auftauen könnte, würden wir wieder funken können.«

»Vergebliche Mühe!« lachte Bolton, den der Alkohol in eine aufgeräumte Stimmung versetzt hatte, »in dem verfluchten Kahn hier ist die gesamte Heizung elektrisch. Wenn die Motoren streiken, ist es aus damit. Eine Saukälte hier, Garrison.«

Schwerfällig stand er auf und suchte sich noch eine Decke, die er zu vielen andern um sich wickelte. »Kalt, Garrison! Verflucht kalt hier, müde wird man dabei. Ich könnte gleich einschlafen.«

»Und nie wieder aufwachen, Bolton! Sind Sie denn ganz des Teufels, Mann?«

Mit Schrecken erkannte Garrison, daß sein Gefährte von jener verhängnisvollen Schläfrigkeit befallen wurde, die dem ewigen Schlaf des Frosttodes vorauszugehen pflegt.

Er sprang auf und begann ihn von allen Seiten her mit kräftigen Faustschlägen zu bearbeiten.

»Ich will dich schon munterprügeln, mein Junge!« rief Garrison, während er einen langen Geraden auf Boltons linker Schulter landete.

»Verfluchter Kerl! Ich will dir...«

Bolton hatte die Decken abgeworfen und versetzte Garrison, eh der sich's versah, einen Schlag in die Magengegend, daß er gegen die Apparatewand taumelte. Alle Lethargie war von ihm abgefallen, und mit weiteren kräftigen Hieben drang er auf seinen Gefährten ein.

Eine gute solide Schlägerei schien sich entwickeln zu wollen, als von außen her Motordröhnen in den Raum drang und die beiden aufhorchen ließ. Dicht über ihrem Flugzeug hing ›St 8‹ an seiner Hubschraube, sank tiefer und setzte auf das Schneefeld auf. Eine Tür des Stratosphärenschiffes öffnete sich, ein Mann, in einen dicken Pelz gehüllt, kam heraus und ging auf das havarierte Flugzeug zu. Garrison biß sich auf die Lippen. Verdammt, das war ja derselbe Ingenieur, der ihn damals in die Schneekuhle gelockt hatte. Jeden anderen hätte er jetzt lieber getroffen als gerade diesen Berkoff. Doch der hatte ihn schon durch das Fenster des Führerstandes erblickt und winkte ihm vergnügt zu, kletterte jetzt auf die Flugzeugschwinge, riß die Tür auf und kam herein.

»Hallo, Mr. Garrison! Freue mich riesig, Sie wiederzusehen. Haben hier ein kleines Malheur gehabt? Ja, ja, mein lieber Mr. Garrison, die Antarktis hat's in sich. Verflucht kalt hier bei Ihnen, Sie werden sich einen Schnupfen holen. Es wird das beste sein, wenn Sie schleunigst zu uns herüberkommen, da ist's angenehm warm. Der Herr dort ist wohl Mr. Bolton?«

»Bolton ist mein Name, Sir«, sagte Bolton und schüttelte Berkoff die Rechte. »Bin Ihnen aufrichtig verbunden, daß Sie uns so schnell zu Hilfe kamen. Ist mir unerklärlich, wie unser Treibstoff so schnell zu Ende ging. Würden gerne welchen von Ihnen übernehmen, damit wir weiterkönnen. Gegen Kasse natürlich, Mr. Berkoff.«

Berkoff zuckte die Schultern. »Ich glaube nicht, Mr. Bolton, daß Sie wieder starten können. Ihr Fahrgestell ist hoffnungsloszerbrochen. Übrigens – was für einen Treibstoff haben Sie in Ihrer Maschine?«

»Benzol, Mr. Berkoff. Mit fünf Tonnen besten Benzols sind wir im Roßmeer aufgestiegen. Ist einfach unverständlich, daß der Stoff schon zu Ende ist.«

Berkoff pfiff durch die Zähne. Er dachte an die Heizvorrichtungen für die Treibstofftanks, die man in langjähriger Arbeit in den Eggerth-Reading-Werken entwickelt hatte, um ein Einfrieren des Öles in der Kälte der Stratosphäre zu verhüten. Zu Bolton gewandt, sagte er: »So, so, Benzol haben Sie? Da brauchen Sie sich nicht weiter zu wundern, daß Ihre Motoren plötzlich streikten. Der Stoff besitzt die bedenkliche Eigenschaft, bei null Grad zu erstarren. Er dürfte in Ihrem Tank zu einem massiven Block gefroren sein, und da war's natürlich mit der Herrlichkeit zu Ende.«

Bolton schlug sich vor die Stirn.

»Dumme Sache, Garrison! Daran hätten wir denken müssen. Was soll jetzt geschehen?«

Garrison schwieg, Berkoff sprach weiter.

»Es gibt keine Möglichkeit, Ihr Flugzeug von hier fortzubringen. Sie müssen es verlorengeben und mit uns kommen.«

Mit jedem Wort, das Berkoff sprach, war die Miene Boltons trüber geworden.

»Es hilft nichts, Mr. Bolton«, erklärte Berkoff noch einmal kurz und bündig. »Ihre Maschine ist nicht zu retten. Aber wenn Sie irgend etwas an Bord haben, was Sie mitnehmen wollen, so können Sie es gern nach ›St 8‹ 'rüberbringen.«

»Ja, Bolton, das wollen wir machen«, fiel Garrison dazwischen, »wir haben ein paar Sachen hier, die müssen unbedingt mit.«

Ein eifriges Hin und Her zwischen der gestrandeten Maschine und dem Stratosphärenschiff hub an.

»Sind wir mit dem Kram bald fertig?« fragte Berkoff, der ihnen dabei behilflich war.

»Gleich, Mr. Berkoff, nur noch ein Stück, eine kleine Kiste, dann haben wir alles«, erwiderte Garrison.

Zusammen kletterten sie in den hinteren Raum des Flugzeuges. Verwundert schaute Berkoff sich um. Beinahe wie in einer Packerei sah es hier aus. Kisten der verschiedensten Größen standen da aufgestapelt. Er stieß mit dem Fuß gegen eine, die ihm im Wege stand. Sie war leicht, offenbar leer und ließ sich leicht zurückschieben. »Was wollen Sie denn mitnehmen?« fragte er Garrison.

»Dieses Stück hier, Mr. Berkoff.« Garrison deutete auf eine kleine Kiste, die kaum größer als ein mäßiger Handkoffer war.

»Na, denn mal los! Das werden wir schnell haben.«

Berkoff beugte sich über die Kiste und griff zu. Er hatte die Absicht, sie einfach unter den Arm zu nehmen. Verdutzt ließ er nach dem ersten vergeblichen Versuch, sie emporzuheben, davon ab.

»Darf man fragen, was Sie da drin haben?«

Auf Garrisons Zügen malte sich Verlegenheit, er zog es vor, zu schweigen.

»Mineralien, Sir, hier in diesem gottverlassenen Land mit Mühe und Not gesammelt«, antwortete Bolton an seiner Statt.

Berkoff nickte Garrison verständnisvoll zu.

»Ach so, Mr. Garrison. Ich verstehe. Sie sind doch noch auf die Erzsuche gegangen und scheinen ja noch einiges entdeckt zu haben. Dann wollen wir den kostbaren Fund mal mit vereinten Kräften anpacken.«

Das geschah denn auch, und unter Stöhnen wurde die Kiste in den Laderaum von ›St 8‹ geschleppt.

»Ist jetzt alles hier?« fragte Berkoff.

»Alles, Sir«, bestätigte Bolton.

»Gut, dann können wir starten«, erwiderte Berkoff und machte sich daran, die Tür des Stratosphärenschiffes wieder luftdicht zu verschrauben. Neugierig blickten sich die beiden Amerikaner um. Mit einer Handbewegung lud Berkoff sie ein, ihm zu folgen.

»Bitte, darf ich Sie in den Salon führen?«

Er öffnete eine Tür zur Linken. Ein großer, behaglich eingerichteter Raum bot sich den Blicken der Eintretenden.

Berkoff wies auf zwei Ledersessel. »Bitte, nehmen Sie Platz. Ich will Ihre Ankunft den anderen Herren melden. Wollen Sie sich inzwischen bedienen.«

Er stellte Zigarren und zur offensichtlichen Freude Boltons auch Soda und Whisky auf den Tisch und verließ den Raum.

Dann trat er in den Führerstand und zog die Tür hinter sich zu.

»Er ist's also, Georg, wenn ich deine Zeichen richtig verstanden habe?« fragte ihn Hein Eggerth.

»Natürlich ist er's, Hein, in Begleitung eines Mr. Bolton, das scheint der Geldmann bei der Geschichte zu sein. Sie sind mit einer amerikanischen Maschine hierhergekommen, um nach dem bewußten Erz zu suchen. Haben auch ein paar Zentner gefunden.«

Hein Eggerth pfiff durch die Zähne.

»Das ist eine dumme Geschichte. Noch ein Glück für uns, daß ihre Maschine hier zum Teufel ging. Sonst wären die Brüder vielleicht doch noch an die richtige Stelle gekommen.«

»Die Geschichte ist ernster, Hein, als wir alle ahnten«, fuhr Berkoff fort, »als ich in das Flugzeug kam, waren die beiden Amerikaner in eine ganz hübsche Boxerei verwickelt...«

»Was hatten die Yankees für einen Grund, sich zu prügeln?« fragte Hein Eggerth.

»Ich nehme an, sie taten es, um sich warm zu machen. Es war scheußlich kalt in ihrem Flugzeug. Jedenfalls hat einer von ihnen dabei etwas verloren.«

Berkoff zog ein kleines Heft aus seiner Tasche. »Dies hier, Hein. Ich hielt es für zweckmäßig, es unbemerkt an mich zu nehmen, und der Fund ist von großer Wichtigkeit.«

Er blätterte in dem Heft, schlug eine Seite auf und hielt sie Hein Eggerth hin. Der las die wenigen Zeilen halblaut vor. »85 Grad 14 Minuten Süd, 158 Grad 12 Minuten Ost.« Er erblaßte.

»Um Himmels willen, Georg, das ist ja die genaue Einschlagstelle des Boliden, wie kommen die Amerikaner zu diesen Zahlen?«

»Die Erklärung dafür findest du auf den ersten Seiten des Heftes, Hein. Dieser Garrison ist gerissener, als wir dachten. In seiner Eigenschaft als Mitglied der Sternwarte Pasadena war es ihm ein leichtes, sich Aufzeichnungen der verschiedenen Erdbebenwarten zu verschaffen. Mit einer Genauigkeit, die für uns fatal ist, hat er daraus die Einsturzstelle des Boliden berechnet.«

Eine Weile schwiegen die beiden. Nach langer Pause sagte Hein Eggerth:

»Das ist fatal, Georg, mehr als fatal! Was können wir dagegen tun?«

»Wie ich Garrison kenne, wird er nicht locker lassen«, meinte Berkoff, »das Heft hat er dazu nicht nötig. Die Aufschlagstelle kann er sich jederzeit neu berechnen.«

Hein Eggerth warf sich in seinen Sessel und stützte den Kopf in beide Hände. Minutenlang saß er so und grübelte. Dann sprang er plötzlich wieder auf.

»Eine Möglichkeit wüßte ich, Georg.« Hein Eggerth mußte selbst über den Gedanken lächeln, der ihm eben gekommen war. »Du weißt ja, Georg, es gibt da so schöne abgelegene Kokosinseln in der Südsee. Unbewohnt, kaum jemals von einem Schiff besucht. Idyllische Inseln; ein Mensch findet dort alles, was er zum Leben braucht, in reichlicher Fülle, Kokosnüsse, Schildkröten, Schildkröteneier und sonst noch mancherlei...«

Georg Berkoff sah seinen Freund verwundert an.

»Sehr hübsch gesagt, Hein. Du willst wohl auf deine alten Tage noch unter die Poeten gehen? Aber was bezweckst du denn eigentlich mit dieser Schilderung?«

»Herrgott, Georg! Heute hast du mal wieder eine lange Leitung. Ich meine ganz einfach, wenn man die beiden Yankees auf solch einer Insel der Seligen absetzte, dann wäre man für geraume Zeit vor ihrem Tatendrang sicher.«

»Eine großartige Idee, Hein. Meine Hochachtung! Auf diese Weise wären wir alle Sorgen los.«

Die beiden steckten die Köpfe über Seekarten zusammen, suchten, redeten hin und her und schienen endlich gefunden zu haben, was sie suchten. Die Folge ihrer Unterhaltung war, daß der Kurs des Stratosphärenschiffes um fast 60 Grad geändert wurde.

Mr. Bolton hatte den Flüssigkeitsspiegel in der Whiskyflasche bereits beträchtlich gesenkt, als Berkoff zusammen mit Hein Eggerth in den Salon kam. Eine Vorstellung und Begrüßung, dann setzten sie sich zusammen um den runden Mitteltisch des Salons.

Berkoff drückte auf einen Knopf und gab dem eintretenden Steward einen Auftrag. Kurz darauf wurde eine Mahlzeit serviert, die den beiden Amerikanern Hochachtung abnötigte. Verschiedene gute Weine kamen auch auf den Tisch, und zwischen Essen, Plaudern und Trinken verstrichen die Stunden wie im Fluge.

»Einen ordentlichen Mokka noch zum Schluß, Gentlemen«, schlug Berkoff vor und ging selbst hinaus, um den Auftrag zu geben. Nach kurzer Zeit schon kam er zurück, ein Tablett mit vier gefüllten Tassen in der Hand.

»War schon alles vorbereitet«, sagte er, während er jedem eine Tasse hinstellte. »Hier ist Sahne, hier Zucker, bitte bedienen Sie sich.«

Der Mokka war gut und stark. So stark, daß er beinahe bitter schmeckte, wie es Garrison vorkam. Bolton war nicht in der Lage, über den Geschmack zu urteilen, da er sich sofort einen tüchtigen Schuß Whisky dazuschüttete.

Die Tassen waren geleert. »Soll ich noch mehr bringen?« fragte Berkoff. Er bekam keine Antwort mehr. In dem einen Sessel schnarchte Bolton, in dem andern Sessel war Garrison eingenickt.

Berkoff warf einen Blick auf die Uhr.

»In einer Viertelstunde werden wir da sein, Hein, die Sache klappt großartig.«

»Du meinst, Georg?«

»Sicher, Hein, für die nächsten sechs Stunden schlafen die beiden den Schlaf der Gerechten. Die Morphiumdosis in ihrem Kaffee war darauf abgestimmt.«

Langsam rückte der Baumschatten nach Osten weiter. Jetzt gab er den Kopf des Schläfers frei, das volle Sonnenlicht fiel in dessen Gesicht. Er machte eine Armbewegung, als wolle er etwas fortwischen, aber das Warme, Kitzelnde spielte ihm weiter um Mund und Nase. Bolton mußte kräftig niesen und kam dabei aus dem Land der Träume allmählich in die Wirklichkeit zurück.

Er richtete den Oberkörper auf und starrte verwundert um sich. Nur langsam gelang es ihm, seine Gedanken zu ordnen. War er nicht eben noch im Stratosphärenschiff gewesen und hatte gut gegessen und noch besser getrunken?...Aber das hier war alles andere, nur kein Stratosphärenschiff...ein sandiger weißer Strand vor ihm, auf den die Wellen einer unwahrscheinlich blauen See wie spielend aufliefen. Unter ihm, neben ihm – er griff mit den Händen um sich – schwellender grüner Rasen. Dicht bei ihm eine Baumgruppe, in deren Schatten er wohl geschlafen haben mußte, bis die Sonne ihn weckte. Und dort auf der Wiese, mitten in dieser zauberhaften Landschaft, eine Kiste, die Kiste mit dem kostbaren Erz, das er zusammen mit Garrison in der Antarktis gesammelt hatte. Garrison...Garrison, wo mochte der nur stecken?

Mühsam rappelte Bolton sich auf, bis er, noch etwas schlaftrunken, auf seinen Beinen stand, und blickte sich nach allen Seiten um. Da, direkt an den Wurzeln eines dunkel glänzenden Baumes lag Garrison. Den hatte die Sonne noch nicht erreicht, der schlief noch fest.

Bolton ging zu ihm, rüttelte ihn. Endlich hatte er ihn soweit, daß er sich aufrichtete und verschlafen die Augen rieb.

»Was ist, Bolton? Was wollen Sie? Wo sind wir?«

»Das will ich Sie ja gerade fragen, Garrison«, schrie Bolton erbost. »Irgendwo sind wir auf diesem gesegneten Erdball. Im Stratosphärenschiff jedenfalls nicht.«

Während er es sagte, zerrte er Garrison empor und stellte ihn auf die Füße.

»Sehen Sie sich um, Mann! Hier sind wir. Wo wir sind, wie wir hergekommen sind, möchte ich von Ihnen hören.«

»Keine Ahnung, Bolton, keine blasse Ahnung.«

Bolton griff ihn unter dem Arm und zog ihn mit zu der Stelle, wo die Kiste stand. Als sie näher kamen, bemerkten sie daneben noch einen Haufen allerlei anderer Dinge. Da lagen alle die Kleidungsstücke, die sie aus ihrem Flugzeug mit nach ›St 8‹ gebracht hatten. Daneben Konservenbüchsen, der Zahl nach genug, um zwei Menschen für eine Woche zu verproviantieren.

»Ich begreife nicht, was das bedeuten soll«, stöhnte Garrison und rieb sich die Stirn. Bolton wühlte inzwischen in den Kleidungsstücken herum und stieß plötzlich einen Ruf der Überraschung aus. Unter einem der Mäntel hatte er ein gutes Jagdgewehr und ein großes Paket mit Patronen entdeckt. Er nahm die Waffe in die Hand und untersuchte sie sachverständig. Von solchen Dingen verstand Bolton etwas, denn er war passionierter Jäger.

»Ich begreife nicht, ich begreife nicht«, stöhnte Garrison zum zweiten Male.

»Aber ich fange an zu begreifen«, schrie Bolton. »Wenn die Konserven zu Ende sind, sollen wir uns unser Futter selber schießen. Die gemeinen Burschen haben uns betrunken gemacht und auf irgendeiner verdammten Insel ausgesetzt. Schöne Schweinerei ist das, in die Sie mich 'reingeritten haben, Garrison – mit Ihrer verrückten Idee.«

Während Bolton die Worte wütend hervorstieß, kam auch Garrison ihre Lage zum Bewußtsein.

»Ausgesetzt, Bolton, auf einer Insel ausgesetzt? Das ist der beste Beweis dafür, daß meine Ideen nicht verrückt sind. Die Eggerth-Reading-Leute fürchten, daß wir ihnen ins Gehege kommen. Wir hätten besser auf unserer Hut sein sollen, und trotzdem … Ich verstehe immer noch nicht, warum …«

Er hatte während der letzten Worte mehrmals in seine Taschen gegriffen. »Haben Sie das Buch, Bolton?«

»Welches Buch?«

»Die Berechnung der Einschlagstelle.«

Bolton griff in seine Taschen, ebenfalls vergeblich.

»Unsinn, Garrison, ich habe das Buch nicht.«

»Dann hat der verdammte Berkoff es gestohlen. Jetzt begreife ich alles.«

»Hat lange gedauert bei Ihnen«, knurrte Bolton, hing sich das Gewehr über und stopfte sich die Taschen voll Patronen.

»Kommen Sie, Garrison, wir wollen uns das Plätzchen wenigstens mal ansehen, das die Banditen für uns ausgesucht haben.«

Er faßte Garrison beim Ärmel und wollte ihn mit sich ziehen. Der zögerte, holte seine Uhr hervor, zog sie auf und sagte dann:

»Wir wollen die Uhren vergleichen.«

»Hier, bitte! Wenn Ihnen das jetzt gerade Spaß macht, Garrison.« Bolton zog ein goldenes Chronometer aus der Tasche und ließ den Deckel aufspringen. Beide Uhren gingen nach Greenwichzeit und stimmten auf die Viertelminute überein.

»Ziehen Sie sie auch auf, Bolton. Vergessen Sie niemals, sie rechtzeitig aufzuziehen. Die Kenntnis der genauen Greenwichzeit gibt uns die einzige Möglichkeit, herauszubekommen, wo wir eigentlich sind.«

Bolton tat, wie ihm geheißen und versenkte das Chronometer wieder in seine Tasche.

»Das ist Ihre Sache, Garrison. Dafür sind Sie Astronom. Kommen Sie endlich!«

Zusammen machten sie sich auf den Weg und schritten an der Grenze von Gras und Sand das Ufer entlang. Zu ihrer Linken landeinwärts schlossen sich an die Wiese dichtbewaldete Höhen an. Zu ihrer Rechten dehnte sich bis zum Horizont die See. Schon nach wenigen Schritten stießen sie auf einen Bach, der von den Waldbergen herunterkam und hier ins Meer mündete.

Bolton bückte sich, schöpfte etwas Wasser in die Hand und kostete davon.

»Süßwasser, Garrison! Wenigstens brauchen wir nicht ›zu verdursten.«

Mit einem kräftigen Sprung kamen sie über den Bach hinweg und marschierten weiter. Es wurde ihnen warm dabei, denn die Sonne brannte jetzt von dem wolkenlosen Himmel herunter.

Nach einer halben Stunde blieb Bolton stehen und wischte sich den Schweiß von der Stirn.

»Hol's der Teufel, Garrison, das Marschieren hat auch keinen Zweck, wer weiß, wie groß die Insel ist. Kommen Sie, hier geht's in die Höhe. Wir wollen mal auf den Berg klettern. Da können wir mehr übersehen.«

Schon waren sie ein gutes Stück gestiegen, als der Wald lichter wurde und schließlich in eine große Wiese überging.

Bolton blieb stehen und packte Garrison am Arm.

»Sehen Sie! Sehen Sie da, Garrison, Ziegen! Es gibt Ziegen hier.«

Er nahm die Büchse von der Schulter und schob zwei Patronen in die beiden Läufe. Das Gewehr unter dem Arm, stieg er weiter. Schwitzend und keuchend folgte ihm Garrison. Fast eine Stunde verging, dann hatten sie endlich den unbewaldeten Gipfel des Berges erreicht. Wohl an die fünfhundert Meter hoch mochte sich das Land hier über die See erheben. Nach allen Seiten hin hatten sie freien Ausblick und mußten erkennen, daß ihr Bereich nicht allzugroß war. Eine Insel war es, wie sie gleich zu Anfang vermuteten. Etwa zehn Kilometer mochte sie sich in die Länge strecken, kaum drei in die Breite.

Bolton stieß ein wütendes Gelächter aus.

»Schön gemacht, Herr Berkoff! Fein gemacht, Herr Eggerth! Unbequeme Konkurrenten bringt man auf eine einsame Insel. Da können sie jahrelang Robinson und Freitag spielen. He! Sie Garrison-Freitag! Was sagen Sie zu der Sache?«

Garrison wußte nicht viel zu sagen. Während Bolton schimpfte und polterte, zog er die Uhr und beobachtete aufmerksam die Sonne.

»Reden Sie doch, Mann!« brüllte Bolton.

Garrison schüttelte den Kopf.

»Stören Sie mich nicht, Bolton. Der Platz hier ist für eine Beobachtung günstig.« Er suchte sich einen kurzen Ast und steckte ihn senkrecht in die Grasnarbe.

»Was ist das für ein verrückter Zauber?« fuhr Bolton dazwischen.

»Stören Sie mich nicht, Bolton.« Während Garrison es sagte, markierte er das Schattenende des Stabes mit einem Steinchen auf der Rasenfläche und suchte danach noch andere Steinchen zusammen.

»Was soll denn der Unsinn, Garrison; sind Sie ganz und gar übergeschnappt?«

»Davon verstehen Sie nichts, Bolton. Setzen Sie sich eine Weile ins Gras und stören Sie mich nicht.«

Bolton schüttelte ärgerlich den Kopf.

»Dann erklären Sie mir doch wenigstens den Hokuspokus, den Sie da treiben.«

Garrison war eben beschäftigt, mit Hilfe von Uhr und Sonne die Nord-Süd-Linie festzulegen.

»Die Sache ist sehr einfach, Bolton, in etwa zehn Minuten haben wir den wahren Mittag. Das gibt uns schon – leider nicht ganz genau – den Längengrad der Insel. Wenn es mir auch noch glückt, die Sonnenhöhe im Mittagspunkt zu messen, werden wir ungefähr wissen, auf welchem Breitengrad wir sitzen.«

Bolton zuckte die Schultern.

»Brotlose Kunst, Garrison, was soll uns das helfen? Selbst wenn Sie's richtig herausbekommen, wir haben keine Geräte bei uns, keinen Funk, durch den wir Hilfe herbeirufen könnten.«

Garrison kümmerte sich nicht um die Einwände. Unverdrossen arbeitete er weiter, schrieb Zahlen und Zeitangaben auf ein Blatt Papier, während er dazwischen immer wieder neue Steinchen auf das Ende des langsam fortschreitenden Stabschattens legte.

»Sind Sie bald fertig mit dem Kram, Garrison?«

»Bald, Bolton. Haben Sie zufälligerweise eine Logarithmentafel bei sich?«

Boltons Gesicht verzog sich zu einem Lachen.

»Nett von Ihnen, Garrison, daß Sie noch faule Witze machen können. Mir ist nicht sehr danach zumute. Eine Logarithmentafel? Haben Sie noch ähnliche Wünsche?«

»Wenigstens einen Zollstock, Bolton?«

Bolton kramte in seinen Taschen. »Sie haben Glück, Garrison.«

Er holte ein kurzes Bandmaß hervor.

»Sehr gut, Bolton, das kann uns helfen.«

Der Schatten des Stabes lag jetzt genau auf der von Garrison gezogenen Nord-Süd-Linie. Mit möglichster Genauigkeit maß er die Länge des Schattens und diejenige des Stabes, notierte sich beide Werte auf das Blatt, sah dabei wieder auf die Uhr.

»Na, haben Sie was 'rausbekommen?«

Garrison machte eine kurze Rechnung auf und nickte dann.

»Wir befinden uns ungefähr auf dem 152. Grad westlicher Länge von Greenwich. Die Breite…« Garrison legte sich der Länge nach ins Gras und begann eifrig zu rechnen.

»Die Insel liegt etwa auf 20 Grad südlicher Breite. Soweit ich die Karte im Kopf habe, müssen die Gesellschaftsinseln in der Nähe sein.«

Garrison erhob sich, steckte seine Berechnungen in die Tasche und fragte: »Was wollen wir jetzt machen, Bolton?«

»Zurückgehen, wo wir hergekommen sind. Ich habe Hunger, Garrison, Sie auch?«

»Ich kann's nicht leugnen, gehen wir.«

Sie schritten wieder zum Ufer hinab.

An ihrem ersten Lagerplatz angelangt, mußten sie feststellen, daß Berkoff und Eggerth doch an alles gedacht hatten. Nicht nur Öffner für die verschiedenen Konservenbüchsen fanden sich zwischen den hier aufgestapelten Dingen. Bei genauerem Zusehen entdeckten sie Feuerzeuge und Streichhölzer in reichlicher Menge und weiter Geschirr und Eßbestecke, die es ihnen ermöglichten, ihre Mahlzeiten auf gesittete Manier zu sich zu nehmen.

Nach dem Essen entdeckte Bolton in einem der Mäntel eine volle Zigarrentasche und steckte sich eine Zigarre an.

»Ja, Garrison«, stieß er zwischen zwei Rauchwolken hervor, »da sitzen wir mit dem Talent und können's nicht verwerten. Das verfluchte Erz ist an allem schuld.«

Er stand auf, schlenderte zu der Kiste hin, gab ihr einen Tritt. Stutzte dann. Wie merkwürdig hatte das da drin geklirrt. Ganz anders als die schweren Erzbrocken. Er beugte sich nieder, wollte die Kiste ankanten, da blieb ihm der Deckel in den Händen. Er war nur leicht aufgelegt. In der Kiste war kein Erz mehr, dafür Werkzeuge aller Art. Verschiedene Sägen, ein scharfes Handbeil und anderes mehr.

»Garrison, Garrison! Kommen Sie her«, Bolton heulte beinahe vor Wut. »Kommen Sie her! Unser Erz haben uns die Burschen auch noch gestohlen.«

Garrison betrachtete verständnisvoll den Inhalt der Kiste.

»Ich glaube, Bolton, in unserer augenblicklichen Lage wird uns das hier viel nützlicher sein als die Erzproben.«

Prüfend wiegte er das Beil in der Hand.

»Sehen Sie mal das hier, Bolton. Damit könnte man vielleicht einen Baumstamm aushöhlen, ein Boot bauen, könnte damit zu einer bewohnten Insel in der Nachbarschaft kommen.« —

Die nächsten Stunden verbrachten beide damit, ihre Vorräte sorgfältig zu durchmustern, und sie entdeckten dabei noch manches, was ihnen von Nutzen sein konnte. Berkoff schien den Werkzeugschrank von ›St 8‹ für sie sehr gründlich geplündert zu haben.

Immer tiefer war inzwischen die Sonne gesunken. Jetzt berührte ihre Scheibe die Kimmlinie zwischen Meer und Himmel. Wie ein feuriger Ball versank sie in der Flut. Nur noch wenige Minuten einer kurzen Dämmerung, dann brach die Tropennacht herein. Der erste Tag der beiden unfreiwilligen Inselbewohner ging zu Ende.

7

Immer schwächer wurde die Dämmerung in der Antarktis. Die lange, fast sechs Monate währende Polarnacht, die zweite Nacht für die Willesche Expedition brach an.

Im letzten Schimmer des sinkenden Tages kehrten die drei Motorfahrzeuge zu der festen Station zurück. Bis auf 800 Kilometer nach Süden waren sie noch vorgestoßen, bevor Dr. Wille steh zur Umkehr entschloß. Eine Fülle von Aufzeichnungen und Forschungsergebnissen brachten die beiden Gelehrten von diesem Ausflug mit, und während der nächsten zwei Wochen saßen sie wie festgemauert vor ihren Schreibtischen. Galt es doch, das gewaltige Material zu ordnen und danach eine zusammenfassende Darstellung der neugewonnenen wissenschaftlichen Erkenntnisse zu geben.

Das Ergebnis dieser Arbeit war bei Dr. Wille eine Broschüre, in der er in knappen Umrissen seine Theorie über den Einfall der Sonnenelektronen auf die Erde entwickelte und durch Hunderte von Beobachtungen bestätigte. Beim langen Schmidt wurde das Werk ein mächtiger Wälzer, aber auch hier bot der Inhalt für die Wissenschaft viel Neues und Interessantes. An der Tatsache, daß der magnetische Südpol seit seiner ersten Feststellung durch die Expedition Shackleton eine starke Verschiebung erlitten habe, war danach nicht mehr zu zweifeln. Merkwürdigerweise war es den Forschern aber nicht gelungen, eine andere Stelle zu finden, an der die Magnetnadel senkrecht stand, die man also als magnetischen Pol ansprechen konnte.

Die Tinte auf den Manuskripten war kaum trocken, als ›St 8‹ landete. Das Schiff brachte allerlei nützliche und gute Dinge für die Station. Als es nach kurzem Aufenthalt wieder startete, nahm Hein Eggerth auch die Arbeiten der beiden Doktoren mit und hinterließ ein Versprechen des Ministerialdirektors Reute, daß die Veröffentlichung schleunigst erfolgen würde.

Langsam verstrichen die Stunden der endlosen Polarnacht. Dr. Wille beschäftigte sich wieder mit seinen elektrischen Messungen. Dr. Schmidt teilte seine Zeit zwischen dem Schreibtisch und der Funkstation. Schließlich hatte er nichts Rechtes mehr zu tun und begann sich zu langweilen.

Mißmutig kramte er in den Zeitungen und Zeitschriften herum, die ›St 8‹ beim letzten Besuch dagelassen hatte. Illustrierte Journale... Magazine mit Preisboxern und Filmschönheiten... Der lange Schmidt hatte gar kein Interesse für derartige Lektüre und schob sie achtlos beiseite. Aber dort, ein Heft der ›American Geophysical Research‹, das konnte was sein. Er zog es aus dem Stoß heraus und machte es sich damit neben dem Ofen des Wohnraumes bequem. Mit der pedantischen Systematik, die für ihn so kennzeichnend war, begann er das Heft von hinten nach vorne durchzustudieren und kam schließlich zu den vermischten Nachrichten.

Er stutzte, als er dort seinen Namen las. Die Notiz behandelte die Übernahme der Willeschen Station durch den Staat. Mit leichter Ironie wurden die Titel, welche den Herren Wille und Schmidt bei dieser Gelegenheit verliehen waren, aufgezählt. Zum Schluß lobte das amerikanische Blatt aber das Vorgehen der deutschen Regierung und sprach den dringenden Wunsch aus, daß man in. Washington bald etwas Ähnliches für die Antarktis organisieren sollte.

»Könnte uns gerade noch fehlen«, murmelte Schmidt vor sich hin. »Die Yankees hier als Konkurrenten, gräßlicher Gedanke.«

Dann las er weiter und stieß schon in der nächsten Notiz wieder auf bekannte Namen... Garrison... Mr. James Garrison... Mitglied der Sternwarte von Pasadena... Bolton... Er brachte das Blatt näher an die Augen und las die Mitteilung noch einmal.

»Seit dem 22. August wird Mr. James Garrison aus Pasadena, ein bekanntes Mitglied der dortigen Sternwarte, vermißt. Es konnte festgestellt werden, daß er sich mit dem Millionär Joe Bolton aus Frisco zu einer Reise in die Antarktis zusammengetan hat. Garrison und Bolton sind auf dem Luftweg nach Australien gekommen. Sie haben in Adelaide am 20. August ein amerikanisches Flugzeug ›W 16‹ gekauft und sind mit ihm ohne Piloten am 22. August in die Antarktis gestartet. Seitdem haben sie kein Lebenszeichen mehr gegeben.«

Schmidt ließ da9 Blatt sinken und strich sich über die Stirn. Was sollte das bedeuten? ›St 8‹ war doch aufgestiegen, um die Schiffbrüchigen zu holen. Eine Kleinigkeit mußte das für ein

Stratosphärenschiff wie ›St 8‹ sein. Als ganz selbstverständlich hatten sie angenommen, daß ›St 8‹ die beiden Amerikaner bald fand und in Sicherheit brachte. Also so selbstverständlich, daß sie damals nicht einmal danach gefragt hatten...

Schmidt sprang auf. Mit dem Blatt in der Hand machte er sich auf die Suche nach Dr. Wille. Er fand ihn in seinem Arbeitszimmer am Schreibtisch.

»Was haben Sie, Schmidt?« fragte Wille.

Schmidt schob die amerikanische Zeitschrift vor ihn hin. »Hier, Herr Wille, lesen Sie. Garrison und Bolton werden vermißt.«

Kopfschüttelnd überflog Dr. Wille die Notiz.

»Unsinn, Schmidt! Weiß der Teufel, was diese Reporter sich da mal wieder aus den Fingern gesogen haben. Fragen Sie doch einfach in Walkenfeld an, wenn Sie's genau wissen wollen.«

»Sie haben recht, Herr Wille, das werde ich auch schleunigst tun.«

Auf Willes Tisch standen zwei Uhren. Die eine zeigte die mitteleuropäische, die andere die Greenwichzeit an. Mit einer Handbewegung darauf sagte er:

»Ungünstige Zeit, lieber Schmidt. Zwei Uhr nachts in Walkenfeld. Sie werden auf die Antwort etwas warten müssen, aber fragen Sie nur an.«

Wille behielt mit seiner Behauptung recht. Es dauerte reichlich sechs Stunden, bevor Schmidt die Antwort auf seine Frage in Händen hielt. Sie lautete kurz und bündig:

»Bolton und Garrison ihrem Wunsche gemäß am 25. August an der italienischen Küste zwischen Neapel und Sorrent an Land gesetzt. Hein Eggerth.«

Daß dieser Funkspruch so spät einlief, war keineswegs, wie Dr. Wille meinte, durch die ungünstige Zeit verursacht. Als der Funker der Eggerth-Reading-Werke Schmidts Anfrage des Nachts kurz nach zwei Uhr erhielt, erschien sie ihm so wichtig, daß er sie zu Hein Eggerth schickte. Der schimpfte erst auf den Boten, der ihn aus dem Schlaf riß. Aber als er sie gelesen hatte, wurde er vollständig munter und verspürte ein reichlich unbehagliches Gefühl. Das erste war, daß er den Boten gleich weiterschickte und Berkoff holen ließ.

Zu zweit studierten sie den Funkspruch, überlegten hin und her und konnten sich doch darüber nicht einig werden, was darauf zu antworten wäre.

Hein Eggerth faßte einen Entschluß.

»Es hilft nichts, Georg! Wir müssen mit dem Ding zu meinem alten Herrn gehen, der wird schon die richtige Antwort darauf wissen...«

Professor Eggerth las die Depesche, die ihm Hein ins Schlafzimmer brachte, und die Falten auf seiner Stirn vertieften sich dabei.

»Was hältst du davon, Vater?« fragte Hein.

»Die Notiz in der amerikanischen Zeitschrift ist unwichtig«, meinte Professor Eggerth nach kurzem Überlegen. »In der Union verschwinden jeden Tag tausend Personen und tauchen nach Wochen oder Monaten irgendwo anders gesund wieder auf. Daß hier irgendein Reporter aus dem Verschwinden Garrisons eine Sensation zu machen versucht, hat auch nicht allzuviel zu bedeuten. Das Bedenkliche ist nur, daß unser Schmidt das Blatt in die Finger bekommen hat.«

»Ganz meine Meinung, Vater. Wir müssen ihm so antworten, daß er nicht auf die Idee kommt, überflüssige Funksprüche loszulassen.«

Professor Eggerth unterdrückte ein Lächeln. »Leicht gesagt, aber schwer getan, mein Junge.« Er überlegte eine Weile. »Ja, ich denke, so wird's gehen.« Griff zum Bleistift und entwarf eine Depesche über die Ausbootung der beiden Vermißten an der italienischen Küste.

Mit zweifelhafter Miene überflog Hein Eggerth den Text. »Glaubst du, das wird genügen?«

Der Alte nickte. »So ist's schon richtig, Hein. Laß es aber erst morgen früh funken, um so unverfänglicher wird es wirken.«

Dr. Schmidt las die Antwort auf seine Anfrage verwundert zum zweiten- und drittenmal. Wie war es bei dieser klaren Sachlage möglich, daß die amerikanische Zeitung eine derart unsinnige Nachricht verbreiten konnte? Lange ging er mit sich zu Rate, was er dagegen unternehmen könnte. Nach Pasadena funken? Der amerikanischen Zeitschrift eine Richtigstellung schicken, in der die erfolgreiche Hilfeleistung des Stratosphärenschiffes nicht zu kurz kommen sollte?

Nun zeigte es sich, daß Professor Eggerth doch ein guter Psychologe war. Der lange Schmidt verwarf die erste Möglichkeit und entschied sich für die zweite. Sofort ging er daran, eine geharnischte Richtigstellung an die ›American Geophysical Research‹ zu entwerfen. Die konnte das nächste Stratosphärenschiff, das zur Station kam, dann mitnehmen und weiterbefördern.

Für Schmidt war die Angelegenheit damit erledigt, und seine wissenschaftlichen Interessen nahmen ihn wieder in Anspruch. Nach dem Abendessen folgte er Wille in dessen Arbeitszimmer.

»Was haben Sie jetzt wieder für Schmerzen, lieber Schmidt?« fragte Wille und blickte mißtrauisch auf eine mehrfach zusammengefaltete Karte, die Schmidt unter dem Arm hatte.

»Haben Sie einen Augenblick Zeit für mich, Herr Dr. Wille?«

»Bitte sehr, Herr Schmidt. Wenn es wichtig ist...«, erwiderte er mit einem leichten Seufzer. Schmidt breitete eine große Karte der Antarktis auf dem Mitteltisch aus.

Wille beugte sich über die Karte und verfolgte die verschiedenen Eintragungen, blickte Schmidt dann erstaunt an.

»Ja, was haben Sie sich denn hier geleistet, Schmidt? Die Linien gehen ja weit über das von uns untersuchte Gebiet hinaus.«

»So ist es, Herr Wille. Ich habe mir die Arbeit gemacht, die Linien weiter nach Süden in das Gebiet hinein, in dem wir selbst nicht waren, zu verlängern...«

Wille schüttelte abweisend den Kopf. »Ach so, Sie haben extrapoliert. Ein undankbares Geschäft, mein lieber Schmidt. Es kommt selten was Vernünftiges dabei heraus.«

Schmidt kniff die Lippen zusammen, bevor er antwortete.

»In vielen Fällen mögen Sie recht haben. In diesem Falle ergibt sich aber doch ein äußerst bemerkenswertes Resultat. Wie Sie hier sehen, laufen die sämtlichen von mir verlängerten Linien auf 83 Grad 14 Minuten Süd, 158 Grad 12 Minuten Ost zusammen.«

»Hm...hm...allerdings sonderbar, Herr Kollege. Was folgern Sie daraus?«

»Den einzig möglichen Schluß, Herr Wille, daß der magnetische Südpol, den wir bisher vergeblich suchten, an dieser Stelle liegen muß.«

»Hm!...Hm!...Hm!...« Wille lag mit dem Oberkörper über der Karte und prüfte die Zeichnung mit einer Lupe. »Ich glaube fast, Schmidt, Sie könnten recht haben. Wenn dort wirklich die neue Lage des Südpols wäre...ja, Schmidt, dann müßten wir ja mit unserer ganzen Station zu der Stelle übersiedeln.«

Der lange Schmidt nickte bedächtig.

»Hin müßten wir zu der Stelle unbedingt. Wir haben ja die motorisierte Station. Was hindert uns, daß wir uns schon morgen oder übermorgen auf den Weg machen?«

»Die Nacht, die Nacht, Herr Dr. Schmidt! Der einbrechenden Nacht wegen sind wir ja das letztemal umgekehrt.«

»Unnötigerweise, nach meiner Meinung, Herr Wille. Sie wissen, daß ich damals durchaus dagegen war. Wir haben genügend Starklichtlampen, um auch während der Nacht im Freien arbeiten zu können.«

Wille zuckte die Schultern. »Ich weiß nicht, Herr Schmidt, ob wir nicht besser warten, bis die Sonne wieder hochkommt...«

»In etwa vier bis fünf Monaten, Herr Wille. Zeit genug, daß die Konkurrenten hierherkommen und uns die besten Rosinen aus dem Kuchen herausholen.«

»Was für Konkurrenten? Wie kommen Sie auf die ausgefallene Idee?«

»Einen Augenblick, Herr Wille.« Schmidt verließ das Zimmer und kam gleich danach mit der amerikanischen Zeitschrift zurück. »Hier können Sie es lesen. In den USA liebäugelt man stark mit dem Gedanken, im nächsten Frühjahr eine staatlich subventionierte Expedition in die Antarktis zu schicken.«

»Teufel ja! Sie haben auch diesmal recht, lieber Schmidt. In der Tat, wir müssen unsere Zeit ausnützen.«

Die Vorbereitungen für die neue Expedition wurden schnell getroffen. Mit einigem Brummen und Knurren nahm Lorenzen davon Kenntnis, daß er wieder allein in der Station zurückbleiben sollte. Immer noch brummend klapperte er mit der Morsetaste, um den langen Funkspruch abzusenden, in dem die Herren Wille und Schmidt an die Eggerth-Reading-Werke über die neue Expedition und deren Ziel berichteten.

»Darf ich Ihnen die Sachlage kurz darstellen?« fragte Professor Eggerth, während er gegenüber Finanzminister Schröter in dessen Arbeitszimmer Platz nahm.

»Ich bitte darum, Herr Professor!«

»Unsere Werke in Bay City haben die Neubauten für die Pacific-Linie mit allen Kräften beschleunigt. Wir haben zur Zeit acht Stratosphärenschiffe vom größten und leistungsfähigsten Typ fertig und sind dabei, sie einzufliegen. Vertragsgemäß sind diese Schiffe erst im Januar an die Pacific-Linie abzuliefern. In der Zwischenzeit könnte mit ihnen alles bequem zu dem Krater geschafft werden, was dort benötigt wird. Nach meinem Erachten sollte man diese Gelegenheit nicht ungenutzt vorübergehen lassen.«

Der Minister zögerte eine Weile, bevor er antwortete.

»Ihr Vorschlag würde bedeuten, Herr Professor, daß mit den Arbeiten am Krater schon begonnen würde, bevor der Staat sich das Gebiet offiziell gesichert hat. Ich darf Ihnen nicht verhehlen, daß das Kabinett zu einem solchen Vorgehen wenig Neigung zeigen wird. Sie wissen, daß wir mit Rücksicht auf das Ausland das Unternehmen tarnen sollten.

Nach dem ursprünglichen Plan sollten sich die Dinge folgendermaßen entwickeln. Das antarktische Institut verlegt seine feste Station weiter nach Süden bis auf etwa hundert Kilometer an den Krater heran. Dieser Ortswechsel sollte auf irgendeine Weise wissenschaftlich begründet werden, damit man in Börsenkreisen keinen Verdacht schöpft...«

»Verzeihen Sie, das ist und bleibt der schwierigste Punkt bei der Sache«, warf Professor Eggerth ein. »Die Herren Wille und Schmidt sind unbestechliche Wissenschaftler. Wenn nicht ein Wunder geschieht, weiß ich nicht, wie wir sie mit ihrer Station an den gewünschten Platz hinbekommen sollen.«

Der Minister machte eine Handbewegung, als ob er etwas vom Tische schieben wollte.

»Fassen Sie die Sache nicht so schwer auf, Herr Professor. Auf achthundert Kilometer sind die Herren schon nach Süden vorgestoßen. Ich habe mir über ihre letzten Arbeiten Bericht erstatten lassen. Besonders Dr. Wille scheint ganz hübsche Entdeckungen gemacht zu haben, die ihn wahrscheinlich sehr bald veranlassen werden, noch weiter nach Süden zu gehen. Steht dann die feste Station an der gewünschten Stelle und veröffentlichen die beiden Herren fleißig neue Entdeckungen, dann kann man dort ein Gebiet von... sagen wir einmal dreihundert Kilometern im Durchmesser in Besitz nehmen. Die USA sind ja orientiert, und auch Frankreich und England werden uns die trostlose Schneewüste nicht streitig machen. Die wissenschaftlichen Ergebnisse, mit denen wir unser Vorgehen motivieren, werden uns vor allen neugierigen Augen schützen, und dann können wir mit den eigentlichen Arbeiten am Krater anfangen.«

»Wie lange meinen Sie, daß das noch dauern soll?« fragte der Professor.

»Ein paar Monate höchstens, denke ich. Wenn in der Antarktis wieder die Sonne scheint, werden wir hoffentlich beginnen können.«

»Spät... sehr spät... hoffentlich nicht zu spät«, sprach Professor Eggerth mit leichtem Seufzen vor sich hin.

Die Glocke des Tischtelefons schrillte dazwischen. Der Minister nahm den Hörer ab.

»Ja... wie? Äußerst dringend?... Legen Sie das Gespräch hierher.« Er winkte Professor Eggerth heran, »Ein dringender Anruf für Sie aus Ihrem Werk.«

Der Professor nahm den Hörer. »Wer ist da?... Du, Hein?... Was ist?...«

Er griff nach Schreibblock und Bleistift. Der Minister sah, wie es in seinem Gesicht arbeitete, während er Worte und ganze Sätze auf das Papier warf.

»Einen Augenblick, Hein... Verzeihung, Herr Minister«, wandte er sich an Minister Schröter. »Eine Sache von größter Bedeutung. Das Wunder, von dem wir eben sprachen, scheint sich ereignet zu haben...«

Er sprach wieder in das Mikrophon. »Bitte Hein, lies den ganzen Funkspruch noch einmal langsam vor.« Auf einem neuen Blatt Papier schrieb er während der nächsten Minuten eifrig mit.

»Ich danke dir, Hein, das genügt. Ich rufe dich in einer Stunde wieder an.«

Er griff nach dem Taschentuch, wischte sich die Stirn und holte ein paarmal tief Atem.

»Nun, Herr Professor? Sie sprachen von einem Wunder? Was hat's denn gegeben?«

»Die Herren Schmidt und Wille brechen heute zu einer neuen Expedition nach dem Süden auf...«

»Sehr gut, Herr Professor, das freut mich, ich sagte Ihnen ja, der Appetit kommt mit dem Essen.«

»Etwas zuviel Appetit, Herr Minister. Das Wunder ist etwas zu kräftig geraten. Die Herren wollen geradenwegs zu einer Stelle unter 83 Grad 14 Minuten Süd, 158 Grad 12 Minuten Ost. Der biedere Schmidt glaubt herausgefunden zu haben, daß jetzt dort der magnetische Südpol liegt.«

»Ist ja ganz vorzüglich, Herr Professor. Was gefällt Ihnen an dem Plan nicht?«

Professor Eggerth hielt das Blatt mit seinen Notizen in der Hand. Immer wieder überflog er die Zeilen.

»Es ist der genaue Ort des Kraters, Herr Minister. Erst begriff ich's nicht, jetzt fange ich an zu verstehen. Die ungeheuren Eisenmassen des Boliden... Es wäre schon möglich, daß dieser Eisenberg die erdmagnetischen Linien zu sich hinzieht, daß Dr. Schmidt guten Grund hat, an dieser Stelle den magnetischen Südpol zu vermuten, aber in unsere Pläne paßt es nicht ganz.«

Minister Schröter sah nachdenklich vor sich hin. »Sie haben recht. Direkt bis an den Krater sollten die Herren nicht kommen.«

»In spätestens acht Tagen werden sie da sein. Wenn wir nicht rechtzeitig etwas dagegen tun, werden diese weltfremden Gelehrten die Entdeckung eines Bolidenkraters in alle Welt hinausfunken, und dann können wir den Plan, die Goldinjektionen für die Weltwirtschaft unberührt von Börsenmanövern und Goldpreiserschütterungen und ihren Folgen vorzunehmen, begraben.«

»In spätestens acht Tagen... Dann heißt es sofort handeln.«

Der Minister erhob sich. »Herr Professor, ich werde mit allen Mitteln versuchen, im Laufe der nächsten vierundzwanzig Stunden den Beschluß des Kabinetts herbeizuführen. Ich nehme davon Kenntnis, daß acht neue Stratosphärenschiffe Ihrem Werke zur Verfügung stehen.«

Auch der Professor stand auf.

»Die Schiffe liegen startbereit. Sie können jederzeit durch den Fernsprecher beordert werden.«

»Ich danke Ihnen, lieber Professor, in spätestens vierundzwanzig Stunden hören Sie von mir.«

Seit vier Tagen waren die Mammutwagen des antarktischen Institutes unterwegs. Man näherte sich dem Markham-Gebirge.

Die Spitze des Zuges bildete der Wagen mit den magnetischen Meßinstrumenten, den Schmidt seit der Abfahrt der Station nicht mehr verließ. In einem Sessel gönnte er sich hier bisweilen einen kargen Schlaf. Aus dem Wohnwagen ließ er sich während der kurzen Rasten die Mahlzeiten bringen und hockte die ganze übrige Zeit bei den Meßinstrumenten.

954 Kilometer hatten sie bis jetzt zurückgelegt... Noch mehr als 100 Kilometer waren es bis zum Magnetpol...

Noch ein anderes Mitglied der Station nahm während dieser Fahrt nicht an der gemeinsamen Tafel im Wohnwagen teil. Das war Rudi Wille, der die kurzen Aufenthalte jedesmal dazu benutzte, um die Funkstation in Betrieb zu nehmen. Auch jetzt kurbelte sich aus dem dritten Wagen der Antennenmast in die Höhe. Die Kopfhörer an den Ohren, saß Rudi vor seinem

Apparat. Gewohnheitsgemäß nahm er zuerst die Verbindung mit der festen Station auf und hatte das Glück, Lorenzen am Empfänger zu erwischen.

Ob es irgendwas Neues gäbe, wollte Rudi wissen.

»Neues? Ja!« Vor etwa sechs Stunden hatte Lorenzen eine ganze Reihe von Funksprüchen aufgefangen. Sie waren verschlüsselt in einem ihm unbekannten Kode, so daß er sie nicht entziffern konnte.

Rudi lachte, während er zurückmorste, daß so etwas wohl öfters vorkäme und kaum der Rede wert sei. Aber die Antwort Lorenzens machte ihn stutzig. So außerordentlich stark seien die Funksprüche angekommen, als ob sich der Sender in nächster Nähe befände.

»Fast noch lauter«, endete Lorenzens Mitteilung, »als wie wenn unsere Stratosphärenschiffe ihre Ankunft funken.«

Rudi überlegte. Sollte wieder eins der ›St‹-Schiffe auf dem Wege zur Station sein? Dann war es vielleicht empfehlenswert, direkt mit ihm in Verbindung zu treten. Er ließ sich von Lorenzen die Wellenlänge der aufgefangenen Depeschen geben. Als er sie eben notierte, kam Hagemann und stellte ein Tablett mit dem Mittagessen vor ihn hin.

»Na, heute so brummig, Hagemann?« fragte Rudi und klopfte ihm den Schnee aus dem Pelz.

»Grund genug dazu, Rudi, wenn man hier in Eis und Nacht den Servierkellner machen muß. Bei Ihnen hat's ja einen Sinn. Sie müssen während der Rastzeiten immer am Funk hängen, armer Junge. Aber der lange Schmidt hat doch weiß Gott nichts in seinem Wagen verloren. Der könnte ruhig zu Tisch kommen.« Damit schlug Hagemann die Wagentür hinter sich zu.

In der nächsten Viertelstunde war Rudis Aufmerksamkeit zwischen den Schüsseln und seinen Apparaten geteilt. Die Gabel in der Linken, fingerte er mit der Rechten an den Anstimmknöpfen der Anlage herum. Jetzt hatte er die Welle, die Lorenzen ihm angab. Er horchte am Empfänger, nichts war zu hören. Im Augenblick funkte der fremde Sender jedenfalls nicht. Er warf den Schalter seiner Anlage vom Empfang auf Senden herum, rief selber an, meldete die motorisierte Station des antarktischen Institutes, schaltete dann wieder um und lauschte. Auf die Antwort brauchte er nicht lange zu warten. Eilig schrieb er mit, was im Geheimkode der Eggerth-Reading-Werke aus den Hörern klang.

»›St 11 f‹, Pilot Hein Eggerth, unter 83 Grad 14 Minuten Süd, 158 Grad 12 Minuten Ost am magnetischen Südpol. Erwarten Ihre Ankunft. Bitte dringend, nichts über unser Hiersein an andere Stationen zu funken.«

Rudi bestätigte das Radiogramm und schaltete danach wieder auf Empfang um. Doch vergebens lauschte er. Ein Sirenenschrei vom Wohnwagen her mahnte zum Aufbruch. Schleunigst kurbelte er den Antennenmast wieder ein und lief zum mittleren Wagen hinüber, bevor die Motoren wieder ansprangen. Kaum war er dort, als die abenteuerliche Fahrt durch die Polarnacht schon weiterging.

Kopfschüttelnd las Wille den Funkspruch, den sein Sohn ihm in die Hand drückte.

»Sonderbar, Rudi! Eines der neuesten ›St‹-Schiffe liegt schon an der Stelle, zu der wir hinwollen? Wir sollen nichts darüber funken…Was ist denn plötzlich in Professor Eggerth gefahren? Solche Geheimniskrämerei bin ich von ihm nicht gewohnt. Bin neugierig, was Schmidt dazu sagen wird.«

Doktor Schmidt stand in seinem Wagen und starrte, die Uhr in der Hand, auf den Kilometerzeiger. Immer stärker hatte er während der letzten Stunden das Gefühl gehabt, als ob der starke Raupenwagen viel schneller liefe als früher. Dies Gefühl hatte ihn schließlich von seinen Instrumenten zu dem Kilometerzeiger hingetrieben. Gespannt verfolgte er dessen Lauf zusammen mit dem Gang des Sekundenzeigers auf seiner Uhr. Ein Zweifel war kaum noch möglich, der Wagen entwickelte jetzt auf dem ebenen nur mit einer leichten Schneelage bedeckten Gelände eine Stundengeschwindigkeit, die an die vierzig Kilometer herankommen mochte.

Er ging nach vorn zum Führersitz und sah nach dem Geschwindigkeitsmesser. Der Zeiger des Instrumentes spielte über die vierzig, seine frühere Beobachtung war richtig. Er überschlug die Zeit seit der letzten Rast. Wohl an achtzig Kilometer konnte der Wagen seitdem zurückgelegt haben; nur noch zwanzig Kilometer trennten ihn vom Ziel der langen Fahrt.

Er ließ die Tür zum Führerraum offen und kehrte zu seinen Instrumenten zurück. Ein Blick auf die Magnetnadel zeigte ihm, daß der Fahrer um zehn Grad nach Westen vom Kurs abgekommen war. Vor sich hinbrummend, griff er nach einem tragbaren Kompaß und eilte damit in den Führerstand, um dem Mann die genaue Richtung zu weisen. Dicht vor das Gesicht hielt er ihm die Bussole. »So müssen Sie fahren, Mann! Immer der Nase nach, immer der Nadel nach.«

Der Fahrer drehte das Lenkrad, in weitem Bogen schwenkte der Wagen nach Osten, bis die feine Magnetnadel genau in der Richtung seiner Längsachse zitterte.

»So ist's richtig. Behalten Sie den Kurs bei«, sagte Schmidt, während er einen Augenblick durch die Glasscheiben hinaus nach vorn schaute.

Wohl an die hundert Meter weit lag das Schneefeld Im glänzenden Licht der Scheinwerfer. Aber außerhalb seines Glanzes hatte der Doktor noch etwas gesehen, das ihn veranlaßte, länger und schärfer hinzublicken. »Schalten Sie die Scheinwerfer aus!« rief er dem Führer zu.

Ein Schaltergriff, das Licht erlosch.

In weiter Ferne am Horizont, genau geradeaus vor ihnen in der Richtung, in der sie jetzt fuhren, glänzte ein heller Schein auf.

Wie hypnotisiert starrte Schmidt auf den fernen Lichtschein.

»Fahren Sie ohne Licht weiter. Sehen Sie den Schein da hinten! Darauf müssen Sie zuhalten«, gab er dem Fahrer Anweisung.

Schweigend fuhr der Chauffeur weiter.

Dr. Schmidt fand keine Erklärung für dieses merkwürdige Licht, das zusehends stärker wurde, während der Wagen einen Kilometer nach dem andern zurücklegte. Dr. Schmidt überschlug noch einmal die Zeiten und Geschwindigkeiten. Nur noch etwa vier Kilometer konnten sie jetzt von dem Ziel ihrer Fahrt entfernt sein. Er holte sich ein scharfes Glas, um die sonderbare Erscheinung noch besser zu beobachten. Er preßte es an die Augen, stellte es genau ein und sah in dem milchigen hellen Schimmer eine Anzahl heller Punkte. Wie Perlen auf einer Schnur schienen sie aufgereiht zu sein.

Sirenenklang vom Mittelwagen her riß ihn aus seinen Gedanken. Es war das Signal zum Halten. Verwundert sah er auf die Uhr. Kaum drei Stunden waren seit der letzten Rast verstrichen. Warum sollte jetzt schon wieder haltgemacht werden? Zu längerem Überlegen ließ ihm Hagemann keine Zeit, der herankam, um ihn zu Dr. Wille in den Wohnwagen zu bitten. Kopfschüttelnd warf er sich den Pelz über und folgte dem Boten.

»Haben Sie die absonderliche Lichterscheinung gerade voraus auch beobachtet?« fragte er beim Eintreten.

Wille nickte. »Gerade deswegen ließ ich halten und Sie zu mir bitten. Irgendwas muß dort im Gange sein, über das ich mir Klarheit verschaffen möchte, bevor wir weiterfahren.«

Schmidt zuckte die Schultern. »Ich habe mir vergeblich den Kopf darüber zerbrochen. Mit irgendeiner Naturerscheinunghat es jedenfalls keine Ähnlichkeit.«

Wille schob ihm den Funkspruch von ›St 11 f‹ hin. Schmidt las ihn, kniff dabei die Lippen zusammen.

»Eines der neuen Stratosphärenschiffe aus Bay City ist dort...? Eigentümlich...Was haben die Herren von den Eggerth-Reading-Werken da zu suchen...? Merkwürdig, Herr Wille, wir sollen an niemand über ihr Dortsein funken...Das scheint mir etwas zu weit zu gehen, das sieht ja fast so aus, als ob die Herren eine Funksperre über uns verhängen wollten...«

Er ließ das Blatt sinken. »Ein Stratosphärenschiff ist dort – gut, aber das erklärt immer noch nicht die Lichterscheinung. Ich habe vorher durch mein Glas etwa dreißig Lichtpunkte gezählt. Möglicherweise könnten es Lampen an hohen Masten sein, aber was für eine Veranlassung sollte das Stratosphärenschiff haben, mitten in der Antarktis eine derartige Festbeleuchtung zu veranstalten. Einen vernünftigen Grund dafür kann ich nicht entdecken.«

»Ich auch nicht, Herr Schmidt. Aber ich bitte Sie, jetzt hierzubleiben. Wir wollen uns die Sache zusammen ansehen, während wir weiterfahren.«

Ein kurzes Sirenensignal, und der Wagenzug setzte sich wieder in Bewegung. Schmidt und Wille standen im Führerraum. Jetzt konnten sie bereits mit bloßem Auge einzelne starke Lichter in dem erleuchteten Schein sehen. Das Gelände begann wieder zu steigen. Mit verminderter Geschwindigkeit rollten die schweren Raupenwagen einen langen Hang hinauf.

»Sonderbar, sonderbar«, murmelte der lange Schmidt vor sich hin. »Gerade hier an diesem Punkt ein Berg...«

Kopfschüttelnd versank er wieder in Schweigen, als plötzlich dicht voraus ein rotes Licht aufflammte und eine Gestalt daneben den Fahrzeugen Halt winkte.

Die Motoren standen still. Dr. Wille stieg aus dem Wagen und lief Hein Eggerth in die Arme, der ihn mit kräftigem Händedruck begrüßte und sofort in ein Gespräch verwickelte. Schmidt blieb ein wenig zurück und schaute sich um.

Ein eigenartiges Bild bot sich seinen Blicken. Er stand auf einer Art von Gebirgskamm, der eine Kreislinie zu bilden schien. Ein Kreis, in gleichmäßigen Abständen mit hohen Gittermasten besetzt, die in etwa dreißig Meter Höhe mächtige Starklichtlampen trugen. Jetzt begriff er die Ursache der sonderbaren Lichterscheinung.

Aber noch etwas anderes erblickte er, das ihn vor neue Rätsel stellte. Dort zur linken, in einer Entfernung von kaum hundert Metern, lag der schimmernde Rumpf des neuen Stratosphärenschiffes. Viel größer und gewaltiger war der Metallbau als der von ›St 8‹, den er kannte. Das war sicher ein Schiff vom neuen stärkeren Typ. Doch zur Rechten lag auch solch Flugschiff und noch andere lagen daneben. Acht dieser riesenhaften walfischartigen Ungeheuer zählte er. Eine ganze Flotte dieser gewaltigen Stratosphärenschiffe hatten die Eggerth-Reading-Werke hierher entsandt!

Nachdenklich schritt er langsam weiter, den Hang hinab. Er kam nicht weit. Der Boden, hier auffallenderweise schneefrei und von den Starklichtlampen grell beleuchtet, hörte plötzlich vor ihm auf. Jäh verhielt er den Schritt, um nicht in den Abgrund zu stürzen und erkannte im Augenblick, daß er am Rande eines gewaltigen Kraters stand. Regungslos stand er am Rande der steilen Kraterwand, schaute hinab und sah auch in der Tiefe dort unten Lichter, erkannte Menschen, die sich dort unten bewegten. Ein dumpfer, hämmernder Lärm drang aus dem Schlund empor, als ob Maschinen auf seinem Grunde arbeiteten.

»Herr Ministerialrat Schmidt!« Der Ruf war hinter ihm erklungen. Er drehte sich um. Nur wenige Schritte von ihm entfernt stand Reute. Nur mühsam fand Dr. Schmidt Worte.

»Ich begreife das alles nicht, Herr Ministerialdirektor. Eine Flotte von Stratosphärenschiffen hier! Diese Arbeiten...gerade hier am magnetischen Pol, wo wir unsere Messungen machen wollen.«

Ein leichtes Lächeln glitt über die Züge Reutes.

»Ich fürchte, Herr Ministerialrat, daß der Ort wenig dafür geeignet ist. Sie werden keine große Freude an Ihren Messungen erleben.«

»Wie meinen Sie das? Hier ist der Pol, die Magnetnadel weist hierhin.«

Das Lächeln auf Reutes Gesicht wurde stärker. »Kein Wunder, Verehrtester. Dort auf dem Grunde liegen schätzungsweise fünf Milliarden Tonnen reines Eisen. Das ist für die Magnetnadel schon ein triftiger Grund, nach dieser Stelle zu weisen. Wir kannten den Ort dieser riesenhaften Eisenmasse schon früher. Mein Kompliment, Herr Kollege, daß Sie ihn nach Ihren magnetischen Messungen auch so genau ermittelt haben.«

Während Reute sprach, wurde das Gesicht des langen Schmidt immer verdutzter. Ein paar Sekunden starrte er den Sprecher mit offenem Munde an, bevor er etwas zu sagen vermochte.

»Ja, aber...ja...dann wären ja alle meine Vermutungen über die wirkliche Lage des Magnetpols hinfällig, dann...ja, dann, Herr Ministerialdirektor, müssen wir erneut auf die Suche gehen...Das ist...Ich verstehe, eine so enorme Eisenmasse muß natürlich eine Störung in den erdmagnetischen Fluß bringen, aber ich begreife doch wieder nicht...Warum kommt die Störung erst jetzt? Wir haben« im vergangenen Winter in unserer Station am Shackleton-Pol nichts davon gemerkt, die Störung muß erst später aufgetreten sein. Wie ist das möglich, Herr Ministerialdirektor...«

Reute griff ihn unter den Arm und zog ihn mit sich.

»Das ist eine lange Geschichte, lieber Ministerialrat. Zu lang, um es Ihnen hier draußen zu erzählen. Kommen Sie mit in mein Haus. Da wollen wir in Ruhe darüber sprechen.«

Wie benommen ging Schmidt neben Reute her. Er schaute kaum um sich, als der ihn an einem Stratosphärenschiff vorbeiführte, und sah erst auf, als sie vor einem Haus standen, das in seiner Ausführung den Gebäuden der Willeschen Station sehr ähnlich sah. Neben dem Haus erhob sich ein Mast, an dem die Flagge der Deutschen Republik in leichtem Winde flatterte.

»Treten Sie bitte ein«, sagte Reute. »Herr Wille ist schon hier. Wir müssen diese Angelegenheit zu dritt gründlich besprechen.«

Hätte Berkoff den Gebrauch voraussehen können, den Bolton und besonders Garrison von den ihnen überlassenen Werkzeugen machten, so wäre er vielleicht etwas weniger freigebig damit gewesen.

Scharfe Handbeile und Äxte, Sägen und Stemmeisen hatte er ihnen damals in die Erzkiste gepackt, um ihnen die Möglichkeit zu geben, Bäume zu fällen und sich eine menschenwürdige Behausung zu errichten. Aber die Herren Bolton und Garrison hatten ganz und gar nicht die Absicht, sich auf ihrer Insel seßhaft zu machen. Auch jetzt noch – der Kalender, den Garrison nach Robinsons Vorbild in Kerbschnittmanier an einem Baumstamm angelegt hatte, zeigte bereits den dreißigsten Tag – bestand ihre Behausung nur aus einem primitiven Zelt das aus drei Baumstämmen und ein paar wollenen Decken zusammengebaut war. Ihre ganze Arbeit galt einem anderen für sie viel wichtigeren Zweck.

Während der ersten zehn Tage ihres Aufenthaltes auf der Insel beschäftigte sich jeder der beiden auf seine eigene Art. Bolton unternahm Streifzüge, schoß Ziegen und allerlei Geflügel und betätigte sich nach erfolgreicher Jagd als Koch. Nach Urväterweise briet er das erlegte Wild über loderndem Holzfeuer am Spieß.

Garrison kehrte immer wieder nach jenem waldlosen Gipfel zurück, den sie schon am ersten Tage aufgesucht hatten. Viele Stunden lang saß er hier, machte Schattenmessungen, schrieb und rechnete.

Auf der Suche nach neuem Papier – das letzte Blatt seines Notizbuches war bereits mit Zahlen vollgekritzelt –, machte er sich auch über die Konserven her. Vielleicht, daß das Papier, mit denen die Blechbüchsen beklebt waren, für weitere Rechnereien einen brauchbaren Untergrund liefern konnten.

Plötzlich stutzte er. Eine Büchse – nach der Aufschrift enthielt sie Hummer – war ihm in die Hände gekommen. Aus irgendwelchen Gründen hatte der Erzeuger dieser schmackhaften Konserven es für zweckmäßig gehalten, eine Karte der Südsee auf der Büchse anzubringen.

Mit zitternden Fingern drehte Garrison den kostbaren Fund hin und her. Dicht an die Augen brachte er die Büchse, um die Darstellung in allen Einzelheiten zu prüfen. Mit unbeschreiblicher Freude stellte er fest, daß er nicht irgendeine Phantasiedarstellung, sondern eine richtige Karte mit eingetragenem Gradnetz entdeckt hatte.

Tiefer sank die Sonne. Die Flinte über die linke, ein halbes Dutzend Tauben über die rechte Schulter gehängt, kam Bolton von der Jagd zurück. Verwundert schaute er seinen Gefährten an. Der lag der Länge nach im Grase, eine Konservenbüchse und ein Notizbuch vor sich, und zirkelte in einer unbegreiflichen Weise an der Büchse herum.

»He, Garrison, was haben Sie da?«

Garrison sprang auf und streckte Bolton die Konservenbüchse mit einem so mächtigen Schwung entgegen, daß der einen Schritt zurücktrat.

»Bolton, ich weiß, wo wir sind. Hier! Sehen Sie, hier!«

Er wies auf ein Bleistiftkreuz, das er auf die Büchse gemacht hatte.

»Hier sind wir, kaum zweihundert Kilometer von Tahiti entfernt. Da müssen wir hin, Bolton – schnellstens hin.«

Kopfschüttelnd nahm ihm Bolton die Büchse aus der Hand und sah sie sich genau an.

»Ein langer Weg, Garrison. Fliegen können wir nicht – wie sollen wir über das Meer kommen?«

»In einem Boot natürlich, Bolton, wie andere Leute auch.«

»Erst eins haben, Garrison.«

»Wir werden uns eins bauen, Bolton.«

»Ein Boot bauen?« Bolton ließ vor Überraschung die Tauben fallen. »Ein Boot wollen Sie bauen, mit dem man zweihundert Kilometer über die See fahren kann...?«

»Nicht ich allein, wir beide zusammen werden es bauen, und wir werden damit fahren.«

»Alle Wetter, Garrison, Sie haben Unternehmungsgeist!«

An diesem Abend sprach Garrison nicht weiter von seinen Plänen. In einer fast ausgelassenen Stimmung schaute er den Kochkünsten Boltons zu und sprach danach dem Taubenbraten gehörig zu.

»Wir werden in der nächsten Zeit alle unsere Kräfte gebrauchen, Bolton«, meinte er, mit vollen Backen kauend. »Stärken Sie sich auch ordentlich, damit ich eine gute Hilfe an Ihnen habe.«

Lange noch lag Garrison während der Nacht wach. Zu sehr arbeiteten seine Gedanken in seinem Hirn. Immer festere Formen gewannen dabei seine Pläne. Bis in alle Einzelheiten hatte er sie durchdacht, als er endlich einschlummerte.

Während der nächsten Tage führte Garrison ein Wanderleben. Nach beiden Seiten hin durchstreifte er die Uferwaldungen, bis er nach langem Suchen fand, was ihm für seine Zwekke brauchbar dünkte.

Er entdeckte es an einer Stelle, an der ein steiler Felshang dicht an das Ufer herantrat. Nur einen knappen Steinwurf weit war der flache, sandige Strand davor... Aus anderem, niedrigerem Gehölz ragte dort ein mächtiger Brotfruchtbaum empor. Fast zwanzig Meter reckte sich der glatte, astlose Stamm einer Säule gleich in die Höhe, bevor die Baumkrone begann. Gut anderthalb Meter war der Baum stark.

Gleich nach der Mittagsmahlzeit führte Garrison Bolton dorthin, zeigte ihm den Baum und erklärte ihm seine Absichten. Der sah sich den mächtigen Stamm an und warf Garrison einen mitleidigen Blick zu.

»Den Riesenstamm wollen Sie mit unseren Werkzeugen umlegen? Ist ja ganz unmöglich! Und dann wollen Sie noch ein Boot aus diesem Mordsbaum herausarbeiten? Unmöglich, ganz unmöglich, was Sie sich da in den Kopf gesetzt haben.« —

In einem Punkt behielt Bolton recht. Es war eine schwere, langwierige Arbeit, den mächtigen Baum umzulegen. Vom ersten Morgenschein bis zum Untergang der Sonne arbeiteten sie daran. Mit schmerzendem Rücken, in Schweiß gebadet, die Hände voller Schwielen, hieben sie unablässig Span um Span aus dem zähen Holz, bis endlich am Abend des dritten Tages der gewaltige Baum sich langsam neigte und krachend auf den Strand niederstürzte.

Einen Tag gönnten sie sich Ruhe, dann kam ein zweites, kaum minder schweres Stück Arbeit. Die Krone mußte vom Stamm gekappt werden. Eine Woche war vergangen, seitdem Garrison den Baum entdeckte, da lag der Stamm von allem Astwerk befreit auf dem Sand.

»Was kommt jetzt?« fragte Bolton und besah sich seine zerschundenen Hände.

»Jetzt wird es viel leichter, Bolton. Jetzt soll das Feuer für uns arbeiten. Sie werden es bald sehen«, tröstete ihn Garrison. »Brennholz brauchen wir jetzt, viel trockenes Brennholz, das müssen wir noch herschaffen.«

Als die zweite Woche zu Ende ging, sah das Bild ganz anders aus. Der ganzen Länge nach brannte auf dem mächtigen Stamm ein Feuer, sorgfältig genährt durch fortwährend neu aufgelegtes Brennholz, aber in genau vorgezeichneten Grenzen gehalten durch Wasser, das die beiden mit leeren Konservenbüchsen unablässig aus der See schöpften und sofort aufgossen, wo das Feuer die Grenze überspringen wollte.

Mit Feuer sollten die Wilden Baumstämme aushöhlen und sich so ihre Boote herstellen. Öfter als einmal hatte Garrison das gelesen, und als Physiker hatte er schnell begriffen, daß es nur möglich war, wenn man das Feuer durch Wasser im Zaume hielt und es nur da brennen und fressen ließ, wo es brennen sollte.

Anerkennend verfolgte Bolton den Fortschritt der Arbeit. Im Laufe zweier Tage war die obere Hälfte des runden Stammes von dem Feuer restlos verzehrt, verascht und verschwunden. In den übrigbleibenden Halbzylinder fraß die Glut jetzt eine Höhlung hinein, die durchaus der inneren Form eines Bootes entsprach. Nach noch mal achtundvierzig Stunden war die innere Höhlung glatt und sauber ausgearbeitet, fix und fertig. So viel hatte der Stamm durch diese Feuerarbeit an Gewicht verloren, daß sie ihn ohne allzugroße Mühe mit kleineren Stämmen umkanten konnten. Mit der Höhlung nach unten lag er nun auf dem Sand. Der letzte Teil des Werkes, die Ausarbeitung der äußeren Form, begann.

An dem Tage, an dem Garrison den vierzigsten Strich in seinen Kalender kerbte, schoben sie das fertige Boot auf untergeschobenen Rundhölzern die wenigen Meter über den Strand in das Wasser. Fast kamen ihnen die Tränen, als sie es leicht und sicher schwimmen sahen, als es sie beide sicher trug. Sorgfältig zogen sie es nach dem ersten Versuch auf den Strand zurück.

Was noch weiter zu tun war, wurde schnell erledigt. Ein Mastbaum erhob sich im vorderen Drittel des Bootes, aus Dekken wurde ein Segel genäht, Ruder wurden mehr zweckmäßig als schön aus jungen Palmenstämmen zugehauen. Proviant und Trinkwasser, soviel die leeren Konservenbüchsen zu fassen vermochten, trugen sie hinein. —

Dann kam ein sonnenklarer, strahlender Morgen, an dem das Boot von der Insel abstieß. Wenige Ruderschläge nur, dann fing sich eine frische Brise in seinem Segel und ließ die Flut vor seinem Bug aufrauschen. Am Heck saß Garrison, das Steuer in der Rechten, die Uhr in der linken, die ihm bei dieser Seefahrt den Kompaß ersetzen mußte. Neben dem Mast hatte sich Bolton niedergelassen und zündete sich eine Zigarre an, die letzte ihres Vorrats, die er zufällig noch kurz vor der Abfahrt entdeckt hatte.

Leise atmend wogte die See auf und nieder, frisch wehte die Brise. Weithin am Horizont sah Bolton die Insel langsam versinken. Himmel und Meer nur noch umgab die einsamen Seefahrer in ihrem selbstgezimmerten Boot.

›St 8‹ kreuzte über der Insel. Berkoff war in dem Schiff. Wie der heilige Nikolaus ungesehen kommt und geht, sollte er für die Amerikaner allerlei Lebensmittel und andere wünschenswerte Dinge bringen. Er kam drei Tage zu spät, die Insel war verlassen. Vergeblich durchsuchte er sie mit der Mannschaft seines Schiffes. Nur ein paar Feuerstellen verrieten, daß hier vor nicht allzu langer Zeit Menschen gehaust hatten. Alles andere war verschwunden. Nicht einmal eine leere Konservenbüchse vermochte Berkoff zu entdecken. Er stand vor einem Rätsel, und er fühlte wohl, daß die Lösung dieses Rätsels recht unangenehm werden könnte.

›St 8‹ stieg wieder auf. Mit höchster Maschinenkraft stürmte das Stratosphärenschiff auf Nordostkurs über die Südsee dahin, um die Kunde nach Deutschland zu bringen, daß die beiden amerikanischen Mitwisser um das Geheimnis des kostbaren Erzes ihren Verbannungsort verlassen hatten.

8

Eine Stunde und eine zweite fast noch vergingen, aber noch immer war die Unterredung zwischen Reute und den beiden Doktoren nicht beendet. Röte im Gesicht, Glanz in den Augen folgte Wille den Worten, die aus Reutes Mund kamen. Mit unbewegter Miene hörte Schmidt sie an. Viel schwerer als Wille ließ er sich davon überzeugen, daß die reine Wissenschaft sich hier dem gemeinen Wohl unterordnen und ein Opfer bringen müsse. Langsam nur schmolz sein Widerstand, während Reute ihm zum dritten und vierten Male auseinandersetzte, wie sich ein befruchtender Lebensstrom von dem Kratzer hier nicht nur in die deutsche Wirtschaft, sondern in die ganze Weltwirtschaft ergießen würde, wenn man das Unternehmen nach den Plänen Professor Eggerths durchführte. Die enorme Eisenmasse, die da unten in dem Krater steckte und die erdmagnetischen Kraftlinien in Unordnung brachte, war dem braven Schmidt immer noch viel wichtiger als die Goldmengen, die man aus diesem Erz gewinnen wollte. Erst als Reute ihm versicherte, daß er seinem Forscherdrang auch in Zukunft keine Zügel anzulegen brauche, daß man die feste Station des antarktischen Instituts nur in der Nähe des Kraters haben wolle, um das Unternehmen nicht vorzeitig bekanntwerden zu lassen, gab er seine Zustimmung zu allem, was von ihm verlangt wurde.

»Dann, meine Herren«, sagte Reute, während er nach einem Schriftstück griff, »habe ich die Ehre und das Vergnügen, Ihnen, Herr Dr. Wille, die Bestallung als Staatskommissar zu überreichen.«

Er zog eine Karte der Antarktis heran, auf der ein Gebiet von etwa dreihundert Kilometern im Durchmesser rot schraffiert war. »Sie sehen hier das Gebiet, dessen Erwerbung die Regierung in den nächsten Tagen öffentlich verkündigen und den anderen Regierungen notifizieren wird. Ihnen, Herr Staatskommissar, untersteht die Verwaltung dieses Gebietes, für die Sie der Regierung verantwortlich sind.«

Trotz seiner gehobenen Stimmung konnte Dr. Wille bei den letzten Worten ein leichtes Lächeln nicht unterdrücken.

»Ich glaube, Herr Ministerialdirektor«, warf er ein, »es wird in dieser Eiswüste nicht viel zu verwalten geben. Meine Station... nun, ich glaube, ich habe sie ohne besondere Anstrengung bisher ganz gut verwaltet. Und außerdem...«

»Außerdem«, unterbrach ihn Reute, »unterstehen Ihnen in Ihrer Eigenschaft als Kommissar alle Personen, die in die neue Kolonie einwandern, und alle Unternehmungen, die sich in ihr auftun. Sie haben sie zu beaufsichtigen und ihnen erforderlichenfalls den Schutz des Staates zu gewähren.«

Reute erhob sich, die beiden anderen Herren folgten seinem Beispiel. Er verlas eine Eidesformel, die Wille Wort für Wort nachsprach, und verpflichtete ihn auf sein neues Amt.

»Ich gratuliere als erster, Herr Staatskommissar«, sagte der lange Schmidt und schüttelte Wille die Hand.

»Danke, lieber Schmidt, Sie bleiben nach wie vor mein bester Mitarbeiter. Was sollen wir jetzt tun, Herr Ministerialdirektor?«

»Ich möchte Ihnen erst einmal die Arbeiten hier zeigen und Sie darüber ins Bild bringen, was hier entstehen wird.«

Gemeinsam traten sie ins Freie. Suchend blickte sich Schmidt umher. So scharf er auch nach allen Seiten hin ausschaute, er konnte nur noch zwei Stratosphärenschiffe sehen.

»Sie vermissen die sechs anderen Schiffe, Kollege Schmidt«, sagte Reute, der seine Gedanken erriet, »die sind schon wieder auf dem Wege nach Bay City, um neues Material und neue Menschen zu holen.«

»Menschen? Es wird also doch Ansiedler in der antarktischen Kolonie geben?« warf Wille ein.

»Wir brauchen viele Hände für die Arbeiten, die hier geleistet werden sollen«, erwiderte Reute, »Hände und Köpfe. Absolut zuverlässige Leute, die auf das sorgfältigste ausgewählt wurden. Zweihundert Menschen werden hier tätig sein. Verschwiegene opferwillige Männer, auf die sich die Eggerth-Reading-Werke verlassen können. Vom einfachen Arbeiter bis zum Chefingenieur ist jeder Professor Eggerth persönlich bekannt. Schwierigkeiten mit der Verwaltung werden Sie hier nicht haben, Herr Doktor.«

Über die Bergwand schritten sie einer Stelle des Kraterrandes zu, an der sich ein blinkender Metallbau erhob. Ein Fahrstuhl nahm sie auf und glitt mit ihnen in die Tiefe. Dunkel wurde es über eine Strecke und dann wieder heller, als der Liftkasten sich dem Kratergrund näherte. Ein leichter Druck, der Kasten stand still. Reute öffnete die Tür und trat als erster hinaus; die andern folgten ihm. Warme trockene Luft schlug ihnen beim Verlassen des Fahrstuhls entgegen.

»Das lassen wir besser hier«, meinte Reute, während er seinen Pelz ablegte und in den Fahrstuhl warf. Während Wille und Schmidt das gleiche taten, trat ein Ingenieur hinzu, den Reute begrüßte und alt den Leiter der Aufbau-Abteilung vorstellte. »Mr. Whitefield wird Ihnen zuerst unseren Erzabbau vorführen.« Dieser zog eine Karte hervor. Es war die verkleinerte Nachbildung jenes Planes, den Professor Eggerth mit seinen Leuten vor vielen Monaten von dem Kratergrund aufgenommen hatte. Reute wies auf einzelne farbig markierte Punkte der Zeichnung.

»Wir wollen zunächst«, erklärte er, »diejenigen Stellen abtauen, an denen das Erz nach den Feststellungen von Professor Eggerth den größten Gehalt an Edelmetall hat.«

Der Boden, über den sie dahinschritten, wies rauhe Unebenheiten auf.

»Gehen Sie vorsichtig, meine Herren«, warnte Whitefield, »der Boden hier greift das Schuhzeug scharf an.«

Sie stießen auf ihrem Wege auf ein Feldbahngleis und folgten ihm ein Stück. Es endete bei einer Arbeitsstelle. Mächtige Bohrmaschinen waren hier aufgebaut.

Zitternd und knirschend fraßen sich die Drehbohrer schräg in das Erz hinein.

Whitefield stellte eine kurze Frage an den Schachtmeister der hier arbeitenden Kolonne und wandte sich dann an Wille.

»Es wird noch eine halbe Stunde dauern, bis hier gesprengt werden kann. Wir wollen inzwischen zu einer andern Stelle gehen, an der die Sprengung in wenigen Minuten fällig sein dürfte.«

Beim Weiterschreiten sahen sie plötzlich in weiter Entfernung ein rotes Licht aufflammen. Whitefield blieb stehen.

»Nicht weiter, meine Herren. Rotlicht heißt Sprengung. Nehmen wir auf alle Fälle Deckung.« Er zog Reute und die beiden Gelehrten mit sich zu einem gewaltigen Löffelbagger, der in der Nähe stand. »Hier hinein! In dem schweren stählernen Löffel sind wir vor Sprengstücken sicher.«

Aus der Ferne drang ein Ruf an ihr Ohr.

»Die Zündschnur wird angebrannt«, flüsterte Whitefield.

Eine kleine Ewigkeit dünkten ihnen die nächsten Minuten. Dann ein Donnern und Krachen, das von den Kraterwänden in hundertfältigem Echo zurückgeworfen wurde, bis die Schallwellen den Ausweg nach oben ins Freie gewannen. Langsam verklang der Lärm.

»Jetzt können wir weitergehen«, sagte Whitefield und kletterte als erster aus dem Baggerlöffel. Sie schritten weiter. Dann standen sie unmittelbar an der Sprengstelle. Die Gewalt der Explosion hatte hier eine kegelförmige Vertiefung in den Boden gerissen. Whitefield sprach mit dem Sprengmeister und sagte dann:

»Im Verhältnis zu der Bohrarbeit und der Größe der Sprengladung ist die Erzausbeute hier verhältnismäßig gering. Kommen Sie bitte weiter.«

Sie standen jetzt ungefähr in der Mitte des Kraters. Hoch zu ihren Häupten sahen sie ein kreisrundes Stück des tiefschwarzen Nachthimmels mit funkelnden Sternen besät. Es bedurfte einer zweiten Aufforderung, bevor sie sich von dem Bild zu trennen vermochten.

Unter Führung des Ingenieurs aus Bay City gingen sie weiter auf die gegenüberliegende Wand zu. Wohl zwei Dutzend Arbeitsstellen, die aus der Ferne wie Lichtflecken wirkten, konnten sie auf der weiten Fläche des Kraterbodens beobachten. Von allen Seiten her drang Maschinengeräusch zu ihnen und zweimal noch der Donner von Sprengungen, bevor sie die Kraterwand erreichten. Wieder stießen sie auf einen Fahrstuhl, doch diesmal war es ein schwerer Lastenaufzug.

Eine Weile mußten sie warten. Loren, voll beladen mit blinkenden Erzbrocken, rollten auf einem Gleis heran, wurden in die Förderschalen geschoben und verschwanden in schneller Fahrt nach oben. Endlich erklang ein neues Glockenzeichen, das Signal, daß die Anlage nun für Personenfahrt frei war. Sie traten in den Förderkorb, zwei Glockenschläge, die Schale stieg empor. Meter um Meter versank der Boden neben ihnen in die Tiefe. Lichterglanz, ein scharfer Luftzug, die Schale hielt an, sie traten ins Freie. Nach dem langen Aufenthalt in einer tropischen Temperatur standen sie plötzlich wieder in der eisigen Polarluft.

»Unsere Pelze! Wir werden uns schwer erkälten«, rief der lange Schmidt. Aber da sprang schon ein Arbeiter hinzu und reichte ihnen die Pelze, die sie zu Beginn ihrer Wanderung an der anderen Seite des Kraters abgelegt hatten.

Der Weg führte sie weiter eine Bohlenbahn entlang zu einem Hallenbau. Betäubendes Geräusch von Werkzeugen und Maschinen drang ihnen entgegen, als sie in den großen hell erleuchteten Raum traten. In einer Reihe standen dort gewaltige Dieselmotoren.

»Sie sehen hier unser Kraftwerk«, schrie ihnen Whitefield in die Ohren, um sich in dem Lärm verständlich zu machen.

»Zwölf Verbrennungsmotoren von je fünftausend Pferden, direkt mit ihren Dynamomaschinen gekuppelt. Für den ersten Ausbau wollen wir mit sechzigtausend Pferden arbeiten.«

»Sechzigtausend Pferde? Für ein Kraftwerk nicht gerade viel«, warf Dr. Wille ein.

Whitefield lachte über das ganze Gesicht. »Für ein Kraftwerk ist es nicht viel. Aber für ein Baukraftwerk ist's schon ganz anständig. Kommen Sie einmal in einem halben Jahr wieder, wenn erst die Hüttenwerke fertig sind. Dann werden wir Ihnen wahrscheinlich mit einer halben Million Pferdestärken dienen können.«

Weiter ging ihr Weg vom Kraftwerk zu einer benachbarten Stelle. Hier war der Felsboden durch Sprengungen geebnet, und an die hundert Mann waren dabei, die Fundamente für das Hüttenwerk zu legen.

In der Nähe des Lagerplatzes hielt ein Kraftwagen. Ebenso wie die Fahrzeuge der motorisierten Station lief er auf breiten Raupenketten. Whitefield nötigte Wille, Reute und Schmidt, einzusteigen. Dann verabschiedete er sich.

Eine kurze Fahrt, dann hielt der Wagen neben den Mammutfahrzeugen, mit denen sie hierherkamen.

»Auf morgen, meine Herren, das heißt, Morgen und Abend gibt es hier ja nicht, ich meine, in zwölf Stunden wollen wir weiter über die Angelegenheit sprechen«, sagte Reute beim Abschied. Schweigend gingen Wille und Schmidt zu dem Wohnwagen ihrer Station.

Von einer leichten Brise getrieben, machte das Boot, mit dem die beiden Amerikaner ihre Insel verlassen hatten, gute Fahrt. Garrison, der am Steuer saß, warf des öfteren Holzstückchen über Bord und beobachtete, wie sie zurückblieben.

»Was machen Sie da?« fragte Bolton.

»Ich versuche, unsere Geschwindigkeit festzustellen. Nach meiner Schätzung läuft das Boot gut und gern vier Knoten. Wenn es weiter so bleibt, können wir in vierundzwanzig Stunden Tahiti erreichen.«

»24 Stunden?« Bolton verzog das Gesicht. Drei Stunden waren sie nun unterwegs, immer höher war die Sonne heraufgekommen und brannte unbarmherzig auf sie nieder. Da das Boot mit der Brise lief, vermochte diese nur wenig Kühlung zu geben.

»Noch mehr als zwanzig Stunden Fahrt, Garrison. Verflucht lange ist das.« Bolton stand auf und suchte sich eine Stelle, wo ihm das Segel Schatten bot. Dort machte er sich's bequem. Bald verrieten seine tiefen Atemzüge, daß er eingeschlafen war. Weiter verstrich die Zeit, hoch stand die Sonne am Zenit, als die Stimme Garrisons ihn weckte. Glatt wie ein Spiegel dehnte sich die See, schlaff hing das Segel am Mast, kein Lüftchen regte sich mehr.

»Was ist, Garrison? Was wollen Sie?«

»Flaute. Bolton! Seit einer halben Stunde liegen wir auf derselben Stelle.«

Er wies auf ein paar Holzstückchen, die neben dem Boot im Wasser lagen.

»Verdammt, Garrison! Was sollen wir jetzt machen?«

»Wir haben zwei Möglichkeiten, Bolton. Entweder ruhig warten, bis wieder Wind aufkommt, oder die Riemen in die Hand nehmen und kräftig pullen.«

Bolton schüttelte den Kopf. »Ich danke schön! Hundertfünfzig Kilometer rudern, pfui Teufel!«

Garrison zuckte die Schultern. »Es wäre die eine Möglichkeit. Viel Lust dazu habe ich selber nicht. Ich glaube, wir können's ruhig abwarten. Gegen Abend wird die Brise wieder kommen.«

»Ganz meiner Meinung«, pflichtete ihm Bolton bei, »sparen wir unsere Kräfte für bessere Dinge auf.«

Garrison verließ seinen Platz am Steuer und suchte sich neben Bolton ein schattiges Fleckchen. Beide merkten, daß sie seit Stunden nichts genossen hatten und nahmen aus ihren Vorräten erst einmal eine ordentliche Mahlzeit zu sich.

»Wenn's so weitergeht«, bemerkte Bolton nachdenklich, »dann kann's lange dauern, bis wir nach Tahiti kommen. Ich weiß nicht, Garrison, ob wir klug daran taten, die Insel zu verlassen...«

Eine plötzliche Bewegung des Bootes unterbrach seine Betrachtungen. Ein kurzer, jäher Windstoß fegte über die See dahin, packte das Segel und legte das Boot schwer auf die Seite. Mit einem Sprung war Garrison wieder an seinem alten Platz und hantierte mit Steuer und Segelleine.

»Die Brise kommt wieder«, schrie er Bolton zu. Zweifellos war seine Bemerkung richtig. Wind kam wieder auf, und zwar in einer solchen Stärke, daß Garrison alle Kunst anwenden mußte, um ein Kentern zu vermeiden. Aber der Wind kam aus einer anderen Richtung als früher, und das Boot ohne Kiel oder Schwert war kein Kreuzer. Notgedrungen mußte Garrison es vor dem Winde laufen lassen in einer Richtung, die fast rechtwinklig zu Ihrem ursprünglichen Kurs stand. Bolton merkte von dieser Änderung nichts; er beobachtete nur mit Vergnügen, daß sie schnelle und immer schnellere Fahrt machten.

Desto größere Sorgen empfand Garrison. Blieben die Windverhältnisse noch lange so wie jetzt, dann wurden sie weit von ihrem Ziel abgetrieben in eine insellose Gegend der Südsee, und dann konnte diese Bootsfahrt ein böses Ende nehmen. Doch die Ereignisse ließen ihm nicht Zeit, weiter darüber nachzudenken, denn von Minute zu Minute wurde der Wind stärker.

»Reffen! Segel reffen!« schrie er Bolton zu.

Mit der Möglichkeit, daß sie in einen Sturm geraten, daß schnelle Segelmanöver notwendig werden könnten, hatten sie bei der Fertigstellung ihres Bootes nicht gerechnet. Die Takelage war infolgedessen nur primitiv ausgefallen. Es war nicht möglich, das Segel zu reffen. Mit Mühe gelang es Bolton, die Leinwand einigermaßen zusammenzufalten und mit einem Tauende an den Mast zu binden. So wirkte es immer noch wie ein Sturmsegel, vor dem das Boot mit erheblicher Geschwindigkeit durch die gröber werdende See lief. Hin und wieder schlug ein Brecher über die niedrige Bordwand. Wie hatte sich die sonnige blaue Südsee in kurzer Zeit verändert. Weißgemähnt jagten die Wellen heran, überholten das Boot, drohten jeden Augenblick, es vollzuschlagen und kentern zu lassen.

Verzweifelt kämpften die vom Sturm Verschlagenen um ihr Leben. Eine verlorene Nußschale war das Boot in der endlosen Wasserwüste.

Die Zeit lief weiter. Schon senkte sich die Sonne nach Westen, als Garrison in der Ferne etwas Dunkles zu bemerken glaubte. Ein Rauchwölkchen konnte es sein, die Rauchfahne eines Dampfers vielleicht. Wollte das Schicksal Erbarmen zeigen, führte es auf diesem so wenig befahrenen Meer ein Dampfschiff in ihren Kurs? Er ließ den fernen Rauchstreifen nicht mehr aus den Augen, während er gleichzeitig alle Aufmerksamkeit anwenden mußte, um das Boot durch die immer höhergehende See zu bringen. Noch wagte er nicht, Bolton von dem, was seine Augen erblickten, etwas zu sagen. Zu unsicher schien ihm die Hoffnung, an die er sich selber klammerte.

Größer wurde die Wolke, schon vermochte er die schwarzen Umrisse eines Dampfers zu unterscheiden, und größer wurde auch die Hoffnung in seinem Herzen. Das fremde Schiff schien einen Kurs zu steuern, der ihren eigenen schneiden mußte. Würden sie es schaffen? Würden Sie dem Dampfer so nahe kommen, daß man sie dort sah, dort etwas zu ihrer Rettung unternahm? Er konnte nicht länger an sich halten.

»Bolton«, rief er, »Bolton, sehen Sie den Dampfer rechts voraus?«

Der blickte in die Richtung, die Garrison ihm wies. Noch ehe er etwas sagen konnte, kam ein schwerer Brecher über Bord und durchnäßte ihn von oben bis unten.

»Schöpfen Sie! Schöpfen Sie, Bolton!« schrie Garrison verzweifelt.

Immer kleiner wurde die Entfernung. Jetzt hatten die auf dem Dampfer wohl Segel und Mast des Bootes gesehen. Das Schiff änderte seinen Kurs und kam schnell heran. Garrison sah, wie Matrosen an der Reling winkten, Rufe und Worte drangen an sein Ohr, französische Laute schienen es zu sein.

Wenige aufregende Minuten noch, dann lag der Dampfer neben dem Boot, ein Fallreep wurde heruntergelassen. Als erster griff Bolton danach. Als Garrison ihm folgte und seinen Fuß in die Leitermasche setzte; faßte eine mächtige Woge das Boot, stürzte es um und riß es im Schaumgischt ihres brechenden Kammes mit sich.

Erschöpft, durchnäßt, Schiffbrüchige, die nur noch das ihr eigen nannten, was sie auf dem Leib trugen, kamen die beiden Amerikaner an Bord des französischen Frachtdampfers *Fréjus*, der sich auf der Fahrt von Tahiti nach dem australischen Hafen Brisbane befand.

Gastfreundlich wurden sie auf dem französischen Schiff aufgenommen. Ohne nach dem Woher und Wohin zu fragen, ließ der Kapitän ihnen sofort eine behagliche Kabine anweisen. Ein Matrose brachte trockene Kleidung, ein anderer stellte ein Tablett mit Speisen und Getränken auf den Tisch. Garrison, der die französische Sprache gut beherrschte, sprach den Seeleuten seinen Dank dafür aus. Dann schloß sich die Tür, sie waren allein.

»Uff!« stöhnte Bolton, während er sich die nassen Sachen vom Leibe riß, »das ging hart auf hart. Ein bißchen anders und wir wurden Haifischfutter.«

»Schon gut, Bolton«, unterbrach ihn Garrison, »wichtiger ist jetzt die Frage, was wir den Leuten von der *Fréjus* nachher erzählen wollen. Die werden doch natürlich wissen wollen, wie wir hierhergeraten sind.«

»Furchtbar einfach, Garrison! Wir werden den Leuten sagen, wie es gewesen ist. Wir werden ihnen den gemeinen Streich erzählen, den man uns gespielt hat. Wie das Flugzeug in die Antarktis scheinbar als Retter zu uns kam und uns hinterher auf einer verlassenen Insel aussetzte. Das sollen die Franzosen alles haarklein von mir zu hören bekommen, und ich werde...«

»Ein Glück, daß Sie nicht französisch können«, unterbrach ihn Garrison. »Es wäre die größte Dummheit, die wir machen könnten, wenn wir andern Leuten – noch dazu Franzosen – unser Abenteuer auf die Nase binden wollten.«

Erst mit Hemd und Hose bekleidet, ging Bolton an den Tisch, mischte sich ein Glas Cognac und Soda halb und halb und goß es in einem Zuge hinunter.

»Ah, das tut gut! Hm, hm... Sie meinen also, Garrison, daß wir besser tun, uns über unsere Angelegenheiten auszuschweigen.« Der so lange entbehrte Alkohol brachte sein Blut und seine Gedanken in Schwung. Lebhaft fuhr er fort:

»Da müssen wir uns sofort eine glaubhafte Geschichte ausdenken. Daß wir vom Himmel in die Südsee gefallen sind, können wir ihnen nicht erzählen. Auf welche plausible Weise könnten wir denn hierhergekommen sein?«

Garrison zwängte seinen Leib eben in einen blauen Sweater. Als sein Kopf wieder zum Vorschein kam, antwortete er:

»Selbstverständlich sind wir vom Himmel gefallen, Bolton. Merken Sie sich die Geschichte, falls man Sie auf englisch ausfragen sollte. Am 22. August haben wir in Adelaide ein Flugzeug gekauft, um damit einen Forschungsflug über die Südsee zu unternehmen. Infolge einer Motorstörung mußten wir nach 40 Stunden niedergehen...«

»Sie meinen in der Antarktis damals, Garrison?« unterbrach ihn Bolton.

»Unsinn, Bolton! Die Antarktis hat in unserer Geschichte gar nichts zu suchen. Bei einer einsamen Insel in der Südsee mußten wir niedergehen. Unser Flugzeug wurde von der Brandung zerstört. Es gelang uns, an Land zu kommen. Im Laufe mehrerer Wochen haben wir dann ein

Boot gebaut, um damit Tahiti zu erreichen. Von unserer angeblichen Notlandung an erzählen wir die Geschichte so, wie sie wirklich gewesen ist. Desto weniger laufen wir Gefahr, uns zu verheddern und widerstreitende Angaben zu machen. Sind Sie jetzt im Bilde?«

Bolton nickte und mischte sich einen zweiten Soda-Cognac. Mit Interesse hörte Kapitän Monsieur Lemaître den Bericht der beiden Schiffbrüchigen und bat sie, sich auf der *Fréjus* bis zur Landung in Brisbane wie zu Hause zu fühlen. Mit sehr gemischten Gefühlen vernahmen die Amerikaner, daß die Reise bis dorthin noch rund vierzehn Tage beanspruchen würde. Zwei lange Wochen, die noch verstreichen mußten, bevor sie wieder etwas in der Angelegenheit unternehmen konnten, auf die beide jetzt mehr denn je versessen waren.

Erfreulicherweise befand sich wenigstens eine Funkanlage an Bord, und Monsieur Lemaître ließ es sich nicht nehmen, mit allen Einzelheiten die Nachricht in die Welt hinauszufunken, daß seine opfermutige Mannschaft zwei amerikanische Forscher gerettet habe und mit nach Brisbane bringe.

Der Funkspruch wurde in Australien aufgenommen. Mit dem Zusatz, daß man nun über das Schicksal der so lange als verschollen betrachteten Amerikaner nicht mehr in Sorge zu sein brauche, gab ihn der Kurzwellensender von Melbourne weiter. Von vielen Stationen der Erde wurde die australische Sendung empfangen. Auch Rudi Wille hörte sie an seinem Apparat und schrieb sie nieder.

Verwundert ging er mit dem Radiogramm zu seinem Vater und Dr. Schmidt, und bei denen löste es ein schweres Rätselraten aus. Wie ließ sich diese Nachricht aus Australien mit jener andern zusammenbringen, daß ›St 8‹ die beiden Amerikaner bei Neapel abgesetzt habe? Ein Depeschenwechsel entwickelte sich daraus, der den Herren in Walkenfeld noch mancherlei Kopfzerbrechen verursachten sollte.

Kapitän Lemaître hatte die Amerikaner eingeladen, an den regelmäßigen Mahlzeiten in der Offiziersmesse der *Fréjus* teilzunehmen. Es war um die Mittagszeit des dritten Tages. An dem langen Tisch in der Messe saßen die Steuerleute und Ingenieure des Dampfers beisammen, als der Funker in die Messe kam und ein Radiogramm vor Kapitän Lemaître hinlegte.

Der las es und brach in ein schallendes Gelächter aus. »Das Neueste aus Europa, meine Herren. Deutschland hat ein Gebiet in der Antarktis in Besitz genommen und zur Kolonie erklärt.«

Schon während der letzten Worte wurde das Gelächter am Tisch allgemein. Worte flogen dazwischen hin und her... armes Deutschland... eine Kolonie am Südpol... in Schnee und Eis... Nacht und Kälte...

Zwei Menschen beteiligten sich nicht an diesem Geschwätz und Gelächter. Bolton – weil er den französischen Text des Radiogramms nicht verstanden hatte – und Garrison, weil ihm der Herzschlag zu stocken drohte, als er den Funkspruch hörte. Er schwieg, bis sich Lemaître direkt mit der Frage an ihn wandte, wie man wohl in den Vereinigten Staaten über solch neue Kolonialpolitik Deutschlands denkt.

»Die Nachricht kommt mir vollkommen überraschend«, erwiderte er, wie aus tiefem Nachdenken erwachend. »Man müßte Genaueres wissen, bevor man darüber urteilen kann. Meines Wissens gehört das Marie-Byrd-Land den Vereinigten Staaten, seitdem Admiral Byrd dort im Jahre 1929 das Sternenbanner hißte. Die Union würde es bestimmt nicht dulden, daß sich jemand auf diesem Gebiet festsetzt.«

Kapitän Lemaître machte eine leichte Verbeugung zu den Amerikanern hin.

»Vorzüglich! Ganz vorzüglich, Monsieur Garrison, daß Ihr schönes Vaterland sich seine Rechte nicht schmälern lassen wird.« »Ich hoffe, Herr Kapitän, daß auch das Ihrige seinen Besitz nicht antasten lassen wird.«

Lemaître sah ihn fragend an. »Ich verstehe Sie nicht, Monsieur Garrison. Frankreich hat in der Antarktis keine Interessen.«

Garrison schüttelte den Kopf. »Sie irren sich, Kapitän Lemaître. Formell wenigstens gehört Adélie-Land unter dem 70. Breitengrad seit langer Zeit zu Frankreich.«

Die Reihe, den Kopf zu schütteln, war jetzt an Kapitän Lemaître.

»Adélie-Land... eine französische Kolonie... Ich habe in meinem Leben nicht davon gehört.«

»Das mag wohl sein, Herr Lemaître. Die Geschichte ist so alt, daß sie inzwischen vielleicht schon wieder vergessen wurde. Wenn ich mich recht erinnere, hat d'Urville das Land im Jahre 1840 entdeckt und im Namen Frankreichs in Besitz genommen.«

»Ah, das wäre ja interessant«, rief Kapitän Lemaître und pfiff durch die Zähne. »Wenn uns die Deutschen dort ins Gehege kämen…«

Garrison machte eine abweisende Handbewegung.

»Es hätte wenig Sinn, sich um diese Gebiete zu streiten. Es sind froststarrende Eiswüsten, die höchstens die Wissenschaftler interessieren können. Für einen anderen Menschen ist dort absolut nichts zu holen. Das gilt für Ihr Adélie-Land ebenso wie für unser Marie-Byrd-Land.«

»Warum aber, zum Teufel, setzen sich jetzt plötzlich die Deutschen dort fest?« fiel ihm Lemaître ins Wort. »Irgendeinen Zweck müssen sie doch damit verfolgen.«

Über diesen Zweck hätte Garrison nun dem Kapitän Lemaître mancherlei sagen können, aber es zog es vor, die Schultern zu zucken und zu schweigen. Mit Ungeduld sehnte er das Ende der Mahlzeit herbei, um sich unter vier Augen mit Bolton über die neue Situation auszusprechen.

Kaum waren die Amerikaner in ihrer Kabine allein, als Garrison mit dem eben Gehörten herausplatzte. Auf Bolton wirkte die Nachricht wie ein Keulenschlag. Stumm hockte er auf seiner Koje, unfähig, etwas zu sagen.

Plötzlich sprang er mit einem rauhen Schrei auf. Flüche, wilde Verwünschungen kamen aus seinem Munde, Haß und Wut verzerrten sein Gesicht.

»Ich werde funken, Garrison! Sofort an unsern Präsidenten funken…«

»An den Präsidenten? Was wollen Sie ihm…«, wagte Garrison einzuwerfen.

»…dagegen protestieren«, brüllte Bolton, »daß zwei Bürger der amerikanischen Union von Ausländern um ihre Entdekkung bestohlen werden.« —

Vergebens wandte Garrison während der nächsten Stunde seine ganze Beredsamkeit auf, um Bolton von diesem Entschluß abzubringen.

Während Bolton sich an den Tisch setzte und zu schreiben begann, verließ er die Kabine. Mit heißem Kopf ging er draußen auf dem Verdeck auf und ab und ließ sich den Wind ums Gesicht wehen. Unablässig überlegte er, was der törichte Funkspruch Boltons für Folgen haben könnte, ja wahrscheinlich haben müßte. Der Funker der *Fréjus* beherrschte, wie Garrison bereits herausgefunden hatte, das Englische nur sehr mangelhaft. Es bestand wenigstens die Möglichkeit, daß der den vollen Sinn von Boltons Depesche nicht erfaßte, während er sie in die Welt morste.

Aber von hundert andern Stellen, die des Englischen mächtig waren, würde sie wahrscheinlich mitgehört werden, und dann war es mit der Hoffnung auf Erz und Reichtum ein für allemal vorbei.

Der Glockenschlag der Schiffsuhr riß ihn aus seinen Gedanken.

Garrison beschloß zu handeln. Er eilte die eiserne Leiter zur drahtlosen Station hinauf. Monsieur Longin, der Funker der *Fréjus*, war anwesend, und Garrison hatte eine hastige Unterredung mit ihm, wobei eine Zwanzigdollarnote aus Garrisons Hand in diejenige von Monsieur Longin hinüberwechselte. Dann hatte der Funker die Wünsche Garrisons verstanden. Der andere amerikanische Herr durch den vorherigen Funkspruch maßlos erregt… nervös überreizt, im Begriff, eine unüberlegte Depesche an den amerikanischen Präsidenten zu schicken… unter allen Umständen verhindern… Depesche abnehmen, aber nicht absenden… höchstens zum Schein absenden…

Garrison stellte dem Funker für eine geschickte Ausführung des Auftrages noch eine zweite Banknote in Aussicht und machte, daß er weiterkam, denn ein Zusammentreffen mit Bolton an dieser Stelle wollte er unter allen Umständen vermeiden. Er war noch nicht lange fort, als Bolton auftauchte und mit zwei Depeschen in die Funkstation trat. Monsieur nahm die Blätter in Empfang.

Während er den Text studierte, wurde ihm klar, wie recht der andere Amerikaner mit seinen Vermutungen und Befürchtungen hatte. Ein Blinder mußte ja merken, daß Mr. Bolton aus Frisco übergeschnappt war… ein Funkspruch an das große Bankhaus von Barkley-Brothers in

Adelaide, sofort das schnellste Flugzeug, das sie auftreiben konnten, für Mr. Boltons Rechnung zu chartern und der *Fréjus* entgegenzuschicken.

Während' er sich noch kopfschüttelnd bemühte, den vollen Sinn des englischen Textes zu erfassen, legte sich Boltons Hand schwer auf seine Schulter. Mit kaum mißzuverstehenden Worten und Gebärden forderte ihn der Yankee auf, die beiden Funksprüche sofort abzusenden.

Hartnäckig wie alle Verrückten... Irrsinnigen darf man nicht widersprechen... dachte Monsieur Longin bei sich und begann an seiner Apparatur zu fingern. Drehte Abstimmknöpfe, schaltete hin und her, morste, lauschte eine Weile, morste dann wieder. Zehn Minuten später verließ Bolton die Funkstation mit dem Bewußtsein, daß seine Depeschen an die richtigen Adressen unterwegs seien.

Etwas beruhigter kehrte er in seine Kabine zurück und zündete sich eine Zigarre an. Drei Tage höchstens, dachte er, dann ist das Flugzeug hier – dann werde ich mit diesen Räubern abrechnen.

Zu derselben Zeit konnte Monsieur Longin eine zweite Banknote in Empfang nehmen. Aufmerksam las Garrison die beiden Depeschen Boltons. Mißbilligend schüttelte er den Kopf bei der Lektüre der ersten. Alles hätte Bolton in seiner blinden Wut verdorben, wenn dieser Funkspruch wirklich abgegangen wäre. Nachdenklich wurde er bei der zweiten.

Der Gedanke, sich ein Flugzeug kommen zu lassen, war gar nicht so übel. Zwar etwas kostspielig, aber Bolton verfügte ja über die nötigen Millionen. Man würde auf diese Weise acht bis zehn Tage sparen, würde schneller in der Lage sein, wieder in den Gang der Dinge einzugreifen...

Monsieur Longin begann auch an dem Geisteszustand Garrisons zu zweifeln, als er den Auftrag bekam, diesen Funkspruch genau so wie ihn Bolton aufgesetzt hatte, wirklich zu funken. Aber was gingen ihn im Grunde die Geschäfte dieser spleenigen Yankees an. Sein Geld hatte er sicher, und das Funken war ja schließlich sein Beruf. Gleich danach begann die Morsetaste unter seiner Hand zu klappern, und diesmal war Strom in der Antenne.

Durch ihre diplomatischen Vertretungen gab die Regierung der Deutschen Republik den andern Mächten von ihrem Entschluß Kenntnis, ein Gebiet in der Antarktis in einer Ausdehnung von rund fünftausend Quadratkilometern zum deutschen Staatsgebiet zu erklären. Lage und Grenzen des neuen Kolonialgebietes waren in der Note, welche die deutschen Vertreter den Regierungen überreichten, genau angegeben. Das Schriftstück führte weiter aus, daß das betreffende Gebiet herrenlos sei. In der Sprache des Völkerrechtes also eine ›terra nullius‹, ein Niemandsland, welches jeder Staat nehmen könne, ohne irgendwelche älteren Rechte zu verletzen. Motiviert wurde der Entschluß endlich mit den großen wissenschaftlichen Interessen, die das antarktische Institut in jener Gegend habe.

Die erste Wirkung dieser Mitteilung in den verschiedenen auswärtigen Ministerien war derjenigen nicht unähnlich, welche der Funkspruch an Bord der *Fréjus* auslöste. Man lachte zwar nicht so laut und unverhohlen, wie die Männer in der Offiziersmesse des französischen Dampfers. Man lächelte mehr diplomatisch und zurückhaltend, aber wirklich ernst vermochte keins der fremden Ämter die Sache zu nehmen.

Seit dem Ersten Weltkrieg hatte Deutschland keine Kolonien mehr. War es Prestigesucht, die diesen unbegreiflichen Schritt veranlaßte? Wissenschaftliche Interessen... Die Begründung erschien den meisten nicht stichhaltig. Wie viele andere Expeditionen waren in der Antarktis gewesen, ohne daß die Länder der betreffenden Forscher deswegen Veranlassung genommen hatten, in der trostlosen Eiswüste Kolonialbesitz zu erwerben.

Dann begann man sich an alte, fast vergessene Dinge zu erinnern. Es bestanden doch allerlei Ansprüche auf den antarktischen Kontinent, die auf früheren Abmachungen basierten. Da gab es ja einen australischen Sektor und einen englischen. Da gab es Gebiete, die formell und offiziell zu Frankreich und zu den Vereinigten Staaten gehörten. Mit wissenschaftlichen Dingen hatte das freilich wenig zu tun. Ausnahmslos handelte es sich dabei um Fischereiinteressen, und nur die äußersten Küstenstreifen jenes unter Eis und Schnee vergrabenen Kontinents hatten für die betreffenden Staaten einen gewissen Wert. Keiner von ihnen hatte jemals daran gedacht, seine Ansprüche weiter auf das Innere des Landes auszudehnen.

So hatte es denn mit dem Passus der Note, daß es sich hier um ein Niemandsland handele, seine Richtigkeit. Es blieb den Regierungen nichts weiter übrig, als die Besitzergreifung des bezeichneten Gebietes zur Kenntnis zu nehmen. Einige Verklausulierungen, eine Nachprüfung eventueller älterer Rechte betreffend, konnten entkräftet werden.

Nachdem die USA als erste Großmacht die neue Kolonie anerkannt hatten, trafen der Reihe nach auch die offiziellen Anerkennungen der anderen Regierungen in Berlin ein.

Die völkerrechtliche Lage war ja auch derartig gewesen, daß ein Versagen der Anerkennung auf die Dauer nicht möglich war. Um so mehr hatte man sich in London und Paris den Kopf über den wirklichen Zweck zerbrochen. Kein Gerücht war so abenteuerlich gewesen, daß es nicht Glauben gefunden hätte. Servierten die Pariser Boulevard-Blätter ihren Lesern heute eine fette Ente über die Möglichkeiten in der Antarktis, so wurden sie am folgenden Tag von Londoner Zeitungen überboten, die etwas noch Unglaublicheres auftischten.

In den Berliner Ministerien legte man alle diese Erzeugnisse einer zügellosen Phantasie gelassen zu den Akten. Unangenehmer wurde ein Aufsatz in der französischen Fachzeitschrift *La nature* empfunden, der unter dem Titel ›Ungehobene Schätze in der Antarktis‹ erschien.

Ein Mineraloge von anerkanntem Ruf entwickelte darin den Gedanken, daß der antarktische Kontinent mit einer an Sicherheit grenzenden Wahrscheinlichkeit gewaltige Bodenschätze enthalten müsse. Nicht nur wertvolle Metalle, sondern auch riesige Kohlen- und Erdöllager. Möglicherweise hätten die Leiter des antarktischen Institutes ergiebige Fundstellen entdeckt und sich daraufhin sofort dort festgesetzt.

Mit einem leichten Stirnrunzeln gab Professor Eggerth diesen Aufsatz an Minister Schröter zurück.

»Der Mann hat die Glocken läuten hören, Herr Minister. Gott sei Dank weiß er nicht, wo sie hängen. Trotzdem – solche Veröffentlichungen könnten unangenehm werden, solange die Anerkennungen der Großmächte noch nicht vorliegen, oder wenn solche Gerüchte börsenmäßig ausgenutzt werden.«

Der Minister legte die Zeitschrift in eine Mappe. Während er sie zuschlug, erwiderte er:

»Sie haben recht, Herr Professor, man muß sofort etwas dagegen tun. Ich habe einen Aufsatz veranlaßt, der die Dinge in einem andern Licht zeigt. Ein Eispanzer, stellenweise mehrere tausend Meter stark, der den weitaus größten Teil des sechsten Kontinents bedeckt. Wie sollte es da möglich sein, Erzfunde zu machen oder gar an ihren Abbau zu denken? In überzeugender Weise und gestützt auf eine Fülle wissenschaftlichen Materials werden darin die Vermutungen, die der französische Autor in *La nature* aufstellt, ad absurdum geführt. Sobald die Veröffentlichung erschienen ist, werde ich Ihnen ein Exemplar zugehen lassen.«

Jene von Minister Schröter veranlaßte Arbeit war in der Tat ein Meisterstück. Die Veröffentlichung erschien in den ›Geographischen Mitteilungen‹, und Auszüge daraus gingen gleichzeitig in die ausländischen Zeitungen über.

Von der anderen Seite her wirkte sich die Veröffentlichung in *La nature* in ähnlicher Weise aus. Mit einem Schlage stand die Antarktis im Mittelpunkt des öffentlichen Interesses. Jede Zeitung, die wußte, was sie ihren Lesern schuldig war, sah sich veranlaßt, etwas über den sechsten Kontinent zu bringen. Je nachdem die Blätter sich dabei mehr an die eine oder an die andere Auffassung hielten, fand sich Richtiges und Unrichtiges in ihren Artikeln vermischt.

Auch die reichlich trockenen wissenschaftlichen Veröffentlichungen der Herren Wille und Schmidt fanden einen Leserkreis, der ihnen unter anderen Umständen niemals zuteil geworden wäre. In den fremden Ämtern und Redaktionen studierte man sie in der Erwartung, irgend etwas Wichtiges darin zu entdecken. Doch diese Hoffnung trog. Außer schwer verdaulichen wissenschaftlichen Theorien, die mit einem überwältigenden Zahlenmaterial belegt wurden, ließ sich nichts in ihnen finden.

Verborgen blieb der Öffentlichkeit, daß täglich Stratosphärenschiffe, beladen bis an die Grenze ihrer Tragfähigkeit, in Bay City sowohl wie in Walkenfeld aufstiegen und in Höhen, in denen sie unhörbar und unsichtbar blieben, nach Süden stürmten. Keine Ahnung hatte die Welt von dem, was diese Schiffe in die Antarktis trugen und was sie aus ihr zurückbrachten. Jeder Beobachter hielt es für einen regelmäßigen Pendelverkehr zwischen den beiden Werken, und dieser erregte ja kein Mißtrauen.

Monsieur Longin erweiterte sein Urteil über die beiden an Bord befindlichen Amerikaner dahin, daß sie bei aller Spleenigkeit doch anständige Kerle wären. Diese Meinung gründete sich auf mehrere größere Banknoten, die er während der nächsten Tage sowohl von Bolton wie auch von Garrison in Empfang nehmen konnte.

Bolton drückte Longin einen Zehndollarschein in die Hand, als er ihm einen chiffrierten Funkspruch aus Adelaide überbrachte. Die Laune des Amerikaners, die bis dahin unter dem Gefrierpunkt stand, wurde nach der Lektüre dieses Telegrammes zusehends besser. Garrison tätigte ein anderes Geschäft mit dem französischen Funker. Durch die Überlassung einer Anzahl guter Dollars bestimmte er ihn, täglich den Nachrichtendienst der Kurzwelle von Radio-City für ihn aufzunehmen.

Eben hatte der Funker Garrison wieder zwei engbeschriebene Blätter auf den Tisch gelegt. Interessiert las der Amerikaner sie. Plötzlich stutzte er und brummte etwas vor sich hin.

»Merkwürdige Sache, Bolton. Wir scheinen Konkurrenz in der Antarktis zu bekommen.« Er las dem andern den Teil der Depesche vor. Radio-City meldete, daß der durch mehrere erfolgreiche Reisen bekannte Südpolforscher Captain Andrew eine neue Expedition vorbereitete.

»Lassen Sie den Narren machen, was er will«, knurrte Bolton dazwischen.

»Bitte hören Sie weiter, Bolton. Captain Andrew geht diesmal nicht auf wissenschaftliche Unternehmungen aus. Wie hier steht, vertritt er jetzt die Meinung, daß der sechste Erdteil reich an Kohlen- und Erdöllagern sei...«

»Lächerlich!« unterbrach ihn Bolton.

»Und daß sich dort auch Edelmetalle, speziell Gold und Silber in großen Mengen finden müßten.«

»Verflucht!« Bolton sprang auf. »Sie haben recht. Der Kerl kann eine unangenehme Konkurrenz für uns werden. Andrew – der Name hat einen guten Klang in den Staaten. Es wird ihm sicher gelingen, das Geld für seine Expedition zusammenzubringen.«

»Damit scheint es noch zu hapern«, warf Garrison ein, »in dem Funkspruch ist die Rede davon, daß die Fabrik in Albany eine Bankgarantie abwarten will, bevor sie mit dem Bau eines großen Raupenwagens für Captain Andrew beginnt.«

Eine Weile überlegte Bolton. Plötzlich kam ihm eine Idee.

»Wissen Sie was, Garrison? Ich werde Captain Andrew finanzieren.«

Kopfschüttelnd sah ihn Garrison an. »Sie wollen die Konkurrenz unterstützen?«

Bolton pfiff vor sich hin. »Dann ist es Ja keine Konkurrenz mehr. Ich kaufe mir den Mann, und er muß tun, was ich will. Je länger ich mir die Sache überlege, desto vorteilhafter erscheint sie mir.«

Bolton war so versessen auf seine Idee, daß er sich sofort hinsetzte und ein langes Telegramm an Andrew niederschrieb. Kurze Zeit darauf konnte Monsieur Longin ein nettes Trinkgeld für die prompte Absendung des Funkspruches in seine Tasche stecken und ein größeres kam hinzu, als Bolton die Antwort las, in der Andrew seine Bereitwilligkeit aussprach, mit Mr. Bolton weiter zu verhandeln.

Zwei Tage später begaben sich die beiden Amerikaner nach dem Essen auf das Achterdeck der *Fréjus*, um einen kleinen Verdauungsspaziergang zu machen. In tiefem Blau dehnte sich die Südsee, wie ein Azurschild wölbte sich der wolkenlose Himmel darüber. Nur das schwache Vibrieren der Schiffsschraube war hörbar. Dann schien etwas anderes sich in dies Geräusch zu mischen. Instinktiv horchten beide auf.

»Unser Flugzeug!« schrie Bolton und packte Garrison am Arm.

In der blauen Ferne sahen sie einen grauen Punkt. Aus dem Punkt wurde ein Flugschiff, das schnell näher und tiefer kam und nahe bei der *Fréjus* auf die glatte See niederging. Die Maschinen des Dampfers gingen langsamer, stoppten, standen still, bewegungslos lag das Seeschiff. So dicht konnte bei der Windstille das Flugzeug herantreiben, daß seine Schwingen unmittelbar neben der Reling der *Fréjus* lagen.

Ein kurzer herzlicher Abschied von Kapitän Lemaître und seinen Leuten. Ein guter amerikanischer Scheck ging dabei aus Boltons Hand in diejenige des Kapitäns über – dann standen sie auf der Schwinge des Flugschiffes und traten durch die geöffnete Tür in dessen Rumpf ein. Unter dem Rufen und Winken der französischen Matrosen rauschte das Flugboot über die See, löste sich vom Wasser, stieg und verschwand schnell in der Ferne.

Die Besprechung zwischen Bolton und dem Chefpiloten der australischen Maschine war kurz. Sie ergab, daß das Flugschiff genügend Treibstoff an Bord hatte, um Hawaii bequem zu erreichen. Eine halbe Stunde Aufenthalt gab es dort, um neues Öl zu nehmen, dann ging der Flug sofort nach Frisco weiter.

Auch der Bordfunker bekam reichlich zu tun, sobald Bolton im Flugschiff war. Dutzende von Telegrammen gingen während des weiteren Fluges zwischen Bolton und Andrew hin und her.

48 Stunden, nachdem die beiden Amerikaner die Fréjus verlassen hatten, wasserte die Maschine im Hafen von Frisco. Am Pier erwartete sie Captain Andrew.

Die Verhandlungen verliefen nicht so glatt, wie Bolton es erwartete. Obwohl er sich bereit erklärte, das Unternehmen sofort und großzügig zu finanzieren, machte Andrew Schwierigkeiten, als er hörte, daß Bolton und Garrison die Expedition begleiten wollten. Das Geld Boltons hätte er gern genommen, aber die Gegenwart der beiden Amerikaner war ihm bei den besonderen Absichten, die er verfolgte, aus mehr als einem Grunde unerwünscht.

Tagelang standen die Verhandlungen auf einem toten Punkt und wären vielleicht gescheitert, wenn Garrison nicht vermittelnd eingegriffen hätte. In seiner vorsichtigen Weise und ohne ein Wort zuviel zu verraten, berichtete er Captain Andrew von seinen eigenen Entdeckungen in der Antarktis und legte zum Schluß seiner Rede die Schmelzproben auf den Tisch, die er aus den seinerzeit in der Nähe der Willeschen Station gesammelten Erzbrocken gewonnen hatte. Vollkommen unerwartet kamen Andrew diese Mitteilungen.

Jetzt verstand er, warum die beiden mit von der Partie sein wollten. Er begriff auch, daß er seine eigenen Pläne vorläufig aufschieben müßte, wenn er Boltons Vorschläge annähme. Auf der anderen Seite verfehlten die blinkenden Metallkegel, die vor ihm lagen, ihre Wirkung nicht. Als der Nachmittag in Dämmerung überging, setzte er seinen Namen unter einen Vertrag, der in vielen Paragraphen alle Rechte und Pflichten für die drei Teilnehmer der neuen Expedition regelte.

Noch in der Nacht traf Bolton daraufhin seine Dispositionen. Bereits am folgenden Morgen bekam das Werk in Albany eine Anzahlung und begann sofort mit dem Bau des von Andrew gewünschten Raupenfahrzeuges, zu dem die Pläne fix und fertig vorlagen. Bolton selbst ging zusammen mit Andrew nach Albany. Unter Zuhilfenahme von Überstunden und Nachtschichten schritt die Arbeit schnell voran. Man durfte hoffen, schon in drei Wochen die ersten Probefahrten mit dem neuen Wagen machen zu können.

Einen Übelstand brachte diese forcierte Arbeit freilich mit sich. Sie erregte sehr gegen den Willen Boltons die öffentliche Aufmerksamkeit. Die amerikanischen Reporter ließen es sich nicht nehmen, über alle Einzelheiten des Baues an ihre Zeitungen zu berichten, und in dem Bestreben, ihre Arbeit möglichst inhaltsreich zu gestalten, teilten sie dabei auch mit, daß der Geldmann des Unternehmens, Mr. Bolton aus Frisco, und Mr. Garrison, der bekannte Wissenschaftler aus Pasadena, die Expedition in die Antarktis begleiten würden. Die Nachricht erschien zuerst im *Chicago-Herald*. Durch Rundfunk und Telegrafenagenturen fand sie schnell weite Verbreitung. Zur gleichen Zeit ungefähr, zu der ein von Bolton gecharterter Dampfer Frisco mit allem für die Expedition Erforderlichen verließ, war sie auch in allen größeren Zeitungen der Welt zu lesen.

9

Hundert Kilometer nördlich vom Bolidenkrater stand die feste Station des deutschen antarktischen Institutes an derjenigen Stelle, welche die Regierung dafür in Aussicht genommen hatte. Den Herren Wille und Schmidt war diese Verlegung ziemlich gleichgültig, weil sie jetzt, wie Schmidt sarkastisch bemerkte, ihr Gewerbe im Umherziehen betrieben. Auf kurze Aufenthalte in der festen Station folgten jedesmal längere Reisen mit den drei Raupenwagen. Unablässig wuchs dabei das Beobachtungsmaterial, und in stetiger Arbeit wurden neue physikalische Theorien ausgebaut und erhärtet.

Hagemann, das altbewährte Faktotum, gehörte natürlich zu der motorisierten Station, und Rudi besorgte dort den Funkdienst Trotzdem brauchte Lorenzen kein Einsiedlerleben zu führen, denn der neue Etat sah für die feste Station noch einen Maschinisten und einen Koch vor, so daß es dort wenigstens für ein gemütliches Kartenspiel langte, wenn die Kraftfahrzeuge unterwegs waren.

Die Raupenwagen bewährten sich in einer Weise, die über jedes Lob erhaben war. Mochte draußen der Schneesturm brausen, mochten Nebel und wirbelnder Eisstaub jede Sicht versperren, stets bot das Innere dieser Fahrzeuge einen gut durchwärmten Zufluchtsort.

Öfter als einmal holte sich Schmidt nach dem Abendessen einen Band aus dem Bücherschrank und las mit sichtlichem Behagen darin. Es war eine Beschreibung der antarktischen Expedition von Scott aus dem Jahre 1903. Unter unsäglichen Strapazen hatten die Forschungsreisenden sich damals ihren Weg durch die Eiswüste suchen müssen, hatten selbst ihren Schlitten über das Eis schleifen müssen, nachdem die letzten Hunde geschlachtet und verzehrt waren. Ein Teil der Mitglieder war unterwegs vor Erschöpfung gestorben. Am Ende ihrer Kräfte, erreichte die wenigen Überlebenden schließlich die Küste, mehr Gespenstern als Menschen ähnlich, als sie das rettende Schiff betraten...

Ein wohliges Gruseln lief dem langen Doktor über den Rükken, während er die Schilderung las, und unwillkürlich rückte er dabei noch näher an den elektrischen Ofen heran.

Ein wohlbekanntes Geräusch riß ihn aus seiner Lektüre, das trommelnde Donnern eines Stratosphärenschiffes. Nicht neben dem Wohnwagen ließ sich ›St 11‹ auf den Schnee nieder. Unerwarteten Besuch brachte das Flugschiff. Außer Berkoff und Hein Eggerth kamen Ministerialdirektor Reute und Professor Eggerth.

Wille und Schmidt verließen ihren Wagen, um zu dem Schiff hinüberzugehen. Nach den eintönigen Wochen in ihren Fahrzeugen bedeutete der Aufenthalt in dem großen Salon von ›St 11‹ für sie eine angenehme Abwechslung. Nach kurzer Begrüßung war bald ein allgemeines Gespräch im Gang, an dem sich nur der hagere Schmidt nicht beteiligte.

»Das lange Gerippe hat mal wieder was auf dem Herzen«, flüsterte Hein Eggerth Berkoff zu. »Ich will ihm Gelegenheit geben, sein Gemüt zu erleichtern.«

Mit vergnügtem Gesicht zog er sich einen Stuhl zu Schmidt heran und begann sich intensiv nach dem Befinden des verehrten Herrn Ministerialrats zu erkundigen. Das war die Zündschnur an die Bombe, und prompt explodierte Schmidt.

»Sie haben mein letztes Radiogramm unbeantwortet gelassen, Herr Eggerth«, schoß es zwischen den schmalen Lippen hervor.

»Welches Radiogramm, Herr Ministerialrat? Ich wüßte nicht...«

»Meine Anfrage in Sachen Bolton und Garrison. Wie kommen die beiden Herren, die von Ihnen bei Neapel abgesetzt wurden, als Schiffbrüchige mitten in die Südsee? Die Frage interessiert mich außerordentlich, Herr Eggerth.«

»Mich nicht, Herr Geheimrat. Ich falle auf solche Zeitungsenten nicht mehr 'rein. Mich interessiert das hier viel mehr.«

Während der letzten Worte zog er eine Zeitung aus der Tasche und hielt Dr. Schmidt eine rot angestrichene Notiz hin. Der las sie, dann ließ er das Blatt sinken, während Zweifel und Staunen sich in seinen Zügen malten.

»Ja, verehrter Herr Ministerialrat, die Herren Bolton und Garrison sind rührige Leutchen. Mal trifft man sie in der Antarktis, mal wird ihr Vorhandensein mitten aus der Südsee und danach aus Amerika gemeldet, und jetzt sind sie auf dem Wege zum Mac-Murdo-Sund, wahrscheinlich schon im Ross-Meer, dicht bei der Küste...«

»Undenkbar! Unglaublich!« preßte Dr. Schmidt durch die Zähne.

»Leider nur zu glaubhaft«, fuhr Hein Eggerth fort. »Die Angelegenheit war uns wichtig genug, um genaue Erkundigungen einzuholen. Die neue Expedition Captain Andrews dürfte in spätestens acht Tagen im Mac-Murdo-Sund an Land gehen, und es besteht eine ziemliche Wahrscheinlichkeit, daß die Herren Bolton und Garrison Ihnen, Herr Ministerialrat, in nächster Zeit wieder ins Gehege kommen.«

»Aber das ist ja abscheulich«, war alles, was Schmidt schließlich herausbrachte.

Hein Eggerth stand auf. »Machen Sie sich keine Sorgen, Herr Ministerialrat. Wir sind über die Absichten der Herren Bolton und Garrison im Bilde und werden rechtzeitig unsere Maßnahmen treffen. Sobald die Andrewsche Expedition unser Gebiet betritt, hat sie sich den Anweisungen des Staatskommissars zu fügen. Herr Reute bringt für diesen Fall ausführliche Instruktionen mit.«

Kurze Zeit darauf erschien Hein Eggerth in Begleitung zweier Mechaniker, die eine ziemlich umfangreiche Apparatur mit sich schleppten, in der Funkkabine des dritten Wagens, und mit offensichtlichem Vergnügen sah Rudi Wille zu, wie die Mechaniker einen schönen neuen Funkpeiler in seine Station einbauten. Als die Montage vollendet und die Mechaniker gegangen waren, blieb Hein Eggerth noch eine gute Stunde bei Rudi. Über die Bedienung des neuen Gerätes brauchte er ihm nicht viel zu erzählen. Von seiner langjährigen Bastelei her wußte der Junge damit recht gut Bescheid. Schon nach wenigen Versuchen peilte er die Funkstation am Krater bis auf wenige Bogenminuten genau an.

Erheblich längere Zeit nahmen die Instruktionen in Anspruch, die ihm Hein Eggerth über den eigentlichen Zweck und die dadurch bedingte Anwendung der Peilanlage gab. Sie liefen darauf hinaus, daß drei neue Peilstationen, eine am Krater, die andere in der festen Station und die dritte in der motorisierten Station in gemeinsamer Zusammenarbeit den Standort der Andrewschen Expedition möglichst frühzeitig feststellen und danach ständig weiter verfolgen sollten.

Rudi Wille spitzte die Ohren nicht schlecht, als er vernahm, daß sein alter Bekannter, Mr. Garrison, wieder im Lande sei, und mit Begeisterung übernahm er die neue Aufgabe, den unerwünschten Besuch mit überwachen zu helfen. Kaum hatte Hein Eggerth den Wagen verlassen, als auch schon Funksprüche zwischen Rudi und Lorenzen hin und her flogen. Lorenzen hatte das neue Peilgerät bereits vor zwei Tagen erhalten und fleißig damit gearbeitet. Nach den Mitteilungen, die er Rudi darüber machte, war auch er schnell in der Lage, einen Sender anzupeilen, dessen Zeichen aus der Richtung des Mac-Murdo-Sundes kamen. Die Herren Bolton und Garrison waren bereits avisiert, bevor sie ihren Fuß auf die Antarktis setzten.

»Sie wissen, Herr Wille, daß Mr. Garrison...«

»Ich bin informiert, mein lieber Schmidt«, schnitt ihm Dr. Wille die Frage ab. »Sie können ganz unbesorgt sein. Ich werde Sie jetzt auf etwa 24 Stunden verlassen und bitte Sie, für diese Zeit die Leitung des Institutes zu übernehmen.«

Dr. Schmidt kehrte in seinen Wagen zurück. ›St 11‹ zog sich an seiner Hubschraube wieder in die Höhe und schlug die Richtung nach dem Krater ein. In mäßiger Höhe strich das Schiff über das sonnenbeglänzte Gelände dahin. Etwa die Hälfte des Weges mochte es zurückgelegt haben, als Reute nach unten wies. Ein Kraftwagen lief dort über den Schnee, ein Raupenfahrzeug ähnlich denjenigen, die ›St 11‹ vor kurzem verlassen hatten.

»Was soll das werden?« fragte Wille.

»Eine Vorbereitung für den Empfang der Bolton-Expedition«, erklärte Reute. »In einem Abstand von fünfzig Kilometern legen wir um die Kraterstation herum eine Kontaktleitung, die am Krater sofort die Stelle meldet, an der sie etwa von dem Raupenwagen Andrews überfahren wird. Das Gebiet innerhalb dieser Ringleitung ist tabu. Die Bolton-Gruppe darf es nicht berühren.«

»Und wenn es doch geschieht?« fragte Wille.

»Dann treten die Instruktionen in Kraft, Herr Kollege, über die wir nun unter vier Augen sprechen müssen«, sagte Reute und führte Wille aus dem Salon in sein Arbeitszimmer.

Die Unterredung der beiden Herren war noch nicht beendigt, als ›St 11‹ am Kamm des Kraterringes aufsetzte. Geraume Zeit wurde sie noch in dem Haus, das Reute hier zur Verfügung hatte, fortgesetzt, und es war unverkennbar, daß Dr. Wille von ihrem Inhalt recht befriedigt war. Als die beiden danach wieder ins Freie traten, gesellte sich Professor Eggerth zu ihnen.

»Es ist wohl sechs Monate her, seitdem Sie das letztemal hier waren, Herr Doktor Wille«, sagte der Professor, »sicher wird es Sie interessieren zu sehen, was inzwischen entstanden ist.«

Er brauchte nicht viel weiteres zu sagen. Dr. Wille sah bereits selber, wie sehr sich hier alles in dem letzten halben Jahre verändert hatte. Heinzelmännchen schienen hier an der Arbeit gewesen zu sein, um in der verhältnismäßig kurzen Zeit die neuen Anlagen aus dem Boden wachsen zu lassen.

Da stand ein mächtiges Kraftwerk. Leichter Dunst entstieg seinen Schloten.

»200 000 Pferde«, sagte der Professor, »50 Tonnen Treiböl schlucken die Motoren in jeder Stunde, 1200 Tonnen jeden Tag. Wir mußten eine Flotte von zwanzig Stratosphärenschiffen größter Bauart einsetzen, um den Brennstoffbedarf dieses Kraftwerkes sicher decken zu können.«

Während sie am Kraterrand weitergingen, dröhnte aus dessen Tiefe fast ununterbrochen der Donner von Explosionen empor.

»Die Sprengarbeiten sind in gutem Fluß«, sagte Professor Eggerth, »wir bohren und sprengen nur dort, wo vorhergehende Proben goldreiche Adern gezeigt haben und fördern jetzt täglich zweitausend Tonnen Erz.«

»Zweitausend Tonnen, eine Riesenmenge!« unterbrach ihn Wille erstaunt.

»In Wirklichkeit nicht so schlimm, wie es sich anhört«, fuhr der Professor fort. »Bei dem hohen Gewicht des Erzes sind es einige hundertvierzig Kubikmeter pro Tag. Leider vermögen unsere Aufbereitungsanlagen vorläufig erst den fünften Teil davon zu verarbeiten. Wir bereiten jetzt täglich vierhundert Tonnen auf und ziehen daraus vierzig Tonnen gediegenen Goldes im Handelswert von dreiunddreißig Millionen Dollar.«

»Dreiunddreißig Millionen jeden Tag!« Dr. Wille faßte sich an den Kopf, als könne er die Zahl schwer fassen. »Dreiunddreißig Millionen jeden Tag... Das wäre eine Milliarde in dreißig Tagen, zehn Milliarden in dreihundert Tagen... Soviel ich weiß, beträgt der nachweisliche Goldbesitz der Menschheit zur Zeit dreizehn Milliarden. Bei diesem Arbeitstempo könnten Sie ihn in einem Jahr fast verdoppeln.«

»Soweit wollen wir nicht vorausrechnen«, sagte Professor Eggerth, »es ist sehr zweifelhaft, ob wir das tun werden. Im Augenblick wissen wir nicht einmal, ob wir es überhaupt tun können.«

Während ihrer Unterhaltung hatten die drei Herren die Aufbereitungsanlage erreicht und traten in die große Halle ein. Eine fast atembeklemmende Stille umfing sie.

Wer etwa hier die Einrichtungen der sonst wohl gebräuchlichen Erzaufbereitungsanlagen zu finden erwartete, wäre enttäuscht gewesen. Nur würfelförmige Tröge aus hartgebranntem, glasiertem Ton enthielt der Raum. In schnurgeraden langen Reihen waren die Tröge aufgestellt, reichlich armdicke Starkstromkabel führten zu jedem von ihnen. Ein Deckenkran huschte über die Trogreihen hin, öffnete hier und dort das Maul seines Behälters und ließ Brocken des schimmernden Erzes in die Flüssigkeit fallen, mit der die einzelnen Gefäße bis obenhin gefüllt waren. Ein leichter Dunst, der undefinierbar nach irgendwelchen Säuren und Chemikalien roch, legte sich Wille auf die Brust, daß er hüsteln mußte.

»Kommen Sie, Doktor«, sagte der Professor und zog ihn mit sich ins Freie. »Das elektrolytische Naßverfahren, nach dem wir die Erze ausbeuten, ist zwar technisch glänzend, aber für die menschlichen Lungen weniger zuträglich. Wenn unsere Leute dort drinnen zu tun haben, müssen sie stets Gasmasken anlegen.«

Wille zog in kräftigen Zügen die klare, kalte Polarluft ein.

»Nun wollen wir aber erst mal ordentlich frühstücken«, meinte Professor Eggerth und wies den Weg.

Ein Frühstücksraum, der in manchen Einzelheiten an das gemütliche Casino der Eggerth-Reading-Werke erinnerte, nahm sie auf, und während ihnen eine gute Mahlzeit serviert wurde, ging das Gespräch weiter.

Nach dem Essen wandte sich Reute an Dr. Wille und sagte: »Bevor ›St 11‹ Sie zu Ihrer Station zurückbringt, Herr Kollege, wollen wir Ihnen nun auch noch das letzte zeigen.«

Die Herren warfen sich ihre Pelze über und traten wieder ins Freie. Reute ging geradenwegs auf ›St 11‹ zu.

»Ich denke, ich soll noch etwas sehen?« fragte Wille.

»Sehr richtig, Herr Doktor. Sie sollen die goldenen Eier sehen, die unsere Henne hier legt. Schauen Sie dorthin.«

Wille blickte um sich, erst jetzt fiel ihm auf, daß ›St 11‹ seinen Liegeplatz inzwischen gewechselt hatte. Das Schiff lag unmittelbar neben einem kleineren Gebäude, dessen hohem Schornstein ein weißlicher Rauch entquoll.

»Hier steht der Schmelzofen, in dem das elektrolytisch gewonnene Gold in Barren umgeschmolzen wird«, gab Reute die Erklärung. »Es sind Barren zu je zwanzig Kilo. Zweitausend Stück davon, die Ausbeute eines Tages, nimmt ›St 11‹ heute mit.«

›St 11‹ lag in einer kleinen Mulde dicht neben dem Gießhaus, etwas tiefer als dieses. Zu einer Ladeluke in der hinteren Hälfte seines Rumpfes führte eine Aluminiumbrücke, die infolge dieses Höhenunterschiedes waagerecht lag. In kurzen Abständen kamen Elektrokarren mit stumpfgelben Gußbarren beladen aus dem Haus und rollten über die Brücke in das Schiff.

Die drei Herren kamen gleichfalls den Weg über die Brücke und gingen in den Laderaum, der sich im Unterteil des Rumpfes dort befand, wo an dessen Oberteil die Schwingen ansetzten. Eine Weile standen sie hier und sahen zu, wie die Werkleute Barren tun Barren von den Karren hoben und auf dem Boden des Lagerraumes dicht nebeneinander schichteten.

»Vierzig Tonnen sind immerhin vierzig Tonnen, meine Herren«, sagte Professor Eggerth. »Man kann sie auch in einem Stratosphärenschiff von der Größe von ›St 11‹ nicht an einer beliebigen Stelle verstauen. Sie müssen dort gelagert werden, wo senkrecht über ihnen die Tragkraft der Schwingen angreift. Schwanzlastige oder kopflastige Flugschiffe könnten zu unangenehmen Zwischenfällen führen. Auf diese Weise haben wir im Salon nachher das Vergnügen, unmittelbar über hundert Millionen zu sitzen.«

Dr. Wille schwieg. Er schien in allerlei Gedanken versunken zu sein.

Inzwischen hatte der letzte Karren seine wertvolle Ladung abgegeben und rollte über die Brücke ins Freie. In einer Länge von zehn Metern und einer fast ebenso großen Breite war der Boden des Schiffsraumes jetzt mit einer Decke gediegenen Goldes belegt.

»Ein kostbarer Teppich. Es gibt keinen kostbareren in der Welt«, sagte Professor Eggerth nachdenklich, während er über die gelbschimmernde Fläche zu einer Treppe hinging. Sie führte nach oben zu dem Vorraum des großen Salons. Hier verabschiedete sich Reute, der in der Kraterstation zurückbleiben wollte. Dr. Wille und Professor Eggerth gingen in den Salon. Kurz darauf wurden alle Luken und Türen verschraubt. ›St 11‹ stieg auf, um zunächst Wille zu seinen Motorwagen zurückzubringen.

»Ich bin noch wie benommen von dem, was Sie und Herr Reute vorher andeuteten«, sagte er zu Eggerth, »mag der Himmel geben, daß Ihre Pläne gelingen und der Menschheit das bringen, was Sie davon erhoffen.«

Ein tiefer Ernst lag während der letzten Worte auf seinen Zügen.

»Sie werden gelingen, Herr Wille«, erwiderte Professor Eggerth, der ebenfalls ernst geworden war, »wenn sie in allen Einzelheiten durchgeführt werden. Ein Teil der Verantwortung liegt auch bei Ihnen, Herr Dr. Wille. Er liegt in den Instruktionen, die Ihnen Herr Reute für Ihr Verhalten gegenüber der Bolton-Expedition gegeben hat. Ich bitte Sie dringend, genau danach zu verfahren. Über irgendwelche Folgen brauchen Sie sich dabei keine Gedanken zu machen.

In dieser Angelegenheit stehen nicht nur die Werke, es steht der Staat hinter Ihnen. Als Staatskommissar handeln Sie in seinem Auftrag und Namen.«

Wie Fliegen auf weißem Zucker wurden in weiter Ferne die drei Motorwagen des Instituts sichtbar. Bald darauf lag das Flugschiff neben ihnen. Wille drückte dem Professor die Hand und ging zu dem Wohnwagen hinüber. Gegen seine sonstige Gewohnheit erwiderte er den Gruß des langen Schmidt nur wortkarg und zog sich gleich danach in seinen Arbeitsraum zurück. Der Tag und auch der nächste Tag noch vergingen, bevor er wieder richtig zu seinen wissenschaftlichen Arbeiten kam. Zu sehr gingen ihm all die neuen Eindrücke durch den Kopf, die er in der Kraterstation empfangen hatte.

Die City of Boston, welche die Andrewsche Expedition nach der Antarktis brachte, hatte das Glück, im Ross-Meer erträgliche Eisverhältnisse zu finden. Schon war die Felsküste von Viktoria-Land deutlich am Horizont erkennbar, als sich dem Schiff die ersten Eisschollen in den Weg schoben. Krachend zerbarsten sie, wenn der scharfe Bug sie traf. Vorsichtig, mit halber Maschinenkraft, vermochte das Schiff seinen Weg fortzusetzen.

Kilometer um Kilometer brachte die *City of Boston* hinter sich, höher und höher wuchs das Ufergebirge empor, doch größer und stärker wurden auch die Eisschollen. Schon war es dem Schiff; nicht mehr möglich, sie mit dem Vordersteven zu zerspalten. Es mußte sie umfahren und sich sorgfältig seinen Weg auf den schmalen Wasserstreifen zwischen ihnen suchen. Oft schien es, als ob der Weg unwiderruflich zu Ende sei, doch immer wieder ließ sich eine schmale Rinne entdecken, durch die das Schiff sich mit voller Schraubenkraft hindurchzwängte, während die scharfkantigen Schollenränder sich knirschend an seinen Flanken rieben.

Dem Kapitän Lewis war nicht wohl bei dieser Fahrt. Sprang etwa der Wind um, trieb er die Schollen gegen die Küste hin, dann mußten sie sich ja zu dem gefürchteten Packeis zusammenschieben, würden sein Schiff umklammern, einschließen – für lange Zeit, vielleicht für immer. Alles kam darauf an, daß der Landwind anhielt, solange das Schiff sich in diesem gefährlichen Gebiet befand. Er atmete auf, als das Ziel endlich erreicht war und die *City of Boston* unmittelbar neben einem Felsplateau ihre Anker in zwanzig Faden Wassertiefe niederrasseln ließ, und gab Befehl, sofort mit der Ausschiffung der Expediton zu beginnen.

Eine schwere für diesen Zweck in den Albany-Werken besonders konstruierte Laufbrücke wurde von zwei Schiffskränen zu dem Plateau hinausgelegt, und der schwere Raupenwagen glitt über sie hin an Land. Der Treibstoff folgte. Eiserne Fässer, jedes hundert Kilo enthaltend, wurden über die Brücke gerollt und von der Mannschaft auf dem Plateau aufgestapelt.

Mr. Bolton hatte aus seinem früheren Unfall eine Lehre gezogen und diesmal ein tief siedendes Benzin gewählt, das auch bei er strengsten Kälte nicht erstarrte. Zweihundert solcher Fässer wurden an Land gebracht. Sie bedeuteten einen Treibstoffvorrat von zwanzig Tonnen, ausreichend für eine Fahrtstrecke von weit mehr als dreißigtausend Kilometern. Hier hatte Bolton nicht gespart, denn Treibstoff bedeutete ja Bewegungsmöglichkeit, Bewegungsfreiheit für die Expedition, bedeutete Wärme und Licht während der langen Fahrten durch die eisige Einöde.

Proviant kam nach dem Treibstoff an Land. Konserven aller Art, die Büchsen in Kisten zu handlichen Gepäckstücken vereinigt, eine hinreichende Menge, um den Nahrungsbedarf der fünf Teilnehmer der Expedition auf viele Monate sicherzustellen. Danach Pelze und Bekleidungsstücke in beträchtlicher Zahl, obwohl der mächtige Raupenwagen ja einen sicheren Schutz vor allen Unbilden des polaren Klimas bot.

Kaum war das letzte Stück an Land, als die Brücke zurückgenommen wurde. Dumpf heulte die Sirene der *City of Boston* auf. Die Schrauben begannen zu arbeiten. Langsam beschrieb der graue Rumpf in dem engen Fahrwasser einen kurzen Bogen, vorsichtig entfernte sich das Schiff von der Küste und suchte den Weg zum freien Meer zu gewinnen. Zusehends waren die offenen Rinnen in der kurzen Zeit, die es hier gelegen hatte, schmaler geworden, denn der Wind hatte sich inzwischen gedreht. Mit Mühe glückte es Lewis noch, das offene Meer zu gewinnen. Erleichtert atmete er auf, als sein Schiff in eisfreiem Wasser mit voller Maschinenkraft nach Norden dahinzog.

Bolton und Garrison standen mit Captain Andrew am Rande des Plateaus und schauten der *City of Boston* nach, bis ihre Schornsteine am Horizont verschwanden. Scharf blies ihnen der Wind von der See her entgegen und nahm von Minute zu Minute an Stärke zu. Sturmartig peitschte er jetzt die See und drückte die Eismassen mit unwiderstehlicher Gewalt gegen das Ufer. Donnernd und krachend zerbarsten die mächtigen Schollen, wenn die vereinigte Wucht von Sturm und Meer sie gegen die Felsschroffen schleuderte. Doch immer neue Schollen trieben heran, schoben sich aufeinander, türmten sich hoch und immer höher. Schon stand das Eis mehrere hundert Meter weit wie eine kompakte Masse vor der Steilküste, ächzte und stöhnte unter dem gewaltigen Druck und wuchs immer weiter in die See hinaus.

»Wir haben Glück gehabt, Mr. Bolton«, sagte Captain Andrew. »Wenn wir eine Stunde später kamen, hätten wir lange nach einer Landungsmöglichkeit suchen können. Möge uns das Glück auch weiterhin hold sein.«

Garrison fröstelte in dem eisigen Sturm.

»Gehen wir in unsern Wagen«, schlug er vor, »und fassen wir dort unsere Entschlüsse für die nächste Zukunft.«

Der Wagen, nach den Entwürfen von Andrew gebaut, war wesentlich größer als die Fahrzeuge der Willeschen Station. Gut fünfzehn Meter lang und über drei Meter breit, enthielt er reichlich Raum nicht nur für Bolton, Garrison und Andrew, sondern auch für den Wagenführer Parlett und für den Funker Bowson und vermochte außerdem noch eine bedeutende Nutzlast mitzunehmen.

Die Tanks dieses riesigen Vehikels faßten zwei Kubikmeter und schluckten somit fast anderthalb Tonnen Treibstoff. Unter einigermaßen normalen Verhältnissen mußte dies Menge für fünfundsiebzig Fahrstunden ausreichen.

Bei Annahme einer Stundengeschwindigkeit von dreißig Kilometer ließen sich damit 2250 Kilometer bewältigen, und mit dieser Tatsache operierte Bolton bei der Besprechung, welche die drei jetzt in dem Wagen hatten. Mit Zähigkeit vertrat er die Ansicht, man müsse sofort in das Gebiet unter dem 80. Breitengrad vorstoßen und dort von dem kostbaren Erz so viel einsammeln, wie der Wagen eben zu tragen vermöge. Während Garrison sich neutral verhielt, trat Andrew diesem Plan energisch entgegen, wobei er sich auf seine langen Erfahrungen berufen konnte.

Captain Andrew wollte von Anfang an systematisch vorgehen und so, wie er es von seinen früheren Expeditionen her gewöhnt war. Er wollte auf der Strecke, die sie einzuschlagen beabsichtigten, in nicht allzu weiten Abständen eine Kette von Treibstoff- und Lebensmitteldepots anlegen. Ohne Zweifel schaffte ein derartiges Vorgehen größere Sicherheit für die Expedition, aber zweifellos mußte es auch mit einem erheblichen Zeitverlust verbunden sein. Immer wieder mußte man ja bei seiner Ausführung zu der Landestelle zurückkehren und neue Ladung nehmen, bis endlich alles einmal in der gewünschten Weise verteilt war. Bolton aber war ganz von der Idee beherrscht, daß sie keine Zeit mehr verlieren dürften. Ärgerlich schlug er während der Aussprache auf den Tisch und schrie Andrew an:

»So etwas hat man nicht nötig, wenn man über einen zuverlässigen Raupenwagen verfügt. Der Deutsche, Dr. Wille, denkt gar nicht daran, seine Zeit mit solchem Humbug zu vertrödeln. Er fährt los, wohin er will und kehrt erst um, wenn er die Hälfte seines Treibstoffes verbraucht hat.«

Andrew schüttelte den Kopf.

»Sie vergessen, Mr. Bolton, daß Dr. Wille einen unbezahlbaren Rückhalt in den Stratosphärenschiffen hat, die er im Notfalle immer zu Hilfe rufen kann. Hätten Sie Lust, die heranzufunken, wenn uns irgendein Zwischenfall passiert? Möchten Sie sich dann von einem der ›St‹-Schiffe, etwa von Mr. Eggerth jun. oder Mr. Berkoff, nach Hause bringen lassen?«

Bolton und Garrison tauschten einen Blick, in dem eine ganze Geschichte lag.

»Von den Eggerthleuten müssen wir unter allen Umständen unabhängig sein«, sagte Garrison mit Entschiedenheit.

»Dann müssen wir so verfahren, wie ich es Ihnen eben vorgeschlagen habe, und die Strecke mit Depots besetzen«, erklärte Andrew, und nun gab Bolton seinen Widerstand auf.

»Ich freue mich, daß Sie sich von mir raten lassen, Mr. Bolton«, sagte Andrew.

Die wahren Gründe dieser Meinungsänderung konnte er ja nicht wissen, da es die Herren Bolton und Garrison vorgezogen hatten, über ihr Abenteuer auf der Robinson-Insel zu jedermann zu schweigen. Andrew legte eine Karte auf den Tisch, auf der er die geplante Route bereits eingetragen und die Depots markiert hatte. Bolton musterte sie mit kritischen Blicken und fragte dann:

»Wozu der große Umweg, Captain? Wie ich sehe, wollen Sie zunächst nach Westen bis zum magnetischen Südpol vorstoßen und dann erst nach Süden abbiegen.«

»Aus dem einfachen Grund, Mr. Bolton, weil der direkte Weg über ein ungemein schwieriges Gelände führt. Sehen Sie hier die Alpenkette mit dem Mount Lewick, fast dreitausend Meter hoch? Ich ziehe es vor, diesem Hindernis aus dem Wege zu gehen und meinen Weg in ebenem Gelände zu suchen. Das finden wir auf der Route, die hier eingezeichnet ist.«

Den Gründen Andrews konnte sich weder Bolton noch Garrison verschließen, und so wurde nach seinen Vorschlägen verfahren. Mit Proviant und Treibstoff bis an die Grenze seiner Tragfähigkeit beladen, stieß der große Raupenwagen zunächst nach Westen vor. Fast unablässig machte Captain Andrew dabei astronomische Ortsaufnahmen, und in Abständen von hundert zu hundert Kilometern wurde ein kleines Depot mit je hundert Kilo Treibstoff und einigen Lebensmitteln errichtet.

Das kostete Zeit, denn Andrew bestand darauf, über jedem Depot eine reichlich mannshohe Steinpyramide aufzutürmen. Mit Ungeduld sah Bolton darüber die Stunden dahinschwinden.

»Wozu die unnötige Arbeit?« fragte er verdrießlich, »in der Antarktis gibt es weder Eisbären noch Füchse, die uns an die Vorräte gehen könnten.«

»Aber Schneestürme, Mr. Bolton«, erwiderte Andrew, »die uns unsere Depots ohne die Steinkegel so verwehen könnten, daß wir sie nie wiederfinden.«

Ärgerlich schüttelte Bolton den Kopf und gab sich unwillig in das Unvermeidliche. Er begann es bereits zu bereuen, daß er sich überhaupt mit Andrew eingelassen hatte.

Das letzte Depot war angelegt.

»Für ein siebentes haben wir noch Vorrat im Wagen«, sagte Andrew. »Dann müssen wir zur Küste zurück und neues Material holen. Es geht ungefähr auf, wenn wir das siebente an der Stelle anlegen, an der Dr. Wille seine Station hat.«

Er griff wieder zum Sextanten, um eine neue Ortsbestimmung tu machen, denn auf den Kompaß war in diesem Gebiet so nahe dem magnetischen Südpol kaum Verlaß.

»Die Beobachtungen von Dr. Schmidt scheinen zu stimmen«, sagte er, während er zu rechnen begann. »Der magnetische Südpol muß seit seiner ersten Entdeckung von Shackleton stark nach Süden abgewandert sein. Ich denke aber, daß wir die Stelle mit Hilfe der astronomischen Ortsbestimmungen finden werden.«

»Es genügt, wenn wir nur in die Nähe kommen«, warf Garrison ein. »Der hohe Funkmast, die andern Masten für die elektrischen Messungen von Dr. Wille, das läßt sich gar nicht verfehlen. Man sieht es schon auf ein paar Meilen.«

Aber vergeblich spähte Garrison danach aus, während der Wagen Kilometer um Kilometer weiterrollte.

»Hier müßte es sein«, erklärte Andrew, der eben wieder eine Ortsbestimmung gemacht hatte, und befahl dem Wagenführer, zu halten. Bolton warf sich den Pelz über und kletterte aus dem Fahrzeug. Soweit das Auge reichte, dehnte sich die antarktische Hochebene nach allen Seiten. Auf größeren Rächen hatte der Sturm die Schneemassen fortgeblasen, rötlichgrau trat der nackte Felsboden zutage. Nur hier und da, wo geringfügige Erhöhungen Halt und Widerstand boten, zeigten sich weiße Flecken, ein Zeichen, daß sich dort Schneewehen gebildet hatten. Bolton brachte einen scharfen Feldstecher vor die Augen und musterte das Gelände damit. Plötzlich ließ er ihn wieder sinken und deutete mit der Hand nach vorn.

»Da! etwa einen halben Kilometer weg, da scheint was Sonderbares zu liegen. So werden Sie es nicht erkennen, Garrison, Nehmen Sie mal mein Glas.«

»In der Tat, merkwürdig«, meinte Garrison nach längerer Betrachtung, »das müssen wir uns in der Nähe besehen.«

Kurz danach hielt der Wagen an jener Stelle. Kopfschüttelnd schritt Garrison um einen Haufen mehr oder weniger zerbrochener hölzerner Bauteile herum, der hier Veranlassung zu einer Schneewehe gegeben hatte und ihnen dadurch von weitem aufgefallen war.

»Merkwürdig, höchst merkwürdig«, wiederholte er immer noch kopfschüttelnd. »Ich erinnere mich, daß der Stapel damals unmittelbar neben der Station von Dr. Wille lag. Wo zum Teufel ist denn die Station geblieben?«

Er fand keine Antwort auf seine Frage, und ebenso vergeblich bemühten sich Bolton und Andrew, das Rätsel zu lösen, denn niemand hatte es für notwendig erachtet, der Öffentlichkeit die Verlegung des antarktischen Instituts bekanntzugeben. Das konnten sie jedoch mit Sicherheit feststellen, daß sie an der richtigen Stelle waren. Die großen in den Felsboden einbetonierten stählernen Haken, an denen früher die Abspannseile des Funkmastes befestigt waren und die man bei der Verlegung der Station zurückgelassen hatte, lieferten einen untrüglichen Beweis dafür.

Während sie dicht neben dem Stapel ihr siebentes Depot anlegten, zerbrach sich Garrison den Kopf, woher die beschädigten Bauteile stammen mochten. Bei seinem damaligen Aufenthalt war er achtlos an ihnen vorübergegangen, und Dr. Wille und seine Leute hatten ihm gegenüber kein Wort über die Sturmkatastrophe verloren, von der die Station betroffen worden war. Blitzartig kam ihm jetzt der Gedanke, daß auch diese Trümmer hier mit dem Bolidensturz zusammenhängen müßten. Wie riesenhaft mußte jenes Geschoß aus dem Weltraum gewesen sein, wenn es noch auf tausend Kilometer derartige Zerstörungen anzurichten vermochte.

Ein Ruf Boltons riß ihn aus seinem Sinnen. Das Depot war fertig. In schneller Fahrt und ohne zu rasten ging die Reise zur Mac-Murdo-Bucht zurück, um dort neue Ladung zu nehmen, ging danach wieder nach Westen auf der schon einmal befahrenen Route. Nach reichlich anderthalb Tagen waren sie wieder bei ihrem siebenten Depot, und der eigentliche Vorstoß nach Süden konnte beginnen.

Mit wachsender Ungeduld ertrug Bolton die mehrfachen Aufenthalte, die Andrew durch seine wissenschaftlichen Beobachtungen und weiterhin durch die Benutzung der Funkstation verursachte. Bei Benutzung der Radioanlage war es ja unvermeidlich, den hohen Mast auszukurbeln, und das konnte nur geschehen, während der Wagen auf vollkommen ebenem Gelände sicher feststand. Der Funkverkehr Andrews war Bolton ein Dorn im Auge. Am liebsten wäre es ihm gewesen, wenn die Welt gar nichts über den weiteren Verbleib der Expedition erfahren hätte. Wie wäre er erst aufgebraust, wenn er geahnt hätte, daß jedes Funkgespräch Andrews den Peilstationen der Eggerth-Reading-Werke Gelegenheit gab, seinen jeweiligen Standort, bis auf wenige Kilometer genau, festzustellen.

Eine gewisse Entschädigung bot ihm das Schicksal dafür in Gestalt einiger Erzfunde. Sooft es einen Aufenthalt gab, stürzte er aus dem Wagen und suchte das über große Strecken schneefreie Gelände mit dem Glas ab. Mehr als einmal sah er es verführerisch aufblinken, eilte zu der betreffenden Stelle hin und konnte einen Erzbrocken in die Tasche stecken. Die einzelnen Stücke waren nicht groß, höchstens einmal ein paar Kilogramm schwer, aber allmählich begann sich ihr Gewicht erfreulich zu addieren. Vergnügt zeigte er Garrison eine Kiste, die fast bis zum Rande mit den Fundstücken gefüllt war, und meinte dazu:

»Wenn's so weitergeht, muß ich es bald ebenso machen wie Captain Andrew.«

»Wie meinen Sie das?« fragte Garrison.

»Depots anlegen! Wenn ich neben jedem unserer Lebensmitteldepots ein ordentliches Erzdepot aufbauen kann, will ich zufrieden sein.«

Garrison schüttelte den Kopf. »Dazu langt's vorläufig noch nicht, aber vielleicht ein paar hundert Kilometer südlicher. Wenn wir in ein Gebiet kommen, über das der Bolide tüchtig gestreut hat, könnte es Ihnen wohl glücken.« Während er sprach, erwärmte er sich an seinen eigenen

Worten. »Das wäre eine Sache, was, Bolton? Wenn wir eine volle Schiffsladung für die *City of Boston* an den Mac-Murdo-Sund bringen könnten. Dreitausend Tonnen kann der Dampfer bequem laden. Dreitausend Tonnen Erz, Bolton, da wäre für uns beide ausgesorgt.«

›Für mich bestimmt‹, dachte Bolton, aber er zog es vor, den Gedanken für sich zu behalten.

10

Mit gemischten Gefühlen verfolgte man von den Peilstationen aus das Vorrücken der Andrewschen Expedition. Ging es in dem bisherigen Tempo weiter, so mußte sie in wenigen Tagen die Grenze des Staatsgebietes erreichen, und man würde dann genötigt sein, in irgendeiner Form offiziell zu ihr Stellung zu nehmen. Eine längere Beratung gab es daraufhin in der Kraterstation zwischen Ministerialdirektor Reute und Professor Eggerth, zu der zum Schluß auch noch Hein Eggerth hinzugezogen wurde.

»Ihr Vater sagte mir, daß Sie eine brauchbare Idee haben«, empfing ihn Reute, »hoffentlich ist sie nicht so radikal wie Ihr neulicher Einfall, die beiden unerwünschten Gäste einfach auf einer einsamen Insel abzusetzen.«

»Durchaus nicht, Herr Ministerialdirektor. Im Gegenteil«, beeilte sich Hein Eggerth, ihn zu beruhigen. »Mein Vorschlag ist diesmal rein psychologischer Art. Er gründet sich auf dem Charakter der Herren Bolton und Garrison, den ich einigermaßen zu kennen glaube, und ich möchte meine Hand dafür ins Feuer legen, daß mein Plan die gewünschte Wirkung haben wird.«

In kurzen Worten entwickelte Hein Eggerth seine Idee, und überraschend schnell stimmte Reute zu. Kurz darauf wurde im Krater an einer Stelle gebohrt und gesprengt, die bisher nicht auf dem Arbeitsplatz verzeichnet stand, und wiederum kurz danach stieg ein Schiff vom ›St‹-Typ auf. In seinem Leib trug es eine Last von hundert Tonnen, viele tausend Brocken des eben an der neuen Sprengstelle gewonnenen Erzes. In nördlicher Richtung stürmte es in zehn Kilometer Höhe dahin. Neben dem Piloten stand Hein Eggerth und suchte mit einem Fernrohr die Gegend ab. Jetzt schien er gefunden zu haben, was er suchte. Das Schiff ging bis auf fünftausend Meter herunter, eine Klappe öffnete sich, an der Unterseite seines Rumpfes, blank und stückig, begann es aus der Öffnung in die Tiefe zu rieseln, während das Schiff in langsamer Fahrt nach Süden drehte. Um hundert Tonnen erleichtert, kehrte er zum Krater zurück, und noch mehrere Male wiederholte es den Flug.

Einen Augenblick horchte Garrison auf. »Hörten Sie etwas, Bolton? Mir war's eben fast so, als hätte ich irgendwo ein Flugzeug gehört.«

Eine kurze Zeit lauschte Bolton, dann schüttelte er den Kopf.

»Ein Irrtum von Ihnen, Garrison. Ich höre nur den Wagenmotor. Unsere Maschine macht für ihre siebzig Pferde einen ganz anständigen Krach.«

Gerade in diesem Augenblick gab Andrew den Befehl, zu halten, der Wagenführer setzte den Motor still.

»Sehen Sie, daß ich recht hatte«, sagte Bolton. »Jetzt müßte man es bestimmt hören, wenn ein Flugzeug in der Nähe wäre.«

Während er es sagte, war ›St 11‹ schon wieder in die Stratosphäre gestiegen, aus der kein Ton und auch kein Motorgeräusch bis zur Erde hinabdrang. Während aus dem Wagen langsam der Antennenmast in die Höhe wuchs, eilte Bolton seiner Gewohnheit getreu ins Freie, um die Gegend nach Erz abzusuchen. In der Ferne weit voraus sah er es in den Strahlen der tiefstehenden Sonne aufblinken. Hier und da und dort, an mehreren Stellen zugleich. Schon lief er darauf zu. Kaum daß er sich noch die Zeit nahm, dem andern zuzurufen:

»Da liegt wieder Erz, Garrison!«

Nach etwa dreihundert Metern erreichte er das erste blinkende Stück und griff begierig danach. Es war ein stattlicher Brokken, an die zehn Kilogramm schwer, zackig und sperrig, zu groß, um ihn in eine Tasche zu stecken. Bolton behielt ihn im Arm, wandte sich der nächsten Stelle zu, an der er bereits das lockende Blinken bemerkt hatte, und sah mißmutig, daß Garrison bereits dorthin eilte und etwas Schimmerndes aufhob, bevor er selbst heranzukommen vermochte. Schnell lief er auf einen dritten Punkt zu und traf, keuchend von dem Lauf, bei einem Brocken, der noch größer als die beiden ersten waren, mit Garrison zusammen. Gleichzeitig wollten beide danach greifen, bückten sich und prallten hart mit den Köpfen zusammen. Fluchend rieb sich Bolton den Schädel.

»So geht das nicht, Garrison. Überhaupt...«, noch einmal schaute er sich prüfend nach allen Seiten um. Von mehr als zwanzig Stellen blinkte es ihm aus größerer und geringerer Entfernung entgegen. »Überhaupt brauchen wir hier etwas anderes, um den Segen aufzulesen. Mehr als drei Brocken hier können wir ja kaum schleppen. Wollen die mal erst zum Wagen zurückbringen und sehen, wie wir es weiter machen.«

Polternd fielen in dem Raupenwagen drei Erzbrocken, zusammen wohl einen halben Zentner schwer, in eine Kiste, und schon liefen die beiden Eifrigen wieder ins Freie hinaus. Zu groß war ihre Gier nach dem kostbaren Erz, und in der Eile wollte ihnen kein besserer Weg einfallen, es zu holen. Doppelt so lange Zeit wie beim erstenmal blieben sie diesmal fort. Jeder brachte zwei große Brocken herangeschleppt, als sie in der Nähe des Wagens wieder zusammentrafen.

»Ich glaube, Garrison«, stieß Bolton zwischen heftigen Atemstößen hervor, »wir haben eine Stelle entdeckt, an der sich's lohnt. An wenigstens hundert Punkten habe ich es funkeln und blinken sehen.«

»Ich auch, Bolton«, bestätigte Garrison seine Entdeckung. »Der Bolide muß hier kräftig gestreut haben. Aber lange Zeit wird es in Anspruch nehmen, bis wir das alles zusammensuchen und in den Wagen bringen. Wer weiß, ob Captain Andrew uns die nötige Zeit dafür läßt. Sehen Sie, der Funkmast wird schon wieder eingezogen, gleich wird die Fahrt weitergehen.«

Wie eine gereizte Bulldogge fuhr Bolton empor.

»Andrew wird warten, solange es uns beliebt.«

Sie stiegen in den Wagen, um ihren Fund in Sicherheit zu bringen.

»Zeit, Gentlemen«, empfing sie Andrew. »Wir wollen weiter.«

Mit einer schroffen Bewegung hielt ihm Bolton das Erz vors Gesicht.

»Was sagen Sie dazu, Mr. Andrew?«

Prüfend beugte sich Andrew noch dichter darüber.

»Meteoriteneisen, wenn ich mich nicht irre. Vermutlich Nikkeleisen...«

»Nickeleisen oder sonst ein Eisen«, fiel ihm Bolton ins Wort, »jedenfalls ist es hier in Mengen zu finden, und wir wollen kein Stück davon liegenlassen.«

Vergeblich versuchte Andrew zu widersprechen. Bolton zog seinen Vertrag aus der Tasche und deutete auf eine bestimmte Stelle darin. Es war ein kleiner, aber schwerwiegender Paragraph, den Andrew mit allen anderen Paragraphen des Vertrages damals unterschrieben hatte, ohne ihm besondere Aufmerksamkeit zu schenken. Aber genau besehen, besagte er nicht mehr und nicht weniger, als daß Mr. Bolton die Bewegungen der Expedition zu bestimmen hatte, sobald sie in ein Gebiet kamen, in dem Meteoritenerz lag.

Nach kurzem Überlegen gab Andrew das Schriftstück zurück.

»Sie haben recht, Mr. Bolton. Wenn hier Erze liegen, muß ich Ihnen die Zeit lassen, sie aufzuheben... sie aufzuheben – berücksichtigen Sie das wohl –, so ist der Wortlaut unseres Vertrages. Von irgendwelchen Fahrten, um das Erz zu entdekken, steht nichts darin.«

»Ist auch nicht nötig, Captain. Es liegt hier. Soweit man sehen kann, blinkt und blitzt es...«, Bolton hielt es für angebracht, etwas zu übertreiben, »... an tausend Stellen.«

»Dann heben Sie es in Gottes Namen auf«, sagte Andrew und machte sich an seinen Instrumenten zu schaffen.

Naturgemäß hatte Hein Eggerth keine Ahnung von dem Vertrag zwischen Captain Andrew und seinen Partnern, aber wenn er ihn Wort für Wort gekannt hätte, hätte er nicht zweckmäßiger verfahren können, als er es getan hatte. Läßt man aus einem sich mäßig schnell bewegenden Flugzeug aus fünftausend Meter Höhe Erzbrocken von der hier benutzten Größe bei halb geöffneten Ladeklappen herausrollen, so streuen sie bei ihrem Sturz bis zur Erde recht hübsch nach allen Seiten. Etwa tausend Tonnen der blinkenden Lockspeise hatte ›St 11‹ auf seinen Flügen ausgeworfen. Mehr als zweihundert Brocken waren es, die ziemlich gleichmäßig verteilt, ein etwa zwei Kilometer breites und fünfhundert Kilometer langes Gelände bedeckten. Nicht Tage, sondern Wochen mußte es beanspruchen, dies Erzmenge aufzusammeln.

Zu allem Überfluß bog die derartig gesalzene Strecke unter dem 75. Grad südlicher Breite nach Westen ab. Wenn die beiden Erzliebhaber ihr, wie Hein Eggerth es voraussetzte, folgten, mußten sie sich wieder von der Grenze des Staatsgebietes entfernen.

Die nächsten Tage brachten den Beweis, daß der Plan geglückt, der ausgelegte Köder angenommen worden war. Wie die Funkpeilungen ergaben, rückte die Andrew-Expedition nur sehr langsam vor und schwenkte unter dem 75. Grad nach Westen ab.

»Gelungen! Mr. Bolton hat angebissen«, rief Hein Eggerth und machte einen Freudensprung.

»Hoffentlich kommen die Herrschaften nicht auf den Gedanken, gleich das spezifische Gewicht ihrer Funde zu bestimmen«, warf Reute ein.

Hein Eggerth lachte. »Und wenn sie es zehnmal täten, Herr Ministerialdirektor, es würde sie doch nicht davon abbringen, den blanken Brocken nachzulaufen, soweit sie sie glänzen und blitzen sehen.«

Er behielt mit seiner Prophezeiung recht. Wie hypnotisiert folgten Bolton und Garrison dem schimmernden Köder, den ›St 11‹ ihnen über den Weg gestreut hatte, und wohl oder übel mußte Captain Andrew sich ihrem Tun fügen.

Eine Fläche von mehr als tausend Quadratkilometern, von rund zwanzig Quadratmeilen also, mußte abgesucht werden. So raffiniert war das Erz über das Gebiet verstreut, daß die nächsten Brocken stets in fünfzig bis hundert Metern Abstand aufblinkten. Es lohnte sich nicht recht, für solche Entfernungen erst wieder in den Wagen zu klettern, und so kamen Tage, an denen Bolton und Garrison über Fels und Eis liefen und das Erz zusammenschleppten, bis sie vor Erschöpfung niederbrachen.

Andrew ließ sie gewähren, ohne sich selbst irgendwie an dieser mühevollen Arbeit zu beteiligen. Schweigend beschäftigte er sich mit seinen Instrumenten und wissenschaftlichen Aufzeichnungen, und ebensowenig waren der Fahrer Parlett und der Funker Bowson geneigt, das Spiel mitzumachen, obwohl ihnen Bolton königliche Trinkgelder in Aussicht stellte.

Mit Mühe erreichte es Bolton, daß Andrew über die reichen Funde von Meteoritenerz nichts funken ließ. Für die Welt, soweit sie auf Funksprüche angewiesen war, befand sich die Andrewsche Expedition in langsamem Fortschreiten in südwestlicher Richtung, eifrig mit wissenschaftlichen Arbeiten und Entdeckungen beschäftigt.

Nur in der Kraterstation wußte man über ihre wirkliche Tätigkeit Bescheid und stellte Berechnungen an, wie lange sie wohl noch dauern könnte. Tausend Tonnen Erz waren zusammenzusuchen und an einzelnen Punkten aufzustapeln. Das mochte wenigstens sechs Wochen in Anspruch nehmen. Dann war das Erz nach dem Mac-Murdo-Sund zu bringen. Soviel man über den Raupenwagen Andrews wußte, konnte er, neben seiner sonstigen Ladung, höchstens noch zwanzig Tonnen Erz mitnehmen. Das bedeutete einige fünfzigmal die lange Reise dorthin und wieder zurück zu machen. Für mehrere Monate waren die Herren Bolton und Garrison demnach anderweitig beschäftigt, und man brauchte sich in der Kraterstation vorläufig nicht weiter um sie zu kümmern.

Die Welt wußte wenig über die wirkliche Tätigkeit der Andrewschen Expedition, aber noch weniger über die Arbeiten in dem neuen antarktischen Staatsgebiet – nämlich gar nichts. Es war tatsächlich gelungen, die Errichtung der großen Station am Krater vollkommen geheimzuhalten. Wie bereits gesagt, hatte man ausgesuchte Leute dorthin geschickt, auf deren Verschwiegenheit und Zuverlässigkeit die Eggerth-Reading-Werke sich unbedingt verlassen konnten. Die Löhne für die zweihundert Mann, die teils aus Bay City, teils aus dem Walkenfelder Werk kamen und die in der Kraterstation arbeiteten, waren so hoch bemessen, daß sie von diesen ihren ›Montagearbeiten‹ reichlich Geld angeblich aus ›Walkenfeld‹ bzw. ›Bay City‹ nach Hause schicken und darüber hinaus schöne Ersparnisse machen konnten. Weiter hatte man mit allen Mitteln der Technik und Hygiene Lebens- und Arbeitsverhältnisse geschaffen, die irgendwelche Unzufriedenheit und Sehnsucht nicht aufkommen ließen. Und schließlich – alle Beteiligten hatten sich dem freiwillig und gern unterworfen – hatte man eine Zensur für die

Korrespondenz eingeführt. In allen Briefen, die zu den Angehörigen in Deutschland und den USA kamen, stand nur zu lesen, daß man eifrig mit Aufbauarbeiten beschäftigt sei.

Begreiflicherweise ließ es sich nicht vermeiden, daß solche Briefe von Hand zu Hand gingen und daß gelegentlich der eine oder andere auch einmal in unrechte Hände geriet. Aber der Inhalt war infolge der Zensur so unverfänglich, daß weder im Inland noch im Ausland irgend jemand den wahren Sachverhalt ahnte.

In den Zeitungen erschienen hin und wieder ironisch gefärbte Artikel über das deutsche Gebiet in der Antarktis, verbunden mit Bemerkungen über die wirtschaftliche Aussichtslosigkeit derartiger Unternehmungen. Mit der Erwerbung hatte man sich längst abgefunden. Es lohnte sich nicht, um diesen Fetzen vereisten Landes noch diplomatische Noten zu wechseln, es wäre schade um das dabei verschriebene Papier gewesen.

So war die allgemeine Lage, als der Tag sich jährte, an dem die ersten Bauten an dem Krater entstanden waren und die ersten Maschinen dort zu arbeiten begonnen hatten. Unablässig waren seitdem die Stratosphärenschiffe mit ihrer kostbaren Ladung nach Bay City und nach Walkenfeld geflogen, zuerst noch mit Goldbarren, seit Monaten schon mit gemünztem Gold beladen. Nach reiflicher Überlegung hatte sich die Regierung entschlossen, auch die Ausprägung der Goldmünzen in der Antarktis vorzunehmen, weil nur dort absolute Gewähr für die Geheimhaltung gegeben war. Stetig war der Goldschatz gewachsen, bis an die Gewölbedecken der Keller war die goldene Flut gestiegen.

Da kam die große Überraschung, die der internationalen Hochfinanz für Tage die Sprache raubte und die Welt den Atem anhalten ließ. Drei kurze Zeilen im Amtl. Verordnungsblatt waren es, welche diese gewaltige Wirkung hervorriefen:

»Die Verfügung vom 2. August 1914 wird aufgehoben. Die Deutsche Staatsbank ist wieder verpflichtet, ihre Banknoten in Gold einzulösen.«

Dunkel kam den alten Leuten die Erinnerung an längst versunkene Zeiten vor den großen Kriegen, da noch funkelnde Goldstücke von Hand zu Hand gegangen waren. Die jüngeren wußten nichts mehr davon, hatten noch niemals in ihrem Leben ein goldenes Zwanzigmarkstück gesehen.

Sollte man wieder bestimmen dürfen, ob man eine Summe in Papier oder in Gold haben wollte? Die Alten zweifelten. Nur vorsichtig wagten sie den Versuch. Hier und dort gab der eine oder andere in einer Bankfiliale einen Schein hin, fragte zögernd, ob er Gold dafür erhalten könne. Sah dann, daß kein Traum ihn narrte, daß das Wunder Wahrheit wurde. Klingend sprang der Gegenwert seines Bankscheines in Form neuer blinkender Goldmünzen auf das Zahlbrett und wurde ihm hingeschoben.

Wie ein Lauffeuer ging die Kunde von Mund zu Mund: »Es ist wirklich wahr. Man bekommt in den Banken Gold für sein Papier, für das es so viel lange Jahre immer nur wieder anderes Papier gab.«

Tagelang drängte sich das Volk an den Bankschaltern und in den Wechselstuben, um seine Noten einzulösen; jeder von dem Gedanken getrieben, noch rechtzeitig zu kommen, noch etwas von dem goldenen Segen zu erhaschen. Denn daß der Schatz nicht ewig reichen könne, daß er bald, vielleicht schon morgen, vielleicht schon in der nächsten Stunde erschöpft sein müsse, das hielten alle für gewiß. Nicht nur in Europa, sondern auch an den überseeischen Geldplätzen war man felsenfest davon überzeugt.

Die Post konnte in diesen Tagen hohe Einnahmen verbuchen. Auf viele Stunden mieteten sich die Berliner Korrespondenten der großen ausländischen Zeitungen die teuersten Drähte, um jede Phase der neuen Entwicklung ihrer Redaktion sofort zu melden, und geringfügige Zwischenfälle blieben in dieser aufgeregten Zeit auch nicht aus. Hin und wieder geschah es, daß der Goldvorrat irgendeiner Depositenkasse dem Ansturm nicht gewachsen war und die Auszahlungen unterbrochen werden mußten. Selten dauerte es länger als eine Stunde, bis dann ein Panzerauto vor der Filiale hielt, schwere Kisten ausgeladen wurden und gleich danach wieder das klingende Spiel auf den Zahltischen einsetzte. Das gab den Berichterstattern Gelegenheit,

wilde Nachrichten über die Grenzen zu kabeln, die schon kurz danach in den ausländischen
Zeitungen unter schreienden Schlagzeilen erschienen.

›Der Gold-Run in Deutschland‹, ›Die Deutsche Staatsbank zusammengebrochen‹, ›Das Ende des deutschen Experimentes‹, ›Unmöglicher Wahnsinn‹... So waren etwa die Überschriften,
die noch druckfeucht, wie sie aus der Maschine kamen, auf den Boulevards von Paris und in
der Londoner City verschlungen wurden, während die Auszahlung schon längst wieder glatt
weiterging.

Als nach etwa zehn Tagen bekannt wurde, daß auch in USA die Goldeinlösung aller Dollarnoten eingeführt worden war, begann der Andrang bei den Bankschaltern nachzulassen. Der erste
Golddurst des Publikums war gestillt, und langsam, wie es ja in den wirtschaftlichen Notwendigkeiten begründet und richtig vorausgesehen war, setzte ein Rückfluß der goldenen Münzen
zu den Kassen des Staates und der Banken ein.

Nicht alles Gold kam wieder. Als man in der Zentrale der Staatsbank Inventur machte, stellte sich heraus, daß zwei Milliarden gemünzten Goldes in den Sparstrümpfen hängengeblieben
waren.

Der entsprechende Betrag an Noten war dafür zur Bank zurückgekehrt. Der Öffentlichkeit
wurde diese Tatsache nicht bekanntgegeben. Eine Mitteilung der Staatsbank besagte nur, daß
die Wiedereinführung der Goldeinlösung sich reibungslos vollzogen habe. Das Ausland stand
vor einem Rätsel. Die USA mochten sich ja ein solches Experiment erlauben können bei ihren großen Goldbeständen, aber waren die Deutschen wirklich so wohldiszipliniert, daß hier
möglich wurde, was kein anderer Staat mehr zu tun wagte, daß man das Gold frei zirkulieren
lassen konnte? Viele Fragen, auf die keiner der fremden Banksachverständigen eine Antwort
zu geben wußte.

Ein Monat war darüber ins Land gegangen, als die Vereinigten Staaten vertraulich mit den europäischen und südamerikanischen Regierungen in Fühlung traten, um in allen diesen Staaten,
dem Beispiel Deutschlands und der USA folgend, zur echten Goldwährung zurückzukehren.
Die notwendigen Beträge in Gold sollten als Anleihen zur Verfügung gestellt werden.

Zur gleichen Zeit geriet aber die Weltwirtschaft durch neue Verfügungen der deutschen Regierung in Erregung. Mit einem Schlage wurden alle Beschränkungen des internationalen Zahlungs- und Handelsverkehrs, die man in den schlimmen Jahren der Wirtschaftsschrumpfung
anordnen mußte, aufgehoben. Unbehindert durfte jedermann wieder fremde Devisen kaufen
und verkaufen. Gleichlautend fiel das Urteil über die neuen Maßnahmen an allen großen Bank-
 und Börsenplätzen der Welt aus: ›Die Regierung der Deutschen ist wahnsinnig geworden‹,
hieß es kurz und bündig überall. Während die Leiter der fremden großen Geldinstitute sich
ihre Köpfe noch über die Beweggründe dieser Maßnahmen zerbrachen, war das internationale
Schiebertum sofort sehr mobil geworden.

An der Grenze mußten die Fernzüge ihren Aufenthalt verdoppeln, weil es nicht mehr möglich
war, die Fremden in der vorgesehenen Zeit abzufertigen. In hellen Haufen kamen sie von Osten
und Westen her. Viele Hunderte brachte jedes Schiff, das in Hamburg oder Bremen anlegte,
von Übersee mit.

Zu neunzig Prozent waren es wenig erfreuliche Zeitgenossen, deren Geschäfte gewöhnlich
das Licht zu scheuen hatten. Seit Jahren lebten die meisten von den Gewinnmöglichkeiten,
welche die Devisenvorschriften aller Staaten denjenigen boten, die sich über das Gesetz hinwegzusetzen verstanden. Ganz legal konnten sie jetzt in Deutschland die fremden Noten, die
sie mit List und Tücke aus dem eigenen Lande herausgebracht hatten, an jedem Bankschalter
gegen klingendes Gold einwechseln, konnten frei und ungehindert mit dem so heiß begehrten
gelben, Metall heimfahren. Sowie sie ihre Devisen eingewechselt hatten, waren sie bestrebt,
die Beute in Sicherheit zu bringen, das Gold im eigenen Lande mit Gewinn abzusetzen und
schnell einen neuen Fischzug zu unternehmen.

Die Gefährlichkeit ihres Geschäftes begann erst außerhalb der deutschen Grenzen, denn dort
gab es ja noch allerlei Vorschriften, die das Goldhamstern, ja sogar den Besitz weniger Goldstücke unter schwere Strafen stellten. Aber das schien den Schiebern gerade recht. Hier waren

sie in ihrem eigentlichen Element denn eben diese Vorschriften gaben ihnen ja die Möglichkeit, das Gold mit hohem Aufgeld an ängstliche Sparer des eigenen Landes abzusetzen.

Bis auf das Tüpfelchen genau traf alles so ein, wie es das Konsortium in New York vorausgesehen hatte. Kratergold im Werte von fünf Milliarden war drei Monate später verschwunden, aber in keinem Ausweis der großen ausländischen Banken kam es zum Vorschein. Spurlos war es in Millionen von Sparstrümpfen und privaten Safes versickert.

Die Deutsche Staatsbank konnte dafür auf einem Geheimkonto den Betrag von fünf Milliarden in fremden Devisen verbuchen und besaß damit die Möglichkeit, im Sinne der Abmachungen mit Professor Eggerth regulierend in die Weltwirtschaft einzugreifen. Manche fremde Währung wäre schwer erschüttert worden, wenn sie diese auswärtigen Zahlungsmittel etwa in Mengen auf die ausländischen Märkte geworfen hätte. Aber etwas Derartiges lag nicht in der Absicht des Konsortiums. Im Gegenteil: Ihr großzügiger Plan ging dahin, mit jenem gewaltigen Goldreichtum, den ein glückliches Geschick den Eggerth-Reading-Werken in den Schoß geworfen hatte, zunächst die europäische Wirtschaft und im Anschluß daran die Weltwirtschaft zu neuer Blüte zu bringen.

Minister Schröter notierte sich sorgfältig die Zahlen, die Professor Eggerth während des langen Gespräches nannte. Bei den letzten Ziffern ließ er den Bleistift sinken.

»Zwanzigtausend Tonnen Nickel werden Ihre Werke in Kanada kaufen? Wird das möglich sein, Herr Professor, ohne unerwünschtes Aufsehen zu erregen? Zwanzigtausend Tonnen – es ist meines Wissens die halbe Jahresproduktion Kanadas.«

»Macht nichts, Herr Minister. Infolge der allgemeinen Absatzkrise lagert in Kanada noch aus früheren Jahren her ein Vorrat von mehr als fünfzigtausend Tonnen. Die Leute werden heilfroh sein, wenn sie zwanzigtausend loswerden, und für unsere kanadischen Devisen ist es die beste Anwendung.«

»Gut, ich empfehle aber, Ihre amerikanischen Vertreter telegrafisch anzuweisen, mit der nötigen Vorsicht den Kauf zu tätigen, um ein ungesundes Emporschnellen des Nickelpreises zu verhüten. Aber...« Kopfschüttelnd beugte sich der Minister wieder über seinen Schreibblock.

»Haben Sie irgendwelche Bedenken oder Zweifel?« fragte der Professor.

»Offen gesagt, Herr Professor, ich wundere mich.«

»Darf ich fragen, worüber, Herr Minister?«

»Über die Tatsache, daß Sie das Nickel in Kanada kaufen, während Sie es doch ebenso gut aus dem Kratererz gewinnen könnten.«

»Aber nicht ebenso vorteilhaft, Herr Minister, das ist der Unterschied.

Aus dem Kratererz können wir mit genau den gleichen Unkosten und der gleichen Mühe ebenso gut ein Kilogramm Gold wie ein Kilogramm Nickel herausziehen, und für ein Kilogramm Gold bekommen wir auf dem internationalen Metallmarkt, wie Ihnen bekannt sein dürfte, fünfhundert Kilogramm Nickel. Wir kommen also fünfhundertmal besser weg, wenn wir in Kanada kaufen und unser Meteoritennickel liegenlassen, wo es liegt.«

»Sie haben recht, Herr Professor! Meine Frage war unüberlegt. Aber ich glaube doch, daß der Kauf einer solchen Menge durch Ihr Werk zu allerlei Erörterungen und Mutmaßungen Anlaß geben wird. Man weiß schließlich draußen in der Welt, daß die Eggerth-Reading-Werke vorwiegend Leichtmetall verarbeiten.«

Der Professor griff in seine Mappe und schob dem Minister eine kurze Notiz hin. Der überflog sie und konnte sich eines Lächelns nicht erwehren.

»Sehr gut, was man doch alles so en passant von Ihnen vorgeschlagen erhält.«

Auch Professor Eggerth lachte.

»Ja, mein verehrter Herr Minister, ich hoffe, daß die Münzanstalt in Berlin mit den Eggerth-Reading-Werken über eine große Lieferung von Nickelblechen für die Ausprägung vonScheidemünzen verhandeln wird. Übermorgen kann Ihr Kabinett Genaueres darüber beschließen, da es sich ja um die neuen Nickelstücke im Gesamtwert von hundert Millionen Mark handelt Hundert Millionen Mark, das entspricht gerade 20 000 Tonnen. Das Konsortium beabsichtigt – ich möchte das nebenbei bemerken –, in Zukunft auch die Scheidemünzen in der ganzen Welt als vollwertiges ehrliches Geld auszuprägen, bei dem der wirkliche Wert ebenso wie bei den Goldmünzen dem Nennbetrag entspricht. Sie sehen jedenfalls, daß der Nickelkauf auf diese Weise so erklärt wird, daß kein vernünftiger Mensch im In- und Ausland etwas dabei finden kann. Ich gebe Ihnen hier ein Memorandum über eine Reihe ähnlicher Käufe, die unser Konsortium im Zuge der gemeinsamen Aktion noch empfiehlt.«

Der Professor verabschiedete sich, um auf schnellstem Weg nach Walkenfeld zurückzukehren. Er blieb nicht der einzige Industrielle, der in diesen Tagen vom Finanzminister empfangen wurde. Die Führer der großen Elektrokonzerne wurden ebenso wie die führenden Männer der Textilindustrie in das Finanzministerium gebeten und hatten mit dem Minister ähnliche Unterredungen wie Professor Eggerth, nur daß sie ihre klaren Weisungen vom Minister erhielten. Sie bekamen Kaufordern auf Kupfer, Kautschuk und ausländische Faserstoffe, daß sie vor der Höhe der dazu erforderlichen Beträge erschraken. Aber ihre Bedenken und Einwände wußte der Minister mit wenigen Worten zu zerstreuen. Es war stets die gleiche Antwort, die sie von ihm erhielten:

»Kaufen Sie, Herr Direktor. Die Staatsbank stellt Ihnen die erforderlichen Devisen zur Verfügung, und der Staat übernimmt die Ware von Ihnen. Ihre Firma wird durch die Transaktion nicht belastet.«

Im übrigen waren auch für diese Käufe in jedem Falle Zeitungsartikel und Handelsnotizen vorbereitet, welche sie unverfänglich erscheinen ließen. Zielbewußt führte die Regierung den Plan durch, sich mit Hilfe ihres Devisenschatzes genügend mit all denjenigen Rohstoffen zu versorgen, die das Land selbst nicht hervorzubringen vermochte, in erster Linie, um der einheimischen Industrie wieder volle Beweglichkeit und Arbeitsmöglichkeit zu verschaffen. Darüber hinaus aber führte dieses Vorgehen, wie die kommenden Monate zeigen sollten, zu einer Wiederankurbelung des internationalen Handelsverkehrs, zumal die übrigen europäischen Regierungen auf die Anregung der Vereinigten Staaten hin und mit deren Unterstützung die gleichen Maßnahmen durchführten. Es erwies sich bald, daß das kühne Experiment des Konsortiums geglückt war, daß die Weltwirtschaft, die so lange krank daniedergelegen hatte, durch die Injektion der Goldmilliarden wieder zu Kräften kam und aufzuleben begann.

Tief stand die Sonne in der Antarktis. Wie ein roter Kupferball kroch sie in vierundzwanzig Stunden einmal um den Horizont herum. Nur noch wenige Tage und sie würde unter ihn hinabsinken, eine neue Polarnacht würde beginnen, die dritte würde es für die Expedition sein.

Im letzten Schein des schwindenden Tages bewegten sich die drei Raupenwagen von Süden her über das endlose Schneefeld auf die Station zu. Am Abend des 5. April langten sie bei ihr an. Nach langen Wochen saßen alle Mitglieder der Expedition endlich wieder einmal beim gemeinsamen Mahl in dem großen Raum des Stationshauses zusammen. Schon während der letzten Stunden der Fahrt hatte ein Schneetreiben eingesetzt. In pfeifenden Stößen fuhr der Sturm jetzt um das Stationshaus und trieb die immer dichter fallenden Schneemassen gegen die Fenster.

»Der antarktische Winter meldet sich an«, meinte der lange Dr. Schmidt, stand auf und drehte die elektrische Heizung stärker an. Wille schob seinen Teller zurück und verschränkte die Arme über der Brust.

»In Deutschland wird es jetzt Frühling, Herr Schmidt. An der Bergstraße blühen schon die Obstbäume.«

Dr. Schmidt kniff die Lippen zusammen und schüttelte den Kopf, als ob er eine Erinnerung verscheuchen wollte. Wille sprach weiter.

»In der Heimat springen jetzt die Knospen an allen Zweigen…grüne Blätter…Frühlingslaub…Ich habe Sehnsucht danach.«

Es war, als hätte Dr. Wille den andern damit ein Stichwort gegeben. Während draußen die Dunkelheit anbrach und der Schneesturm zum Orkan anwuchs, rückten sie näher zusammen, begannen durcheinanderzureden und vom Frühling in der Heimat zu erzählen. Von den alten

Weidenbäumen im friesischen Marschland sprach Lorenzen. Von den Buchen des Thüringer Waldes hub Hagemann an zu schwärmen.

»Ich möchte mal wieder durch den Tiergarten in Berlin gehen, wenn Rhododendron und Faulbaum blühen«, warf Rudi dazwischen.

»Und Sie, Herr Dr. Schmidt, haben Sie keinen Wunsch?« fragte Wille. Der kaute und schluckte eine Weile an irgend etwas nicht Vorhandenem, ehe er sich zur Antwort bereit fand.

»Ich möchte mal wieder gern im Frühling durch das Fuldatal bei Kassel wandern, aber...« Er machte eine kurze abwehrende Bewegung. »Das kommt natürlich gar nicht in Frage. Meine Arbeiten hier sind noch nicht abgeschlossen, den nächsten Frühling vielleicht, diesen noch nicht.«

Wille betrachtete seinen alten Mitarbeiter kopfschüttelnd.

»Alle Achtung vor Ihrem Pflichteifer, Herr Kollege, aber einen kleinen Erholungsurlaub sollten Sie sich nach dreißig Monaten in der Antarktis auch einmal gönnen. Sie haben ihn zumindest ebensosehr verdient wie die andern hier.«

Abweisend schüttelte Schmidt den Kopf. »Erst wenn ich meine Arbeiten abgeschlossen habe, vorher auf keinen Fall.«

Auf die übrigen wirkte das Wort ›Erholungsurlaub‹ wie ein elektrischer Funke. Hatte Wille es mit einer bestimmten Absicht gesagt, steckte etwas Positives dahinter? Mit wehmütigen Gefühlen hatten sie die Sonne versinken sehen. Der Gedanke, zum drittenmal hier die lange Polarnacht durchzumachen, wirkte auf alle, mit Ausnahme des langen Schmidt, niederdrükkend, doppelt niederdrückend jetzt, da sie des Frühlings gedachten, der eben in der Heimat seinen Einzug hielt.

Mit stillem Vergnügen beobachtete Wille die Wirkung seiner Worte auf die um den Tisch Versammelten, während er einen Brief aus der Brusttasche zog. Der Adler auf dem Umschlag und die blaue Verschlußoblate ließen schon von weitem erkennen, daß es ein amtliches Schreiben war, offenbar aus einem Ministerium an Wille gerichtet. Mit behaglicher Langsamkeit entfaltete er das Schriftstück und putzte sich umständlich die Brillengläser, während seine Leute ihn verwundert anschauten, neugierig, was jetzt wohl kommen mochte.

»Ja also, meine Herren«, begann er endlich, »wir haben eben In gemeinschaftlicher Beratung festgestellt, daß jetzt zu Hause der Frühling beginnt...« Er machte eine kleine Kunstpause. Dann fuhr er fort:

»Das Ministerium erteilt deshalb uns allen, die wir hier zusammensitzen, Urlaub bis zum 15. Oktober...bei voller Gehaltszahlung natürlich. Morgen bringt ›St 11‹ die Ablösung und nimmt uns in die Heimat mit.«

Eine Sekunde herrschte nach Dr. Willes Worten Todesstille im Raum. Dann brach der Jubel los. Die Männer sprangen auf, sie fielen sich in die Arme und tanzten schließlich einen wilden Indianertanz um den Tisch herum.

Eine Weile ließ sie Wille gewähren, dann schrie er dazwischen. »Ruhe, Herrschaften! Genug von dem Radau! In acht Stunden ist ›St 11‹ hier. Kümmern Sie sich um Ihre Sachen. Es muß alles gepackt sein, wenn das Schiff kommt.«

Im Augenblick wirbelten sie aus dem Raum hinaus, jeder eifrig darauf bedacht, die Anordnungen des Chefs zu befolgen. Nur Schmidt blieb zurück.

»Nun, Herr Kollege«, fragte Wille, »wollen Sie nicht auch Ihre Vorbereitungen treffen?«

Der lange Schmidt schüttelte den Kopf. »Nein, Herr Wille, ich ziehe es vor, hierzubleiben. Erstens meiner Arbeiten wegen und zweitens...Es muß jemand hierbleiben, der die Herren Bolton und Garrison gebührend empfängt, wenn sie uns doch ins Gehege laufen sollten.«

Alle Versuche, ihn umzustimmen, waren vergeblich. Unerschütterlich blieb er bei seinem Vorsatz.

Die Sonne war verschwunden, unter den Horizont gesunken. Dafür stand der Mond jetzt hoch am Himmel. Langsam zog seine volle Scheibe in vierundzwanzig Stunden einen weiten Kreis und übergoß das verschneite Gefilde mit mattem Silberlicht. Das Unwetter hatte sich ausgetobt, auf das Schneetreiben waren Windstille und schneidender Frost gefolgt.

Auf dem Hof waren Hagemann und Lorenzen damit beschäftigt, durch die Schneemassen einen Weg zu den im Freien aufgebauten Instrumenten hin zu schaufeln. Plötzlich warf Hagemann die Schaufel beiseite.

»Hörst du, Jens, da kommt die ›St 11‹. Soll mein Nachfolger hier weiterschippen, ich streike.«

»Hast recht, Karl. Aber wer weiß, vielleicht will der Alte noch mal zu seinen Apparaten, ehe wir von hier abhauen. Dann raucht's am Ende, wenn er durch den Schnee...«

Die letzten Worte von Lorenzen gingen im Motorgeräusch verloren. An seiner Hubschraube hing ›St 11‹ über dem Hof und ließ sich langsam nieder; und dann mußten Hagemann und Lorenzen doch noch einmal zu ihren Schaufeln greifen und den Weg bis an das Stratosphärenschiff frei machen.

›St 11‹ kam von der Kraterstation, wo das Schiff die übliche Goldladung an Bord genommen hatte. Als erster stieg Reute über die Aluminiumtreppe hinab, begleitet von Berkoff und Hein Eggerth. Dr. Wille empfing sie am Fuß der Treppe und geleitete sie und fünf weitere Personen, die ihnen folgten, nach dem Hause hin.

»Ich bringe Ihnen die Ablösung, Herr Kollege«, sagte Reute. »Sie alle haben einen Urlaub redlich verdient.«

Während sie auf das Haus zuschritten, unterrichtete Dr. Wille den Ministerialdirektor von der Absicht Schmidts, hierzubleiben. Verwundert schüttelte Reute den Kopf.

»Ein sonderbarer Heiliger, dieser lange Doktor. Aber wenn ich es so recht bedenke, wer weiß, zu was es gut ist? Mag er in Gottes Namen hierbleiben, um so besser und schneller werden sich die andern einarbeiten können.«

Die nächsten Stunden waren der Übergabe der Geschäfte an die neue Besatzung der Station gewidmet, und es ging wirklich alles viel glatter und schneller, weil Dr. Schmidt in der Antarktis zurückblieb.

Dann noch ein letztes Winken und Grüßen. Hermetisch schlossen sich die Türen von ›St 11‹. Das Schiff stieg wieder auf, schraubte sich in die Höhe und stürmte in Südwestrichtung davon. Eine Stunde und noch eine Stunde raste es über endlose mondbeschienene Eisöde. Dann war über Enderby-Land bei Kap Anne die Küste des sechsten Kontinents erreicht. Die Sonne kam wieder, dunstig blau wogte in ihrem Licht tief unter dem Schiff die See.

In ihrer Steuerbordkabine preßten Lorenzen und Hagemann die Nasen gegen das Fenster. Blaues Meer, offenes, Wasser... Sie konnten sich nicht satt daran sehen. Wie lange hatten sie den Anblick entbehren müssen. Noch trieben Eismassen auf dem Ozean, aber immer seltener wurden sie, je weiter das Schiff kam.

Inseln tauchten auf und verschwanden wieder, und dann kam die afrikanische Küste in Sicht. Wie aus einer Spielzeugschachtel aufgebaut zog Kapstadt unter dem Flugschiff dahin und versank im Süden. Von Stunde zu Stunde veränderte sich das Bild. Erst sandige Wüsten, undurchdringliche Urwälder danach, durch die der Kongostrom sein schimmerndes Band zog.

Dann geschah es, daß Hagemann in eine Koje sank und Lorenzen in die andere, und ehe sie sich's versahen, lagen beide in festem Schlaf. Seit vierundzwanzig Stunden waren sie nicht aus ihren Kleidern gekommen, und unerbittlich forderte die Natur nun ihr Recht. Sie schliefen, während ›St 11‹ über die Libysche Wüste dahinjagte. Sie sahen nichts vom Mittelmeer und auch nichts von den Alpen.

Eine Hand legte sich auf Hagemanns Schulter, rüttelte und schüttelte so lange an ihm, bis er endlich die Augen rieb. Die Stimme Berkoffs drang an sein Ohr.

»He, Hagemann, altes Faultier, jetzt wird nicht mehr weitergedacht. Wir sind gleich zu Hause. Kommen Sie 'rüber in den Salon, das Essen steht auf dem Tisch.«

Während Hagemann sich langsam aufrappelte, wandte Berkoff sich zu der andern Koje. Nach dem Geräusch zu schließen, war Jens Lorenzen eben dabei, einen kräftigen Ast abzusägen. Allzu verlockend hing sein Achterteil über den Kojenrand, Berkoff konnte nicht widerstehen. Seine Hand knallte darauf, dann war auch Lorenzen unter Fluchen und Brummen munter und folgte den beiden andern in den Salon.

Die Sonne stand bereits tief im Westen, als sie den Raum betraten. In knapp vierzehn Stunden hatte ›St 11‹ den langen Weg von der Antarktis nach Deutschland hinter sich gebracht. Es blieb ihnen eben noch Zeit, in Ruhe zu Abend zu essen. Dann tauchten die Lichter Berlins auf. Aus der Stratosphäre stieß das Schiff nach unten und ließ sich langsam auf den Flughafen hinab.

Noch im Schiff schüttelte Dr. Wille Hagemann und Lorenzen die Hand zum Abschied, rief ihnen, während sie schon ins Freie stürmten, noch nach:

»Am 14. Oktober, zehn Uhr morgens, pünktlich hier auf dem Flughafen.« Die beiden mußten sich beeilen, um noch die Abendzüge zur Weiterreise in ihre Heimatorte zu erreichen. Zusammen mit Rudi fuhr Wille danach im Wagen Reutes in die Stadt, um vorläufig in einem Hotel Wohnung zu nehmen. Er war fremd hier geworden, während der langen Jahre, die er im fernen Süden in der Antarktis seiner Wissenschaft geopfert hatte.

11

Über den Verbleib der Andrewschen Expedition drangen seit jenem Novembertage, an dem ›St 11‹ ihr die glänzenden Brokken über den Weg streute, nur spärliche Nachrichten in die Öffentlichkeit. Aus Funksprüchen, die häufiger von dem Sender des antarktischen Instituts als von der Expedition selber kamen, wußte man wenigstens, daß sie nicht verschollen war, sondern sich unter 75 Grad südlicher Breite langsam in westlicher Richtung durch Viktoria-Land bewegte.

Schweigend hatte sich Captain Andrew in das Unabänderliche gefügt. Er ließ Bolton und Garrison, die er für unheilbare Narren hielt, ihrer Leidenschaft frönen und wartete geduldig auf den Tag, an dem sie unter den Anstrengungen und Strapazen ihrer gegenwärtigen Tätigkeit zusammenbrechen mußten. Seine Geduld wurde auf eine harte Probe gestellt. Sechs lange Wochen hindurch hielten Bolton und Garrison sich mit Gewalt aufrecht und arbeiteten in zäher Verbissenheit schwerer als die Lastträger in irgendeinem Hafen. Unermüdlich sammelten sie die Erzbrocken auf dem weiten Schneefeld und schleppten sie zu Stapeln zusammen.

Den fünfzigsten Stapel hatten sie gesetzt, da kam bei Garrison der Zusammenbruch. Als ihn Bolton aus unruhigem, fiebrigem Schlaf weckte, vermochte er sich nicht mehr von seinem Lager zu erheben. Apathisch blieb er liegen, soviel Bolton auch tobte und wetterte. Fluchend gab er es schließlich auf und verließ in übler Laune den Wagen, um allein an die schwere Arbeit zu gehen.

Jetzt hielt Captain Andrew es an der Zeit, einzugreifen. Im Verlauf seiner früheren Expeditionen hatte er gewisse ärztliche Erfahrungen gesammelt, die ihm nun bei einer gründlichen Untersuchung Garrisons zugute kamen. Das Ergebnis übertraf seine Befürchtungen.

Unter seiner sachkundigen Behandlung besserte sich Garrisons Zustand im Laufe der nächsten Stunden zusehends. Er vermochte seine Glieder wieder zu bewegen und betrachtete verwundert seine Hände, die in dicken Verbänden mit Frostsalbe steckten.

»Bleiben Sie ganz ruhig liegen, Mr. Garrison«, befahl Andrew, als er versuchte, sich in seinem Bett aufzurichten.

»Ich muß raus, Captain, muß Bolton helfen, das Erz einzusammeln. Jede Stunde ist kostbar.« Andrew drückte ihn auf das Kissen zurück.

»Damit ist es vorläufig vorbei. Wenn ich Sie über den Berg bringen soll, brauchen Sie für die nächsten Wochen absolute Ruhe und größte Schonung.«

»Aber ich muß, Captain! Was wird Bolton sagen, wenn ich ihm nicht weiter helfe?«

Andrew zuckte die Schultern. Er erkannte, daß hier nur brutale Offenheit helfen konnte.

»Mr. Bolton kann sich höchstens an Ihrem Begräbnis beteiligen, wenn Sie jetzt ungehorsam sind und gegen meine Verordnungen handeln. Ein Begräbnis in der Antarktis, Mr. Garrison.«

Die Worte Andrews verfehlten ihre Wirkung auf den Kranken nicht. Zum erstenmal seit Wochen versuchte er wieder nüchtern zu denken. In der ruhigen, objektiven Art, die Andrew von früher her an ihm kannte, begann er Fragen über seinen Zustand zu stellen.

»Ihr Zustand ist derartig, daß Sie Ihrem Schöpfer danken müssen, wenn die Herzschwäche in den nächsten Tagen nachläßt«, erwiderte Andrew. »Ob wir ohne Amputation einiger Finger und Zehen auskommen werden, ist im Augenblick noch zweifelhaft. Ich sage Ihnen nochmals: unbedingte Ruhe für die nächste Zeit. Mit Mr. Bolton werde ich selber ein ernstes Wort reden.«

Das Wort wurde gesprochen, als Bolton nach dreistündiger Abwesenheit zu dem Wagen zurückkam, aufgeregt, polternd und fluchend, daß Garrison immer noch schlappmache.

Bolton hatte sich ein großes Weinglas bis an den Rand voll Whisky gegossen und wollte es eben zum Munde führen, als die Rechte Andrews sein Handgelenk umklammerte und ihn zwang, das Glas wieder niederzusetzen.

»Einen Augenblick, Mr. Bolton. Ich möchte erst einmal Ihr Herz untersuchen.«

Vergeblich mühte sich Bolton, seine Hand loszumachen. Der körperlichen Kraft Andrews war er nicht gewachsen. Wie ein Kind zog ihn der hinter sich her in den Nebenraum. Ehe er sich's versah, lag er dort auf einem Ruhelager. Mit der Rechten drückte der Captain ihn nieder, mit der Linken öffnete er Rock und Weste und legte ihm die Brust frei. Hatte dann plötzlich ein Stethoskop in der Hand und begann die linke Seite des Liegenden abzuhorchen.

Bolton gab den Widerstand auf. Jetzt, da er hier ausgestreckt und entspannt auf dem Polster lag, spürte er erst richtig, wie miserabel ihm eigentlich zumute war. Neugierig verfolgte er die Untersuchung, die Andrew mit ihm anstellte. Der behorchte und beklopfte ihn von allen Seiten, schob dann das Stethoskop zusammen und steckte es in die Tasche. Ohne ein Wort zu sagen, betrachtete er seinen Patienten lange mit nachdenklichem Ernst, wiegte dabei den Kopf kaum merklich. Bolton wurde sein Schweigen schließlich unheimlich. Er konnte nicht länger an sich halten und brach los.

»Reden Sie doch, Captain Andrew! Haben Sie was entdeckt?«

Die wiegende Bewegung von Andrews Haupt wurde stärker. »Ich habe mir sagen lassen, Mr. Bolton, daß ein Herzschlag der schönste Tod sein soll.«

Bolton starrte ihn mit aufgerissenen Augen an.

»Was sprechen Sie von Herzschlag? Wie kommen Sie darauf?«

»Sie riskieren jedesmal einen hübschen kleinen Herzschlag, Mr. Bolton, wenn Sie von Ihrer irrsinnigen Arbeit erschöpft hierherkommen und sich mit einer Mordsdosis Alkohol zu neuen Anstrengungen aufpeitschen.

Ihr Freund Garrison ist körperlich zusammengebrochen, es wird langer Zeit bedürfen, um ihn wieder auf die Beine zu bringen. Sie sind der Robustere. Sie können das Spiel noch ein Weilchen weitertreiben, aber lange auch nicht mehr, das sage ich Ihnen aus voller Überzeugung. Jeden Augenblick kann Ihr Schicksal Sie ereilen, wenn Sie so unsinnig weiterleben.«

Die rote Gesichtsfarbe Boltons war einer fahlen Blässe gewichen. Alt und verfallen sah er plötzlich aus, wie er jetzt dasaß und erschrocken zu Andrew hinaufschaute.

Der spürte Mitleid mit ihm. »Ich habe Ihnen ebenso offen wie vorher Garrison meine Meinung gesagt. Es steht ganz bei Ihnen, ob Sie hier zugrunde gehen oder wieder gesunden wollen.«

»Sie glauben, Captain, das wäre möglich?«

»Unbedingt, Bolton. Wenn Sie sich jetzt strikt meinen Anordnungen fügen, können Sie noch hundert Jahre alt werden. Sie haben, mit Respekt zu sagen, eine Ochsennatur. Die Aussicht auf eine völlige Wiederherstellung ist bei Ihnen größer als bei Garrison, aber folgsam müssen Sie sein. Kommen Sie jetzt mit hinüber, wir wollen zusammen essen. Danach müssen Sie sich dann ein paar Stunden aufs Ohr legen.«

Das Mahl begann schweigsam. Die Blicke Boltons gingen zwischen dem leeren Platz Garrisons und dem vollen Whiskyglas hin und her. Andrew nahm das Glas, goß seinen halben Inhalt zurück und schob es Bolton hin.

»Eine kleine Herzstärkung muß ich Ihnen schon erlauben, weil Sie nun einmal daran gewöhnt sind. Aber mit Maßen, alter Freund, sonst… Sie wissen, was Ihnen passieren könnte.«

Bolton trank und fühlte sich danach wohler. Langsam kehrten seine Gedanken zu dem zurück, was ihn diese letzten Wochen so sehr beschäftigt hatte, und schließlich hielt er es nicht mehr aus, er mußte davon zu Andrew sprechen.

»Das Erz, Captain Andrew, das kostbare Erz… Ich möchte sagen, der Himmel hat's uns auf unsern Weg gestreut. Sollen wir es denn wirklich liegenlassen?«

»Ich will Ihnen mal etwas sagen«, unterbrach ihn Andrew. »Nach meinen Beobachtungen haben Sie bisher rund fünfzig Erzhaufen zusammengeschleppt. Das Gewicht jedes einzelnen davon taxiere ich auf etwa zwei bis drei Tonnen. Macht zusammen hundert bis hundertfünfzig Tonnen. In Frisco erzählten Sie mir, daß allerlei Edelmetall in dem Zeug stecken soll. Da müßten doch hundert Tonnen schon einen recht annehmbaren Wert haben.«

»Aber es liegt ja noch viel mehr da, Captain. Hunderte, vielleicht Tausende von Tonnen. Soweit man sehen kann, ist das Land damit besät.«

»Stop, Bolton! Wir sprechen hier nur von dem, was Sie bereits zusammengelesen haben. Wie hoch schätzen Sie den Wert davon?«

Während Andrew es sagte, griff er nach Bleistift und Papier. Bolton schwieg und überlegte. Bisher hatten Garrison und er es vermieden, Andrew irgendwelche genaueren Angaben über den wirklichen Gehalt der früher von ihnen analysierten Proben zu machen. Sollte er das Geheimnis jetzt preisgeben, um dadurch den Captain vielleicht für ein weiteres Einsammeln zu interessieren? Zögernd begann er zu sprechen.

»Es könnte recht wohl sein, daß bis zu zehn Prozent Gold in dem Erz stecken...«

Der Bleistift in Andrews Hand glitt über das Papier.

»Zehn Prozent von hundert Tonnen sind zehn Tonnen oder zehntausend Kilogramm, Mr. Bolton. Zehntausend Kilogramm Gold – der Marktpreis für das Gold beträgt meines Wissens sechshundert Dollar –, das wären ja sechs Millionen, die Sie bisher zusammengelesen haben. Ja, Mann Gottes, genügt Ihnen denn das immer noch nicht?«

»Wenn man tausend Tonnen hätte – wenigstens tausend Tonnen, Captain Andrew.«

»Würde man gar nicht wissen, wie man sie an den MacMurdo-Sund und ins Schiff bringen sollte. Schon die hundert oder meinetwegen hundertundfünfzig Tonnen werden uns allerlei Kopfschmerzen machen. Wenigstens fünf- bis sechsmal werden wir fahren müssen, um das Zeug an die Küste zu bringen. Es wäre heller Wahnsinn, wenn Sie mehr davon sammeln wollten.«

Notgedrungen fügte sich Bolton schließlich den Gründen Andrews. Er konnte sich ihnen nicht verschließen, aber das Herz blutete ihm bei dem Gedanken, daß so viel von dem kostbaren Erz in der Antarktis zurückbleiben sollte, und es erfüllte ihn mit Bitterkeit, daß vielleicht irgendein anderer kommen und diese Schätze heben könnte.

Die Möglichkeit dazu war nach den Nachrichten, welche die Funkstation der Expedition in den letzten Tagen aufgefangen hatte, zweifellos gegeben. In ihrem Taumel hatten sich bisher weder Garrison noch Bolton um diese Funksprüche gekümmert, jetzt benutzte Bolton die erzwungene Ruhe, um sie nachträglich zu lesen und ersah daraus mit Unbehagen, daß auch noch andere Leute ihr Glück in der Antarktis versuchen wollten. Nicht weniger als vier Expeditionen waren danach in Vorbereitung und sollten im nächsten Sommer nach dem sechsten Kontinent abgehen.

Ein wahrer Wettlauf nach der Antarktis schien plötzlich einzusetzen.

Andrew saß bei seinen Instrumenten, mit allerlei Messungen beschäftigt, als Bolton, die Depeschen in der Hand, zu ihm kam.

»Begreifen Sie das, Captain? Gleich vier Expeditionen auf einmal? Sind denn die Leute in den Staaten übergeschnappt?«

Schweigend schob ihm Andrew ein anderes Blatt hin. Es war ein neuer Funkspruch, erst vor wenigen Minuten aufgenommen. Bolton las ihn und fühlte seine Knie schwach werden. Schwerfällig ließ er sich auf den nächsten Stuhl nieder.

»Was heißt das, Andrew? Deutschland löst seine Banknoten wieder in Gold ein? Was soll das bedeuten?«

»Ich nehme an, Mr. Bolton, daß Deutschland in seiner neuen Kolonie in der Antarktis eine ergiebige Goldmine entdeckte, die ihm den Luxus erlaubt, wieder zur Goldwährung zurückzukehren.«

Eine geraume Weile blieb Bolton schwer atmend auf seinem Stuhl sitzen. Er brauchte Zeit, um diese Neuigkeiten zu verdauen. Andrew überließ ihn sich selber und widmete seine ganze Aufmerksamkeit einem neuen hochempfindlichen Bathometer, das die Schwerkraft bis auf Bruchteile eines Grammes genau registrierte.

»Es wäre nicht ausgeschlossen, daß hier Gold in größeren Mengen vorhanden ist«, sagte er mit einem Blick auf die von dem Meßinstrument gezeichneten Kurven, »aber es muß sehr tief liegen. Es dürfte kaum möglich sein, es zu erreich...«

Die Stimme Boltons fuhr dazwischen. »Höchste Zeit, Captain Andrew, daß wir unser Gold in Sicherheit bringen. Es muß in den Staaten längst auf dem Markt sein, bevor die andern hierherkommen. Wir müssen sofort alles an den Mac-Murdo-Sund schaffen und nach Frisco funken, damit die *City of Boston* rechtzeitig da ist.«

Im Staatlichen antarktischen Institut trug der lange Dr. Schmidt während der nächsten Tage und Wochen mit gewohnter Methodik und Sorgfalt die Peilmeldungen über die Andrewsche

Expedition in eine Karte ein. Er war eben wieder damit beschäftigt, als ein Stratosphärenschiff von der Kraterstation her ankam und kurz darauf Reute zu ihm ins Zimmer trat.

»Sie funkten mir, Kollege Schmidt, daß die Andrewsche Expedition in diesem Jahr unsere Kreise nicht mehr stören wird«, fragte er beim Hereinkommen.

Schmidt wies auf die Karte, die mit verschiedenfarbigen Linien bedeckt war. »Ich bin davon überzeugt, Herr Ministerialdirektor. Sie sind seit Wochen eifrig dabei, das gesammelte Erz nach dem Mac-Murdo-Sund zu schaffen. Augenblicklich bewegt sich die Expedition wieder landeinwärts, um neue Ladung zu fassen. Ich nehme an, daß sie ihre Beute noch in Sicherheit bringen wollen, bevor das Eis im Mac-Murdo-Sund zugeht.«

Aufmerksam betrachtete Reute die Karte, meinte dann: »Es wäre ja sehr erfreulich, wenn Sie recht hätten, Herr Doktor. Soviel ich über die beiden gehört habe, werden sie sich von ihrem Erz kaum trennen, sondern es mit sich nach Frisco nehmen. Ein Glück wär's, wenn wir sie hier wirklich loswürden. Captain Andrew ist reiner Wissenschaftler, ein durch und durch anständiger Kerl, der nichts mit Börsenmanövern zu tun hat, er wird uns nicht stören.«

Ganz so wie Schmidt die Dinge im Geiste sah, spielten sie sich nun in Wirklichkeit nicht ab. Der lange Schmidt wußte ja nichts von dem Zusammenbruch Garrisons und der Erkrankung Boltons. Noch immer hatte Garrison sorgsame Pflege nötig, und auch Bolton durfte sich nicht persönlich an dem Einladen der Erzstapel beteiligen. Das besorgten jetzt Parlett und Bowson gegen eine reichliche Extrabezahlung.

Jetzt waren sie zum vierten Male dabei, Ladung zu nehmen, und sie hatten Eile damit. Schon war die Sonne unter den Horizont gesunken, und die Dämmerung der aufkommenden Polarnacht begann einzusetzen. Nach den letzten Funksprüchen befand sich die *City of Boston* auf dem Wege zur Antarktis bereits in der Nähe des Polarkreises und meldete von dort neues Treibeis. Es kam alles darauf an, mit dem Rest der wertvollen Beute rechtzeitig die Küste zu erreichen und sich einzuschiffen, bevor die Eisverhältnisse noch schlechter würden.

Noch eine fünfte Fahrt etwa war bei der Knappheit der Zeit vollkommen ausgeschlossen. Das wußte auch Bolton sehr gut, und in seiner Goldgier ließ er sich zu einem Schritt hinreißen, der schwerwiegende Folgen nach sich ziehen sollte.

Um zwei Uhr morgens nach mitteleuropäischer Zeit fing der neue Funker, der jetzt an Lorenzens Stelle in der Willeschen Station seines Amtes waltete, einen Hilferuf der Andrewschen Expedition auf.

»Also doch!« war alles, was Dr. Schmidt über die Lippen brachte, als man ihm das Telegramm vorlegte. Die Amerikaner hatten in ihrer Sucht, möglichst viel von dem Erz mitzunehmen, den Wagen überladen, und der war unter der übermäßigen Belastung zusammengebrochen.

Während Dr. Schmidt diesen ersten Notruf noch studierte, kam der Funker bereits mit einem zweiten Telegramm, demzufolge die Lage noch ernster schien. Das Fahrzeug Andrews war im Begriff, einen ziemlich steilen Abhang hinaufzufahren, als in dem letzten Teil des Getriebes, der die Motorkraft auf die in der Raupenkette laufenden Räder übertrug, ein Bruch eintrat. Infolge der übertriebenen Belastung begann der Wagen, jetzt nicht mehr vom Motor gehalten, rückwärts zu Tal zu rollen. Alle Versuche, des Wagenführers, zu bremsen waren vergeblich. Schnell und immer schneller ging die Fahrt rückwärts, während das angebrochene Getriebe restlos zermalmt und zerstört wurde. Bei der Schnelligkeit, mit der sich alles abspielte, verlor der Fahrer in der Dunkelheit die letzte Gewalt über den mächtigen Tankwagen. Steuerlos raste das Fahrzeug einen Steilhang hinab und prallte schließlich in eine Eiskluft.

Im stillen bewunderte Dr. Schmidt die eiserne Ruhe Captain Andrews, der in solcher Lage noch eine genaue Ortsbestimmung gemacht hatte und in dem zweiten Funkspruch die Stelle des Unfalls auf Bogenminuten genau angab. Der Doktor zeichnete den Punkt auf derselben Karte ein, auf der er bereits die früheren Fahrten der Andrewschen Expedition markiert hatte, und maß die Entfernung bis zu ihrer Station ab. Es waren etwas mehr als siebenhundert Kilometer. Auch bei forcierter Fahrt würden die Raupenwagen viele Stunden brauchen, um dorthin zu gelangen.

Er überlegte noch, als der Funker wiederkam und um weitere Instruktionen bat.

»Fragen Sie erst bei Captain Andrew an, ob der Motor noch läuft und ob sie noch Licht und Wärme in ihrem Wagen haben. Wenn ja, kommen Sie mit der Antwort zu mir, wenn nein, nehmen Sie sofort Verbindung mit der Kraterstation auf und fragen Sie, ob ein Stratosphärenschiff abkömmlich ist.«

»Sehr wohl, Herr Ministerialrat«, sagte der Funker und verschwand wieder.

Seitdem der lange Doktor während Willes Urlaub das antarktische Institut zu leiten hatte, war er noch um ein beträchtliches Stück ministerialrätlicher geworden; in allen seinen Entscheidungen und Anweisungen kam das zum Ausdruck. Auch jetzt war seine Anordnung bei aller Knappheit zweifellos sachlich richtig.

Nur eins hatte er dabei übersehen und konnte es auch beim besten Willen nicht wissen. Den Umstand nämlich, daß ›St 11 h‹ mit Hein Eggerth und Berkoff als Piloten an Bord nach Ablieferung einer Ladung Treibstoff vor kurzem die Kraterstation verlassen hatte.

»Wollen doch mal hören, was der biedere Schmidt in seinem Bau treibt, vielleicht erwischen wir ein Lebenszeichen von ihm«, meinte Berkoff und stellte den Empfänger des Stratosphärenschiffes auf die Welle der Willeschen Station ein. Von Dr. Schmidt vernahm er zunächst nichts, aber er kam gerade noch zurecht, um den zweiten Notruf der Andrewschen Expedition aufzufangen, der auf dieser Wellenlänge von Andrews Funker gegeben wurde. Eilig notierte er die Ortsbestimmung.

»Was gibt's?« fragte Eggerth.

»Schöne Geschichte, Hein. Captain Andrew hat einen ›Breakdown‹. Sein Wagen steckt in einer Eiskluft. Er bittet Schmidt um schnelle Hilfe.«

Noch während er sprach, hatte Hein Eggerth ihm das Blatt aus der Hand genommen und verglich die Ortsbestimmung mit der Karte neben der automatischen Steuervorrichtung des Stratosphärenschiffes, die den jeweiligen Standort des Schiffes selbsttätig anzeigte. Berkoff hörte und schrieb inzwischen weiter, schüttelte den Kopf und brummte vor sich hin.

»Schlechte Aussicht für Captain Andrew. Im Augenblick ist kein anderes Schiff am Krater. Schmidts Wagen können vor morgen früh nicht an der Unfallstelle sein.«

»Aber wir, Georg! Wenn wir unseren Motoren etwas Kattun geben, können wir in einer guten Stunde da sein.«

Noch während er es sagte, griff Hein Eggerth in die Steuerung, das Schiff beschrieb einen Viertelkreis und jagte auf neuen Kurs der Stelle zu, an der Andrews Tankwagen vom Verhängnis ereilt worden war.

»Hein… hm, wie stellst du dir eigentlich unser Wiedersehen mit den Herren Garrison und Bolton vor? Ich fürchte, es wird dabei nicht ohne einige Auseinandersetzungen abgehen.«

»Ei, verdammt ja! Aber das hilft nun nichts, wir müssen Captain Andrew mit seiner Karre aus dem Dreck ziehen.«

»Müssen wir, Hein. Ist unsere Pflicht. Captain Andrew wird uns auch dankbar dafür sein. Aber ich fürchte sehr, daß Bolton und Garrison bei der Gelegenheit die alte Geschichte von der Robinson-Insel aufs Tapet bringen werden. Wie wollen wir uns da verteidigen?«

Die beiden Piloten überlegten hin und her, aber sie fanden keine rechte Antwort auf die schwierige Frage.

»Ah, bah«, meinte Berkoff schließlich und zündete sich eine Zigarette an. »Wir wollen die Dinge einfach an uns herankommen lassen. Vielleicht ist es am besten, wenn wir uns absolut dumm stellen – so tun, als ob die beiden die Geschichte von der Insel überhaupt nur geträumt haben. Wer weiß, in welchem Zustand wir sie vorfinden, vielleicht glauben sie's sogar am Ende selber.«

Schon während der letzten Worte hatte Berkoff wieder zum Bleistift gegriffen und notierte die Funksprüche mit, die zwischen Captain Andrew und der Willeschen Station hin und her flogen.

»Aha! Das ist es, Hein. Sie erwarten ihren Dampfer, die *City of Boston*, im Mac-Murdo-Sund, möchten ihn mit dem havarierten Wagen noch erreichen, bevor das Eis in der Bucht zugeht.«

Sie waren der Unfallstelle jetzt so nahe, daß genaue astronomische Ortsbestimmungen notwendig wurden, die Berkoff für die nächsten Minuten vollauf in Anspruch nahmen. Als er sie hatte, schob er sie Hein Eggerth hin, der danach den Kurs des Stratosphärenschiffes ein wenig änderte.

Es sah böse in dem Andrewschen Wagen aus, als er nach dem Unfall endlich zum Stillstand kam.

Motoren und Dynamomaschinen waren außer Betrieb. Glücklicherweise hatte die Akkumulatorenbatterie nicht gelitten, aber ihre Leistung war begrenzt. Es ließ sich auf die Minute voraussehen, wie lange sie noch Strom für die schwache Notbeleuchtung und die Funkanlage zu liefern vermochte. Längst bevor die deutschen Wagen hier sein konnten, mußte sie erschöpft sein. Ohne Licht und ohne Verständigungsmöglichkeiten mit der Außenwelt würden die Insassen des verunglückten Wagens dann allen Unbilden der Polarnacht preisgegeben sein.

Die waren verhältnismäßig glimpflich davongekommen, da sie sich schon während des Unfalles, während der Wagen führerlos schnell und immer schneller den Abhang hinunterraste, zu Boden geworfen hatten. So waren Captain Andrew und der Funker mit ein paar unbedeutenden Schrammen davongekommen. Der Wagenführer auf seinem Sitz und Garrison auf seinem Krankenlager waren von Anfang an so gesichert, daß ihnen kaum etwas passieren konnte. Nur Bolton war von dem letzten Sturz überrascht mit dem Kopf gegen einen Türpfosten geschleudert worden.

Sofort nach dem Unglück war Andrew an die Funkanlage geeilt. Er atmete auf, als er sie unversehrt fand und die Verbindung mit Dr. Willes Station aufnehmen konnte. Das Ergebnis war freilich wenig befriedigend. Vor vierundzwanzig Stunden konnte die Hilfe von dort nicht zur Stelle sein. Er übergab die Anlage danach wieder Bowson und ging in den Raum, in dem Garrison lag.

»Es hat keinen Zweck mehr, über geschehene Dinge zu sprechen, Mr. Garrison«, unterbrach er dessen Rede. »Es ist besser, wenn wir uns über unsere weiteren Maßnahmen klarzuwerden versuchen. Die Aussicht, die *City of Boston* noch rechtzeitig zu erreichen, ist natürlich zum Teufel. Sie dürfte schon jetzt im Mac-Murdo-Sund kreuzen und vergeblich auf uns warten.«

Bolton wollte mit allerlei Vorschlägen dazwischenfahren, aber Andrew hieß ihn schweigen.

»Ich kenne die Fahrzeuge von Dr. Wille nicht genauer, aber es ist mir mehr als zweifelhaft, ob sie stark genug sind, um unsern Wagen aus der Kluft herauszuziehen. Wir werden vielleicht gezwungen sein, ihn hier bis zum nächsten Frühjahr liegenzulassen und die Gastfreundschaft der Station in Anspruch zu nehmen.«

Da stürmte Bowson mit einem neuen Funkspruch herein. Andrew las ihn und sprang auf.

»Eine neue Wendung der Dinge! Ein Stratosphärenschiff der Eggerth-Reading-Werke kommt uns zu Hilfe. Nach dem Funkspruch ist es in nächster Nähe.«

Garrison und Bolton tauschten hinter dem Rücken Andrews einen vielsagenden Blick. Ein unheimliches Gefühl überkam beide im gleichen Moment. Konnten...durften sie sich diesem Schiff anvertrauen, um vielleicht wieder an einer weltverlorenen Stelle des Erdballs abgesetzt zu werden? Während ihre Gedanken noch durcheinanderwirbelten, drang plötzlich grelles Licht von außen in den Wagen und überstrahlte die schwache Notbeleuchtung. An seiner Hubschraube hing ›St 11 h‹ über der Kluft und leuchtete die Unfallstelle mit seinen starken Scheinwerfern ab. Jetzt hatten die Lichtkegel den Wagen erfaßt. Ein wenig weiter schob sich dag Schiff, bis es genau über ihm stand, und sank dabei langsam tiefer. Regungslos hing es dann in der Luft, kaum um eines Mandes Länge war sein Kiel noch von dem höchsten Punkt des Wagens entfernt.

Wie fasziniert starrten Andrew und Bolton durch die Wagenfenster. Blinkend im Licht der Scheinwerfer kam zu beiden Seiten etwas Massiges, Gelenkiges, Bewegliches hinab. Es klang, wie wenn Metall sich an Metall reibt, und ein leichtes Knistern ging durch die Wagenflanken. Dann brüllten die Düsenmotoren des Stratosphärenschiffes so gewaltig auf, daß sie jedes andere Geräusch übertönten.

Nur noch ein Beben spürten die Insassen des Raupenwagens und merkten, wie ihr Wagen aus einer schrägen wieder in die waagerechte Lage zurückkehrte, hatten dann die Empfindung, als ob er sich hob und emporschwebte.

Wenige Sekunden noch fiel das Licht der Scheinwerfer von außen her in den Raum, dann verschwand sie. Wie tiefe Dunkelheit kam Andrew und seinen Gefährten nach der blendenden Helligkeit das schwache Licht der Notbeleuchtung vor.

Noch einmal eine leichte Erschütterung des Wagens, während gleichzeitig ein mildes, gleichmäßigeres Licht von außen her durch die Fenster drang. Die Greifervorrichtungen hatten jetzt den Tankwagen in den Rumpf des Schiffes hineingezogen und auf den wiedergeschlossenen Boden abgesetzt.

Andrew eilte zur Tür. Sie klemmte. Erst mit Bowsons Hilfe und unter Anwendung von Werkzeugen gelang es, sie zu öffnen. Andrew stand im Türrahmen, ein Mann trat ihm entgegen.

»Captain Andrew, wenn ich nicht irre.«

Andrew vermochte nicht zu sprechen, nur stumm zu nicken.

»Mein Name ist Eggerth, Hein Eggerth, von den Eggerth-Reading-Werken in Bax City und Walkenfeld. Wir haben Ihren Wagen an Bord genommen. Wohin sollen wir Sie bringen?«

Während Andrew noch nach einer Antwort suchte, bemerkte er, daß Hein Eggerth plötzlich lebhaft zu der Wagentür hin winkte. Er wandte den Kopf zurück, hinter ihm stand Bolton und sah in diesem Augenblick weder schön noch geistreich aus.

Hein Eggerth trat einen Schritt näher und winkte ihm vergnügt zu.

»Hallo, Mr. Bolton! Auch mal wieder im Land? Freue mich, Sie gesund und munter anzutreffen. Was macht Mr. Garrison?«

Bolton schnappte nach Luft. An seiner Stelle antwortete Andrew. »Mr. Garrison geht's nicht gut. Er ist krank. Aber...« Andrew raffte sich zusammen und sprang aus dem Wagen. »Meinen aufrichtigsten Dank für Ihre tatkräftige Hilfe, Mr. Eggerth. Bei Gott, Sie kamen zur rechten Zeit. Darf ich Sie noch weiter in Anspruch nehmen?«

»Wir stehen ganz zu Ihrer Verfügung, Captain Andrew. Sie brauchen nur zu bestimmen, wohin Sie gebracht werden wollen.«

»Unser Schiff, die *City of Boston*, kreuzt im Mac-Murdo-Sund. Wenn es möglich wäre, Mr. Eggerth...«

»Es ist möglich, Captain Andrew, entschuldigen Sie mich einen Augenblick, ich will den Befehl in den Pilotenraum geben.«

Über eine schmale Aluminiumtreppe verschwand Hein Eggerth nach oben. Andrew wandte sich an Bolton.

»Sie machen ein merkwürdiges Gesicht, Bolton. Haben Sie etwas gegen diesen Mr. Eggerth?«

Einen Augenblick schluckte Bolton.

»Ich... etwas gegen Mr. Eggerth? Nein, Captain. Wie kommen Sie auf die Vermutung?«

»Um so besser, wenn ich mich geirrt habe; wir sind ihm zu großem Dank verpflichtet. Ich müßte es bedauern, wenn irgendein Mißklang dazwischenkäme.«

Die letzten Worte sagte Andrew in einem Ton, der jeden Widerspruch ausschloß.

Bolton war zu dem Entschluß gekommen, die Episode auf der Robinson-Insel als nicht geschehen zu behandeln, denn eine andere Sorge lag ihm augenblicklich viel näher.

Wenn dieses verteufelte Stratosphärenschiff sie mit ihrem Wagen kurzerhand draußen im Sund auf dem Deck der *City of Boston* absetzte, so war ihm das Erz, das er auf den drei vorangehenden Fahrten an die Küste geschafft hatte, vorläufig verloren – für immer verloren, wenn irgendein anderer ihm zuvorkam und es als herrenloses Gut an sich nahm.

Fieberhaft überlegte er, auf welche Weise er die ›St‹Besatzung dazu bringen könnte, auch diese Stapel auf den Dampfer zu schaffen. Während er noch hin und her überlegte, kam Hein Eggerth zurück, um Captain Andrew und ihn zu einem Imbiß in den Salon des Stratosphärenschiffes zu bitten.

Sie speisten nur zu dritt. Berkoff hatte es doch vorgezogen, die alte Bekanntschaft mit Mr. Bolton nicht zu erneuern, sondern lieber unsichtbar zu bleiben. Dafür nahm das Gespräch mit Hein Eggerth eine Wendung, die Bolton aufs höchste erfreute. Ganz von selbst kam Eggerth auf die noch am Ufer liegenden Vorräte der Expedition zu sprechen.

»Sie müssen sich mit der Tatsache abfinden«, sagte er, »daß das Eis im Sund bereits geschlossen ist. Nach den soeben mit der *City of Boston* gewechselten Funksprüchen kreuzt der Dampfer auf dem 74. Breitengrad an der Eisgrenze. Ein direkter Verkehr zwischen der Küste und Ihrem Schiff ist ausgeschlossen, es liegen etwa dreihundert Kilometer ungangbaren Packeises dazwischen. Ich nehme an, daß Sie dort noch mancherlei lagern haben, was Sie gern mit nach Amerika nehmen wollen. Wenn wir Sie abgesetzt haben, sind wir gern erbötig, zur Küste zurückzukehren und Ihnen alles, was Sie uns näher bezeichnen, auf die *City of Boston* nachzubringen.«

Captain Andrew schüttelte den Kopf.

»Dank, Mr. Eggerth. Wir wollen Ihre Güte nicht mißbrauchen. Unsere Treibstoff- und Lebensmitteldepots können bis zum nächsten Sommer dortbleiben, ich müßte sonst doch alles wieder dorthin bringen, wenn ich in sechs Monaten zurückkomme.«

Bolton saß wie auf glühenden Kohlen. Er wollte losplatzen, als Hein Eggerth von sich aus auf das Thema zu sprechen kam, das seinem Gegenüber so am Herzen lag.

»Sie haben recht, Captain Andrew, Ihre Vorräte lassen Sie am besten an der Küste. Aber meines Wissens haben die beiden andern Herren im Verfolg ihrer geologischen Untersuchungen verschiedenes Material gesammelt, das sie vielleicht doch lieber gleich mitnehmen möchten.«

»So ist es, Mr. Eggerth!« rief Bolton. »Garrison und ich haben allerlei Erz- und Steinproben gesammelt und neben Captain Andrews Depot aufgestapelt. Wir wären Ihnen außerordentlich verpflichtet, wenn Sie es an Bord der *City of Boston* bringen würden.«

»Ich glaube, Bolton, Sie sind doch übergeschnappt«, fuhr Andrew dazwischen, »das dürfen Sie nicht verlangen, es hieße die Freundlichkeit Mr. Eggerths über alle Gebühr beanspruchen. Allerlei Gesteinsproben…Wissen Sie, was das in Wirklichkeit bedeutet«, fuhr er zu Eggerth gewandt fort. »Annähernd hundert Tonnen eines schweren, wie es scheint, in der Antarktis häufiger vorkommenden Erzes. Diese gewaltige Last sollen Sie zur *City of Boston* bringen! Das ist natürlich ganz ausgeschlossen.«

Die Gesichtsfarbe Boltons wurde um einige Töne dunkler. Am liebsten hätte er den Captain in diesem Augenblick niedergeschlagen. Über die Züge Hein Eggerths huschte ein leichtes Lächeln, während er weitersprach.

»Aber ich bitte Sie, meine Herren, das ist für ›St 11 h‹ eine Kleinigkeit. Hundert Tonnen können wir bequem mitnehmen. Es soll uns ein Vergnügen sein, die Bitte von Mr. Bolton zu erfüllen. Sowie wir Ihren Wagen abgesetzt haben, kehren wir zur Küste zurück und bringen dem Dampfer das Gewünschte nach.«

Während der letzten Minuten war ›St 11 h‹, ohne daß die drei im Salon etwas davon merkten, aus der Stratosphäre wieder nach unten gegangen und strich in einer Höhe von wenigen hundert Metern über das Wasser des Ross-Meeres dahin. Ein dumpfes Brausen und Heulen kam auf, die Sirene der *City of Boston* meldete sich. Die Scheinwerfer von ›St 11 h‹ blitzten auf, dann blieben sie an etwas Grauem, Massigem hängen, sie hatten den Dampfer gefunden. Wenige Sekunden später hing ›St 11 h‹ über dem Schiff, während seine Funkstation unablässig arbeitete. Verwundert las Kapitän Lewis die Funksprüche, die man, ihm auf die Kommandobrücke brachte. Das ›St‹Flugschiff hatte nicht nur Andrew und seine Leute, sondern auch den gewaltigen Tankwagen an Bord?…Die *City of Boston* sollte die große Ladeluke für den Wagen klarmachen und die Reling ‘runternehmen?…Er ließ erst noch einmal rückfragen, bevor er Befehl gab, die Weisung auszuführen.

Kaum war es geschehen, als ›St 11 h‹ langsam niedersank, während seine Scheinwerfer die Umgebung taghell erleuchteten. Die wenigen Zentimeter, die das Stratosphärenschiff noch über dem Deck der *City of Boston* hing, konnte er von seinem Standort nicht wahrnehmen; ebensowenig wie die sechs Greiferarme, die den Tankwagen schnell und sicher durch die Luke in den Laderaum senkten und dort absetzten. Er sah nur, wie das Flugschiff plötzlich wieder emporstieg, starrte ihm noch erstaunt nach, als ihm ein neuer Funkspruch gebracht wurde:

»Tankwagen mit Andrew-Expedition auf *City of Boston* abgesetzt. Luke schließen. Andere Luke für hundert Tonnen Gestein öffnen. Kommen schnellstens zurück. ›St 11 h‹.«

Kapitän Lewis lief von der Brücke hinunter auf das Vorderdeck und schaute durch die offene Luke in den Laderaum; er rieb sich die Augen, wie wenn er einen Traum verscheuchen wollte. Da unten stand tatsächlich der große Raupenwagen an seinem alten Platz, als ob er den Bauch der *City of Boston* niemals verlassen hätte, und aus der geöffneten Tür kletterte Andrew seelenruhig. Da begriff Kapitän Lewis, daß es angebracht sei, auch den weiteren Anordnungen dieses unbegreiflichen Stratosphärenschiffes nachzukommen, und er gab die entsprechenden Befehle.

In Boltons Kopf war nur der eine Gedanke: Wird das Flugzeug wiederkommen? Wird es mir mein sauer erworbenes Erz wirklich abliefern? Eine Stunde und noch eine weitere verstrichen. Dann blitzten die Scheinwerfer des Stratosphärenschiffes zum zweiten Male die *City of Boston* an. Wieder schwebte es kurze Zeit dicht über dem Deck des Dampfers. Wie aus einer geöffneten Schleuse ergossen sich hundert Tonnen des blinkenden Metalls aus dem Flugzeug rasselnd und polternd in die offene Luke des Dampfers.

Warum hatten die ›St‹-Piloten das erstemal auf jener verwünschten Insel das Erz behalten, warum hatten sie es ihm, Bolton, diesmal wiedergegeben? Im Augenblick kam ihm der Gedanke an diese Frage nicht. Auch noch nicht während der Wochen, in denen die *City of Boston* die blaue See durchpflügte und die Andrewsche Expedition nach Frisco zurückbrachte.

Erst viel später, als er seine Beute in den chemischen Werken von Detroit verarbeiten ließ und aus der gewaltigen Masse nur knapp eine Tonne Platin, vier Tonnen Silber und nur einige Kilo Gold gewann, begann er sich Gedanken zu machen, aber da war es zu spät. Für die nächsten Monate wenigstens schützte die lange Polarnacht das Geheimnis der Antarktis.

12

Die Obstbäume, an deren duftigem Flor Dr. Wille und seine Leute sich bei der Rückkehr in die Heimat erfreut hatten, waren verblüht, und die Früchte an ihren Zweigen begannen sich zu runden. Dem Frühling war der Sommer gefolgt, und jeder ging in die Ferien, wer die Zeit und das Geld dazu hatte. Der englische Ministerpräsident fischte in Schottlands Bergbächen Forellen, sein französischer Kollege erholte sich am Strand von Dieppe von den Anstrengungen seines Berufes, und die übrigen Staatsmänner Europas taten desgleichen. Jene Wochen brachen an, die für den Politiker wie für den Journalisten gleichmäßig unergiebig zu sein pflegen.

Ausnahmen von der allgemeinen Ruhe- und Ferienstimmung waren nur in einigen Ämtern der deutschen Regierung zu finden, in denen man sich mit gewissen immer dringender werdenden Fragen beschäftigte. Minister Schröter hatte den Ministerialdirektor Reute und Professor Eggerth zu sich gebeten, um im kleinen Kreise noch einmal die Fragen durchzusprechen, die auf der Tagesordnung der nächsten Kabinettssitzung standen.

Reute war von der Kraterstation nach Berlin gekommen und erst vor kurzem eingetroffen. Professor Eggerth brachte die neuesten Untersuchungen der Sachverständigen mit, über die er eben Vortrag hielt.

»Das Gesamtergebnis unserer Gutachter«, sagte er zum Schluß seiner Ausführungen, »läßt sich wie folgt zusammenfassen. Die Erzschicht auf dem Kratergrund ist ein- bis zweihundert Meter stark. Unter ihr liegt das Urgestein der Antarktis. Das Erz besteht zum weitaus größten Teil aus reinem Nikkeleisen. Nur vereinzelt sind Adern eingesprengt, die Edelmetall führen, stellenweise bis zu zehn Prozent Gold oder Platin. Im Laufe der letzten achtzehn Monate haben wir Gold im Werte von vier Milliarden Dollar daraus gewonnen. Unsere Sachverständigen glauben, daß noch etwa eine Milliarde herausgezogen werden könne. Danach dürfte der Goldvorrat des großen Meteoriten so ziemlich erschöpft sein. Wir werden – vorläufig wenigstens – mit dem Gesamtbetrag von fünf Milliarden zu rechnen haben.«

Er faltete das Schriftstück, aus dem er die Zahlen verlesen hatte, zusammen. Der Minister räusperte sich.

»Zwanzig Milliarden Mark also, Herr Professor, mit denen Sie sicher rechnen dürfen.«

Professor Eggerth nickte. »So ist es, Herr Minister. Es wäre ein glücklicher, aber nicht wahrscheinlicher Zufall, wenn man doch noch auf andere Goldadern stieße.«

»Wer weiß, ob es ein Glück wäre«, sprach der Minister vor sich hin, sagte dann zu Professor Eggerth und Reute gewandt:

»Ziehen wir das Fazit, meine Herren! Alles in allem können wir nach dem Gehörten mit der Hälfte, also zehn Milliarden Mark, rechnen. Zwei Milliarden stecken in Sparstrümpfen und werden sobald nicht wieder ans Tageslicht kommen. Fünf weitere hat das Ausland in gleicher Weise geschluckt. Dafür hat die Reichsbank den Gegenwert in Devisen vereinnahmt. Zur Ankurbelung unserer Industrie und Wirtschaft haben wir aber auswärtige Rohstoffe im Betrage von vier Milliarden Mark über unsere sonstigen normalen Einkäufe hinaus erworben...« Minister Schröter schrieb einige Zahlen auf den vor ihm liegenden Block, während er weitersprach:

»Nach Adam Riese verbleiben uns noch eine Milliarde in Devisen und drei Milliarden in Gold, mit denen wir in Zukunft zweckmäßig weiterzuwirtschaften haben.«

»Gestatten Sie mir eine Zwischenbemerkung«, warf Professor Eggerth ein, »zu wiederholten Malen hat man nicht nur in Industriekreisen, sondern auch in Regierungsstellen von der Möglichkeit einer Goldinflation gesprochen. Ich möchte, Herr Minister, nochmals betonen, daß eine solche Gefahr nicht besteht, solange nicht Börsenmanöver alles verderben.

Die sieben Goldmilliarden sind, wie bereits mehrfach gesagt, spurlos versickert. In keinem Goldausweis irgendeiner der großen Banken sind sie wieder zum Vorschein gekommen. Nach wie vor beträgt der nachweisliche Goldvorrat der Welt nur fünfzig Milliarden. Bei diesem Tatbestand können aber drei Milliarden hier plus rund fünf in den Staaten niemals eine Inflation heraufbeschwören. Ihre drei würde ja die Staatsbank unter allen Umständen in ihren Gewölben behalten, was einer hundertprozentigen Golddeckung des Notenumlaufes entspricht. So blieben überhaupt nur fünf Milliarden, mit denen unser Konsortium in Zukunft zur Regulierung der Weltwirtschaft noch in Erscheinung treten könnte, wenn es die Umstände erfordern.«

Captain Andrew war nicht zugegen. Reichlich dreitausend Kilometer trennten ihn von der Stadt Detroit, wo Bolton in einem Zimmer des Flint-Hotels saß und verdrossen In allerlei Schriftstücken blätterte. So konnte der Captain auch nicht Einspruch erheben, als Bolton nach der Flasche griff und sich einen Soda-Whisky mischte. Er goß ihn hinunter, schritt zum Fenster und starrte schweigend in die Woolward-Avenue hinaus.

In einem bequemen Sessel saß Garrison. Gute Pflege und die Kunst der Ärzte hatten ihn wiederhergestellt. Hätten an seiner Rechten nicht zwei Finger gefehlt, so hätte nichts mehr an jene Leidenszeit in der Antarktis erinnert.

Bolton brummte etwas Unverständliches vor sich hin.

»Sie sind enttäuscht, Bolton. Ich bin es auch. Aber trotzdem können wir im Grunde doch immer noch...«

Mit einem Ruck drehte sich Bolton um und fiel ihm jäh ins Wort.

»Den Teufel was können wir, Garrison! Noch ein Dutzend solcher Geschäfte wie das und ich kann den Laden zumachen.«

Er kehrte zu dem Tisch zurück und griff wieder nach den Papieren. »Hier ist die Abrechnung der Melting and Refining Company: Hundert Tonnen Erz empfangen und verarbeitet. Kostenpunkt: Tausend Dollar pro Tonne, macht hunderttausend Dollar. Ergebnis: Neunhundert Kilogramm Platin, vier Tonnen Silber, einige lächerliche Kilo Gold. Alles in allem in den hundert Tonnen nur Spuren Gold. Der Rest Nickel und reines Eisen. Schönes Geschäft, Mr. Garrison, zu dem Sie mich da beschwatzt haben.«

Garrison zog seinen Sessel näher an den Tisch heran und begann mit Bleistift und Papier zu rechnen.

»Vier Tonnen Silber, sagten Sie, Bolton?«

Der knurrte etwas Unverständliches. Garrison fuhr fort:

»Das Kilogramm Silber notiert augenblicklich zwei Dollar. Sind immerhin schon achttausend Dollar. Neunhundert Kilogramm Platin, die letzte Notierung für das Kilogramm lag bei tausend Dollar. Macht neunhunderttausend, vom Nickel und Eisen ganz abgesehen, plus ca. zehntausend Dollar Gold, zusammen neunhundertachtzehntausend Dollar. Ziehen wir die Rechnung der Melting and Refining Company ab, bleiben achthundertachttausend Dollar für uns.«

Bolton wühlte in den Schriftstücken und zerrte ein anderes Blatt hervor.

»Sie rechnen wie ein Schuster, Garrison! Hier sind unsere anderen Unkosten zusammengestellt. Ich will Ihnen nur die wichtigsten Posten nennen. Ein Flugzeug verloren. Zwei Reisen der *City of Boston* nach dem Mac-Murdo-Sund. Captain Andrews Expedition ausgerüstet. Zum Schluß noch der unverschämte Zoll, den sie uns in Frisco für das Erz abgenommen haben. Alles in allem eine runde halbe Million Dollar. Ich danke schön für das Geschäft.«

Ungeduldig griff Garrison wieder zum Bleistift und rechnete weiter. »Sehen wir also die halbe Million Dollar auch noch ab, so bleiben immer noch dreihundertachtzehntausend Dollar Reingewinn. Ich meine, auch damit könnten Sie zufrieden sein.«

Bolton griff sich an die Stirn und warf seinem Partner einen wütenden Blick zu.

»Sie sind ein kompletter Narr, Garrison! Anders kann ich mir Ihre Rede nicht erklären. Bilden Sie sich denn wirklich im Ernst ein, daß ich mir ein volles Jahr meines Lebens um die Ohren schlage, mich in Abenteuer und Strapazen stürze, um schließlich mit einem lumpigen Gewinn von dreihunderttausend Dollar...«

»...dreihundertachtzehntausend Dollar«, wagte Garrison einzuwerfen.

»...von dreihunderttausend Dollar, die ich noch nicht einmal habe, herauszugehen«, brüllte Bolton. »Ich habe sie ja noch nicht einmal. Die neunhundert Kilogramm Platin müssen erst noch an den Mann gebracht werden. Es sind zwanzig Prozent der jährlichen Weltproduktion. Wer weiß, wie der Markt darauf reagieren wird. Mit Gold wäre es etwas anderes. Das hält seinen

Preis. Der Platinpreis schwankt von Jahr zu Jahr. Er braucht nur um dreihundert Dollar pro Kilo abzuschlagen, dann ist der ganze Gewinn beim Teufel.«

»Man muß das Metall vorsichtig auf den Markt bringen. In kleineren Mengen, so daß der Preis nicht gedrückt wird«, versuchte ihn Garrison zu beschwichtigen.

Bolton lachte auf. »Sehr hübsch gesagt! Sie haben ja keine Ahnung, wie es an der Metallbörse in Wirklichkeit zugeht. Die Interessenten in Chicago und New York wissen heute schon längst, daß für meine Rechnung bei der Melting and Refining Company neunhundert Kilogramm Platin lagern. Darauf können Sie Gift nehmen, Garrison! Sie wissen auch, daß ich damit auf den Markt kommen muß, und sie werden ihre Preise danach machen. Der Metallhandel ist nicht besser als der Pferdehandel.«

Bolton sprach aus Erfahrung. Er hatte in früheren Jahren manchen fetten Fischfang an der Metallbörse gemacht und kannte sich in allen dabei üblichen Tricks und Kniffen genau aus. Einen Teil seiner Millionen hatte er mit Kupfer und Zinn verdient, indem er blanko teuer verkaufte und vor dem Liefertermin die Preise durch allerlei dunkle Manöver ins Bodenlose drückte. Jetzt waren die Rollen vertauscht, und während der nächsten Wochen bedurfte es aller Gerissenheit, um die Vorräte abzusetzen, ohne daß die Preise dabei allzusehr sanken.

Als er das letzte Kilo glücklich los war und das Fazit zog, blieb ihm gerade noch ein Reingewinn von zweihundertfünfzigtausend Dollar. Mit saurem Gesicht schrieb er den Scheck aus, der Garrison zehn Prozent davon überwies.

»So, Garrison! Da haben Sie Ihren Anteil. Einmal und nicht wieder. Von der Antarktis bin ich kuriert.«

Garrison löschte den Scheck ab und barg ihn sorgsam in seiner Brieftasche.

»Captain Andrew hofft«, begann er vorsichtig, »daß Sie ihm die Mittel für seine nächste Expedition zur Verfügung stellen werden…«

»Da hofft Captain Andrew vergeblich«, unterbrach ihn Bolton unwirsch. »Er soll sich seinen verdammten Wagen flicken lassen, von wem er Lust hat. Die nächste Reise mag ihm meinetwegen des Teufels Großmutter bezahlen. Ich nicht, Garrison! Ein zweitesmal falle ich auf den Schwindel nicht 'rein.«

»Aber das Gold, Mr. Bolton. Sie haben es selbst gesehen. Ich habe Ihnen doch meine ersten Schmelzproben gezeigt.«

»Was haben Sie mir denn gezeigt? Einen Fingerhut voll Gold!«

Vergeblich versuchte Garrison noch ein letztesmal mit dem Hinweis auf die großen Goldgewinne der Eggerth-Reading-Werke seinen Partner umzustimmen.

»Niemals, Garrison! Niemals wieder! Das ist mein letztes Wort in dieser Sache. Wenn Sie einen Dummen brauchen, müssen Sie sich an jemand anders wenden. Für mich ist die Sache ein für allemal erledigt.«

Garrison sah das Zwecklose seiner Bemühungen ein und wollte gehen, als Bolton noch einmal anfing. »Ein wahres Glück übrigens, daß mein Telegramm an den Präsidenten, das ich damals auf der *Fréjus* aufgab, nicht angekommen ist. Das hätte eine schöne Blamage für mich werden können. Manchmal haben auch Ätherstörungen ihre Vorteile.«

Garrison hielt den gegenwärtigen Augenblick nicht für angebracht, Bolton darüber zu unterrichten, daß jene Depesche in Wirklichkeit niemals abgegangen war. Er verabschiedete sich, um vorläufig nach Pasadena zurückzukehren.

Ein neuer Tag brach in der Antarktis an. Wie in flüssiges Gold getaucht erschienen die Industriebauten am Bolidenkrater in den Strahlen der wieder hochkommenden Sonne. Anderthalb Jahre waren verflossen, seitdem man hier mit dem Abbau der wertvollen Erzadern begonnen hatte.

Nun ging die Arbeit zu Ende. Das Goldnest war leer. Professor Eggerth und Ministerialdirektor Reute, die am Rande des Kraters standen, die Abbaupläne des Kratergrundes in den Händen, konstatierten es in der gleichen Sekunde.

»Ihre Schätzung traf genau zu, Herr Professor«, sagte Reute. »Mit dem letzten Gold, das unsere Schiffe heute mitnehmen, kommen wir auf zwanzig Milliarden und ein paar Millionen.«

Professor Eggerth faltete die Hände nachdenklich zusammen.

»Ein gewaltiges Geschenk, Herr Reute, das uns hier buchstäblich vom Himmel fiel. Es lag in der Tiefe verborgen. Wir haben es herausgeholt und wollen getreulich damit wirtschaften. Mit dem bisher Erreichten können wir recht zufrieden sein: Es hat keine Katastrophe auf dem Geldmarkt gegeben!«

Reute ging ein paar Schritte weiter zu dem Kraterrand hin und Professor Eggerth folgte ihm.

Beide blickten in den Schlund hinab. Es war still dort in der Tiefe, wo noch vor kurzem der brausende Takt rastloser Arbeit dröhnte. Nur noch wenige Lampen erhellten den dunklen Grund, Werkleute waren an der Arbeit, Bohrmaschinen und Feldbahngeleise zu demontieren und die Teile zu den Fahrstühlen zu bringen.

»Kehraus, mein lieber Reute!« sagte der Professor.

Die beiden Herren verließen ihren Standort am Kraterrand und gingen weiter zu dem Verwaltungshaus, in dem Reute und jetzt während dieser letzten Woche auch Professor Eggerth ihre Büros hatten. Arbeit in Menge harrte ihrer dort.

Von allen Seiten trommelte und dröhnte es in den Lüften. Es schien, als ob die ganze Luftflotte der Eggerth-Reading-Werke sich hier in der fernen Antarktis ein Stelldichein gäbe. In kurzen Zwischenräumen kamen die neuesten größten Stratosphärenschiffe an. Maschinen und Bauteile aller Art verschwanden in ihren Rümpfen, und vollbeladen mit Material und Menschen stiegen sie bald wieder auf, um ihre Lasten nach Bay City und Walkenfeld zu bringen.

Schon seit Tagen war der Krater selbst vollkommen geräumt. Viel schneller als sie einst entstanden waren, verschwanden nun auch die Bauten an seinem Rande. Nur noch der geebnete Felsboden verriet die Stelle, an der das große Kraftwerk so lange gestanden hatte. Man schrieb den siebenten April, als der leitende Ingenieur McGorm meldete:

»Mr. Reute, die Arbeiten sind beendet. Die letzten Schiffe sollen in einer Stunde abgehen.«

Reute nickte. »Ich danke Ihnen. Glücklichen Heimflug für Sie und alle die andern.«

Der Ingenieur wollte gehen, als ihn Professor Eggerth aufhielt.

»Sind die Sprengkammern geladen?«

»Jawohl, Herr Professor, es ist alles planmäßig geschehen.«

»Ist die Zündung nach den Spezialzeichnungen vorbereitet?«

»Auch das, Herr Professor. Sie brauchen nur einzuschalten, um sie scharfzumachen.«

Der Professor stand auf und drückte dem Ingenieur die Hand. »Dann danke ich Ihnen. Auch ich wünsche Ihnen einen guten Heimflug. Auf Wiedersehen im Werk.«

Ingenieur McGorm war gegangen. Schweigend blieben Reute und Eggerth in der Kabine von ›St 14‹ zurück. Nicht lange, dann drang das Dröhnen von Motoren zu ihnen. Eines der Stratosphärenschiffe nach dem andern schraubte sich in die Höhe und verschwand am Nordhorizont. Nur noch ›St 14‹ lag allein in der eisigen Einöde am Kraterrand.

Professor Eggerth erhob sich und warf den Pelz über.

»Es wird Zeit, Herr Ministerialdirektor. Der letzte Akt des Dramas beginnt. Wollen Sie mitkommen?«

Reute schüttelte den Kopf. Er zog es vor, im Schiff zu bleiben. Ohne ihn ging Professor Eggerth über das verschneite Land zu einem Mastenpaar, das man allein von allen den vielen Masten hier stehengelassen hatte. Eine Antenne war zwischen den Mastspitzen ausgespannt. Ein Draht von ihr führte zu einem Schalter. Von dem Schalter lief ein isoliertes Kabel weiter und verschwand zwischen den Felsen. Der Professor legte den Schalter um und kehrte zum Schiff zurück. Gleich danach begann auch die Hubschraube von ›St 14‹ einen dröhnenden Wirbel zu schlagen. Das Schiff stieg auf und trieb in großer Höhe langsam nach Norden ab.

Im Funkraum stand der Professor zusammen mit Reute. Tief unter ihnen lag der verlassene Krater. Wie eine Mondlandschaft wirkte das Ganze in den Strahlen der tiefstehenden Sonne. Sorgsam stimmte Professor Eggerth selbst den Sender ab, und in einem eigenartigen Rhythmus gab er danach Striche und Punkte mit der Morsetaste.

Kaum hatte der Professor das letzte Zeichen gegeben und die Hand von der Taste zurückgezogen, als das Land um den Krater zu beben begann. Einen Augenblick schien's so, als ob das ganze Ringgebirge sich von seiner Unterlage ablösen und in die Höhe steigen wollte. Dann brach es in sich zusammen, kippte von allen Seiten nach der Mitte hin und ließ unendliche Gesteinsmengen in den Kraterschlund stürzen.

Noch starrte Reute auf das so plötzlich verwandelte Gelände, als der Donner der gewaltigen Sprengung das Schiff erreichte.

»Fürchterlich!« sagte Reute. Es war das erste Wort, das seit der Sprengung über seine Lippen kam.

»Großartig, Herr Reute!« erwiderte der Professor. »Genauso dachte ich es mir. Die tausend Tonnen Dynamit haben genauso gewirkt, wie ich es wollte. Kein Mensch wird hier noch einen Bolidenkrater vermuten. Glauben Sie mir, ich hatte sehr triftige Gründe, als ich diese Sprengung vorschlug.«

Er gab einen neuen Befehl in den Führerstand. ›St 14‹ drehte nach Norden ab und setzte seinen Kurs in Richtung Heimat.

»Tag, alter Schmidt, da sind wir wieder.« Dr. Wille sagte es auf der Schwelle von Schmidts Arbeitszimmer, während er sich die Schneeflocken vom Pelz schüttelte.

»Schon wieder hier, Herr Wille? Schon wieder sechs Monate vorüber? Die Zeit ist schnell vergangen, aber ich bin auch gut weitergekommen.«

Er griff nach einer Kurvenkarte, und ehe Dr. Wille noch dazu kam, seinen Pelz abzulegen, hatte er ihn schon in ein gelehrtes Gespräch über seine neuen Entdeckungen verwickelt. Eine Weile ließ Wille ihn gewähren, dann winkte er ab.

»Schon gut, lieber Schmidt, das müssen Sie mir später in Ruhe erzählen, oder besser noch, ich lese es. Wie ich Sie kenne, alter Freund, haben Sie darüber ja doch schon wieder eine neue Veröffentlichung unter der Feder. Aber von zu Hause soll ich Sie grüßen. Briefe habe ich auch für Sie mitgebracht. Hier ist einer aus Kassel«, er faßte in seine Rocktasche. »Hier sind zwei aus Berlin und noch einer aus München...der heimatliche Sommer, Schmidt, Sie haben doch viel versäumt.«

Der lange Schmidt schüttelte abweisend den Kopf.

»Die Arbeit hier, Herr Wille...Wenn Sie das Neue erst alles erfahren, Sie werden staunen...«

»Das Neueste, lieber Schmidt, das wissen Sie ja noch gar nicht. Das Neueste ist, daß wir jetzt auf Wunsch unserer Regierung die Zelte hier wieder abbrechen und hundert Kilometer weiter nach Süden gehen. Die Schiffe, die den Transport besorgen sollen, sind schon zusammen mit unserm angekommen. Aber Sie hören und sehen ja nichts, obwohl sechs Stratosphärenschiffe bei ihrer Landung einen ziemlichen Krach machen. Wenn nicht wenigstens der neue Maschinist herauskam, wäre überhaupt kein Mensch zu unserm Empfang dagewesen.«

Schmidt brummelte etwas Unverständliches vor sich hin. Er begann die Unmenge von Tabellen und Aufzeichnungen, die den großen Arbeitstisch vollkommen bedeckten, zusammenzulegen und in einzelne Mappen einzuordnen.

Schweigend überließ ihn Dr. Wille seiner Beschäftigung und ging kopfschüttelnd in den Vorraum zurück.

»Was hast du, Vater?« fragte ihn Rudi.

»Der gute Schmidt fängt an, wunderlich zu werden. Ich glaube, mein Junge, es war nicht gut, daß wir ihn hier ein halbes Jahr Alleingelassen haben. Es wird höchste Zeit, daß er mal wieder nach Hause unter andere Menschen kommt, sonst schnappt er uns am Ende noch über. Das nächstemal muß er mit, ob er will oder nicht«

Schon in den nächsten Stunden begannen die Abbauarbeiten. Es wiederholte sich das alte Spiel, das die Station schon einmal erlebt hatte.

Dann brach die Flotte auf.

Hundert Kilometer südlich ließen sich die Schiffe vorsichtig sinken und suchten nach einem brauchbaren Landungsplatz.

Nach längerem Suchen fanden sie eine Stelle, die allen Anforderungen genügte, und auf den Abbruch folgte nun der Wiederaufbau. Zwei Tage und zwei Nächte nahm er in Anspruch. Dann war das Werk vollendet. Fertig und arbeitsbereit stand die Station an dem Ort, an dem man noch vor kurzem unendliche Goldmengen aus der Tiefe holte.

Ein kurzer Abschied, ein letztes Winken und Grüßen, und die Stratosphärenflotte stieg zum Rückflug auf. Nur auf sich selbst angewiesen waren die wenigen Menschen wieder, die im Dienste der Wissenschaft und im Kampfe mit einer unwirtlichen Natur schon so viele Monate in der Antarktis verbracht hatten.

Schon war die Mitte des kurzen antarktischen Sommers erreicht. Dr. Wille befand sich mit den Fahrzeugen der motorisierten Station auf einer Forschungsreise, die ihn bis zu den Hängen des Markham-Gebirges führen sollte. Der lange Schmidt war in der festen Station zurückgeblieben, eifrig damit beschäftigt das letzte Kapitel seines neuen Werkes niederzuschreiben.

Ein mächtiger Raupenwagen, der gleiche, den vor Monaten ›St 11 h‹ an Bord der *City of Boston* absetzte, glitt nach Süden hin durch die Antarktis. Jetzt verlangsamte er seine Fahrt und hielt auf dem verschneiten Feld. Eine Tür öffnete sich, Captain Andrew kletterte hinaus und ging ein paar Schritte über den Schnee. Parlett folgte ihm, würdig wie ein englischer Lord, obwohl er mit allerlei Gerätschaften beladen war. Vor Captain Andrew begann er sie aufzubauen. Ein dreifüßiges Stativ zuerst, auf das er sorgsam einen Theodoliten mit allem Zubehör aufschraubte. Ein Tischchen kam daneben, auf dem ein Präzisionschronometer und ein elektrisches Chronoskop ihren Platz fanden.

Soweit man sich auf die im Wagen und während der Fahrt gemachten Ortsbestimmungen verlassen konnte, mußte die Andrewsche Expedition sich in nächster Nähe dieser Stelle befinden. Aber von dem, was Garrison dort zu finden erwartete und was er Captain Andrew auf der langen Reise hierher öfter als einmal mit plastischer Deutlichkeit ausgemalt hatte, war weit und breit nichts zu sehen.

Captain Andrew wollte sein Wort halten, aber er wollte auch nicht allzuviel von der kostbaren Zeit der wenigen Sommermonate für ein Unterfangen opfern, das ihm reichlich phantastisch vorkam. Diese Ortsbestimmung hier sollte der letzte Versuch sein. Mit den besten Mitteln und der größten überhaupt möglichen Genauigkeit wollte er sie vornehmen.

Mr. Parlett erschien wieder auf der Szene, um Captain Andrew einen heißen Toddy zu bringen. Der trank davon und stürzte sich dann neugestärkt wieder auf seine Rechnung. Parlett trat näher an das Stativ heran. Das blinkende Fernrohr des Theodoliten interessierte ihn. Spielerisch drehte er es hin und her und brachte dabei ein Auge an das Okular, um hindurchzuschauen. Plötzlich zuckte er zusammen. »Mr. Andrew!«

Captain Andrew blickte von seiner Rechnung auf.

»Zum Teufel, Parlett, was fällt Ihnen ein? Was haben Sie da zu spielen, Sie haben mir die ganze Einstellung verrückt.«

»Captain, ich sehe etwas. Ganz deutlich! Einen Funkturm!«

Mit einem Satz war der Captain bei dem Apparat und schaute selbst hindurch. Ein Zweifel war nicht möglich. Deutlich war durch das stark vergrößernde Fernrohr des Theodoliten das feine Fachwerk eines Funkmastes zu sehen.

»Los, Parlett! Alles zusammenpacken, in den Wagen bringen! Sie können den Mast auch sehen. Wir fahren darauf zu.«

Gespannt kam Garrison Captain Andrew entgegen, als er in den Wagen zurückkehrte.

»Haben Sie die genaue Ortsbestimmung, Captain?«

Captain Andrew schüttelte den Kopf. »Nicht mehr nötig, Mr. Garrison. Wir haben einen Funkturm entdeckt, noch keine zehn Kilometer von hier entfernt. Sicher eine deutsche Station. Da wollen wir jetzt hinfahren. Vermutlich werden ja Leute dort sein. Die werden uns schon Bescheid sagen können, wo wir uns befinden.«

Der brave Hagemann hatte an einer freien Stelle von Schmidts Arbeitstisch ein Frühstück aufgebaut, das seiner Kochkunst alle Ehre machte. Aber vergeblich hatte er schon zum dritten Male gemeldet: »Herr Ministerialrat, es ist angerichtet.« Der lange Doktor, an der anderen Seite des Tisches über sein Manuskript gebeugt, ließ die Feder über das Papier rasen und hörte und sah nichts von dem, was um ihn herum vorging.

Der Auftrag Willes kam ihm in den Sinn. Nach kurzemÜberlegen entschloß er sich zu einem Gewaltstreich. Vorsichtig trat er von hinten heran, griff mit der einen Hand die Sessellehne, mit der andern eine Schulter Schmidts, zog den Sessel mitsamt dem Doktor vom Tisch fort, karrte ihn nach der anderen Seite und schob ihn dort vor das Frühstück hin.

»Hagemann, Sie unverschämter Kerl! Was fällt Ihnen ein?«

»Befehl von Herrn Dr. Wille. Herr Ministerialrat müssen essen«, sagte Hagemann, während er ihm die Feder fortnahm und dafür Messer und Gabel in die Hand drückte. Dr. Schmidt wollte noch weiter schimpfen, als der Hupenton eines Kraftwagens vom Hofe her erklang.

»Nanu! Sind unsere Herrschaften schon wieder zurück«, sagte Hagemann, während er dem Doktor eine Tasse Tee einschenkte, »entschuldigen mich Herr Ministerialrat einen Augenblick.«

Ein Raupenwagen stand auf dem Hof, ähnlich den eigenen Fahrzeugen, doch viel größer als diese. Verwundert besah sich Hagemann das Vehikel, als sich an dem eine Tür öffnete. Ein Mann kam heraus und redete ihn in englischer Sprache an. Hagemann raffte seine englischen Brocken zusammen und wußte nach wenigen Worten, daß er es mit Captain Andrew, dem Führer einer amerikanischen Expedition, zu tun habe.

»Herr Dr. Wille ist nicht anwesend«, sagte Hagemann, »Herr Ministerialrat Schmidt vertritt ihn im Institut...«, er wollte fortfahren: »er wird sich sicher freuen, Sie zu sehen«, als eine zweite Person aus dem Wagen stieg, bei deren Anblick ihm die Rede stockte.

Das war ja Mr. Garrison, jener Bursche, der schon einmal in der Station zu Besuch war. Die Herren Wille und Schmidt hatten es nach Möglichkeit vermieden, in Gegenwart dritter über die Boltongruppe zu sprechen. Aber Karl Hagemann hatte doch mancherlei aufgeschnappt, was nicht für seine Ohren bestimmt war, und sich seinen Vers darauf gemacht. Schnell hatte er seine Selbstbeherrschung wiedergefunden und lud die beiden Besucher mit einer verbindlichen Bewegung ein, näher zu treten.

»Nehmen Sie Platz, meine Herren. Ich werde Herrn Ministerialrat sofort verständigen.«

Damit verschwand er. Captain Andrew sah sich interessiert in dem saalartigen Raum um, in den Hagemann sie geführt hatte. Seine Aufmerksamkeit wurde von einigen Instrumenten gefesselt, die an der Schmalwand des Raumes standen. Es waren Magnetometer verschiedener Konstruktion, darunter aus Bussolen, um die magnetische Deklination und Inklination zu messen. Sein wissenschaftliches Interesse wurde lebendig. Er trat näher heran und hatte, ehe er sich's versah, die Arretierung eines Inklinometers gelöst Die Nadel, nicht mehr festgehalten, folgte der magnetischen Richtkraft und stellte sich genau senkrecht.

»Der Pol, Garrison! Sehen Sie her! Hier ist der magnetische Südpol. Die Deutschen haben ihr Institut genau auf den Pol gesetzt. Nach dem, was man über Willes Elektronentheorie weiß, mußte man es ja auch eigentlich erwarten.«

Als Hagemann in Schmidts Arbeitszimmer zurückkam, schob der Doktor eben den letzten Bissen in den Mund und legte Messer und Gabel beiseite.

»Sie können das Tablett herausnehmen«, sagte er und wollte sich wieder an sein Manuskript setzen.

»Herr Ministerialrat, es sind nicht unsere Leute«, platzte Hagemann mit seiner Neuigkeit heraus. »Es sind Amerikaner. Captain Andrew ist hier, und außerdem der andere, der schon mal hier war, Mr. Garrison, Sie werden sich erinnern, Herr Ministerialrat.«

Dr. Schmidt stand auf und zog sich seinen Rock zurecht.

»Es ist gut, Hagemann, ich komme sofort.«

Als Schmidt eintrat, war Captain Andrew dabei, Garrison an einer Bussole zu zeigen, daß die horizontale Richtkraft der Magnetnadel hier gleich Null war. In jeder beliebigen Stellung, in die er die Magnetnadel drehte, blieb sie ruhig stehen.

Schmidt machte sich durch ein Räuspern bemerkbar und trat näher. Captain Andrew fuhr auf, als ob er bei etwas Unrechtem ertappt worden wäre.

»Ich sehe, die Herren beschäftigen sich schon mit den magnetischen Verhältnissen der Station«, sagte der lange Schmidt und schüttelte den Amerikanern die Hand. Captain Andrew überwand seine Verlegenheit.

»Sie entschuldigen, Herr Dr. Schmidt, aber es ist so interessant. Sie sitzen hier in der Tat genau auf dem magnetischen Südpol.«

»Vorläufig stehen wir noch darauf«, sagte der lange Schmidt trocken. »Aber wir wollen uns setzen.«

Er bat seine Gäste, wieder Platz zu nehmen, und ließ durch Hagemann einige Erfrischungen bringen. Es währte nicht lange, und er war mit Captain Andrew in ein tiefgründiges Gespräch über Polwanderungen im allgemeinen und die auffällige Wanderung des magnetischen Südpols im besonderen verwikkelt. Öfter als einmal wurde Hagemann gerufen, um Bücher und Broschüren herbeizuholen, aus denen Dr. Schmidt seine Theorie mit einer Unmenge von Zahlenmaterial belegte.

Verwundert kam Hagemann diesen Aufträgen nach, kopfschüttelnd suchte er draußen an der Tür etwas von dem Gespräch zu erlauschen. Sollte der Doktor sich etwa von seinem wissenschaftlichen Eifer fortreißen lassen und den Besuchern in der Hitze des Gefechtes mehr verraten als gut war? Hagemann machte sich schwere Gedanken. Schließlich konnte er es nicht unterlassen, durch das Schlüsselloch zu schauen. Da bemerkte er um die Lippen des langen Schmidt einen gewissen mokanten Zug, den er von früheren Gelegenheiten her kannte. Erleichtert atmete das biedere Faktotum auf.

»Und er führt die Brüder doch über den Gänsedreck«, murmelte er vor sich hin, während er in seine Küche zurückkehrte.

Was Hagemann hier etwas unparlamentarisch ausdrückte, war in der Tat der Fall. Es darf nicht verschwiegen werden, daß der lange Schmidt sich während der Stunden, die er mit den beiden Gästen verbrachte, nicht derjenigen Aufrichtigkeit befleißigte, die man mit Fug und Recht von Wissenschaftlern des gleichen Faches erwartet. Er pumpte Captain Andrew eine erdmagnetische Theorie ein, die von Anfang bis zu Ende eine raffinierte, aber um so glaubwürdigere Täuschung war, weil sie den wirklichen Grund aller Erscheinungen, das Meteoreisen in der Tiefe, verschwieg. Und er führte Garrison, der immer und immer wieder auf einen Riesenmeteor zurückkam, der hier gefallen sein sollte, in einer Weise irre, daß dieser an allen seinen bisherigen Theorien und Berechnungen zu zweifeln begann.

Wer der Unterhaltung der drei Wissenschaftler mit voller Kenntnis der wirklichen Sachlage gefolgt wäre, hätte sich der Erkenntnis nicht verschließen können, daß der lange Schmidt eine glänzende Begabung für das Pokerspiel besitzen mußte. Er bluffte die neugierigen Gäste in einer meisterhaften Weise, und als sie Abschied nahmen, um weiterzuziehen, hatten sie keine Ahnung, wie schwer sie geblufft worden waren.

»Also sehen Sie nun, Garrison, daß Sie einem Hirngespinst nachgelaufen sind«, sagte Captain Andrew, als sie wieder in ihrem Wagen saßen. »Hier, wo nach Ihrer fixen Idee ein Riesenbolide gefallen sein soll – wir haben ja die genaue Ortsbestimmung von dem Institut bekommen –, da ist der magnetische Südpol und sonst weiter gar nichts als eine Ebene, so glatt wie meine Hand. Und was haben Sie mir alles von einem Bolidenkrater vorphantasiert, der an dieser Stelle sein müßte!«

Garrison strich sich über die Stirn. Es dauerte eine Weile, bis er sich zur Antwort aufraffte. »Ich muß zugeben, Captain Andrew, daß ich mich geirrt habe, das kann schließlich auch einmal einem Wissenschaftler passieren.«

»Gut, daß Sie es endlich selber einsehen, Garrison«, sagte Andrew und wandte sich wieder seinen Instrumenten zu.

An seinem Arbeitstisch saß Dr. Schmidt und schlürfte behaglich seinen Tee.

»So«, sagte er, als er die Tasse niedersetzte. »Die Gefahr ist abgewendet, die kommen nicht wieder, und das wirkliche Geheimnis des Eggerth-Goldes werden sie niemals entdecken.«

Dann griff er nach der Feder, um die letzte Seite seines großen Werkes zu vollenden.

www.ingramcontent.com/pod-product-compliance
Lightning Source LLC
LaVergne TN
LVHW050643200726
843506LV00010B/1351